Markus Niebios
Kopflos im Kofferraum

Markus Niebios wurde 1968 in Dortmund geboren und belegt in seiner Geburtsstadt trotz einer Studiendauer von 20 Semestern lediglich den zweiten Platz in der Bestenliste ewiger Studenten der FH Sozialpädagogik. Bekannter wurde er in den 90ern als Sänger der Dortmunder Formation »Van Winkle«. Zu alt, um als Rockstar jung zu sterben, beschloss er 2006, den Berg des Lebens auf der Literaturseite zu besteigen.
Nach mehr als zwanzig Kurzgeschichten folgt nun sein erster Roman. Der Krimi spielt im Ruhrgebiet, schließlich war sein Vater Wachleiter in Dortmund-Hombruch, die Schwester arbeitet bei der Kripo und wer einen Bergmann zum Großvater hat, erfährt schon als Kind, was in den zugeschütteten Schächten der Zechen schlummert.

MARKUS NIEBIOS

KOPFLOS IM KOFFERRAUM

ODER DER ARGWOHN DES KRUSTENTIERS IM ANSTEIGENDEN WASSERBAD

KBV

Originalausgabe

www.kbv-verlag.de
E-Mail: info@kbv-verlag.de
Telefon: 0 65 93 - 998 96-0
Fax: 0 65 93 - 998 96-20
Umschlagillustration: Ralf Kramp
Lektorat: Volker Maria Neumann, Köln
Druck: CPI books, Ebner & Spiegel GmbH, Ulm
Printed in Germany
ISBN 978-3-95441-190-0

Für meine Frau Dorothee,
obwohl sie *Eat, Pray, Love* besser fand.
Unser Wohnzimmer ist ein Wartesaal.

»It's just a trick of the light«
Monkeyland, The Chameleons

KAPITEL 1

BORG FÄHRT EIN

Es macht einen schlechten Eindruck, wenn der Inhaber einer Detektei mit dem Kopf auf seiner Schreibtischplatte liegt. Der eintretende Klient weiß ja nicht, dass man gerade versucht, ein Wunder herbeizumeditieren.

Ich richte mich mit der gebotenen Würde auf.

Sakko und Seidenhemd des in der Tür verharrenden Mannes vermitteln die Seriosität eines Wettermoderators. Cowboystiefel mit Flammenapplikationen und das bis ins Brusthaar reichende Goldkettchen kämpfen gegen ein zu biederes Image an. Seine Cabriobräune erzählt von Golfpartien, Segeltörns und Sportwagenfahrten um Badeseen.

Der Grauschopf mustert die Einrichtung. Das Blau seiner Augen würde selbst Terence Hill vor Neid erblassen lassen. Als er die Vitrine mit den Voodoopuppen und das Séance-Brett entdeckt, wirft seine Stirn Falten. Auch die Kristallkugel auf dem Sekretär und die von der Decke baumelnden Krähen ernten Missbilligung.

Ein Zufallskunde.

Mein Fingerschnippen lässt die New-Age-Hintergrundmusik verstummen. Wenn die Situation es verlangt, bedient unsere Detektei auch das herkömmliche Geschäftsmodell. In diesem Fall sollte man beim Aufstehen allerdings nicht an den Fußschalter unter dem Tisch geraten. Es klackt, als er einrastet. Die Trockeneismaschine startet den Turbomodus, und Nebelschwaden wabern um meine Beine.

Das Zischen der Düsen lockt Poe hinter dem Brokatvorhang hervor. Als der Kater den Fremden bemerkt, macht er einen Buckel und faucht.

Der Klient scheint schwarze Katzen nicht zu mögen. »Entschuldigung«, sagt er, halb schon wieder gehend.

Wir brauchen endlich einen Auftrag. Der Zenkerdrachen lauert im Hausflur, um mich wegen der Miete abzupassen, und mein Antik-Kühlschrank verschleudert seine Energie an nichts weiter als eine Dose Katzenfutter, zwei Forellen mit Mundgeruch und ein halbes Gläschen Sambal Oelek. Lediglich die Insulinampullen im Seitenfach halten mich davon ab, den Stecker zu ziehen und das Ökomonstrum mit einem letzten Röcheln sterben zu lassen.

Wenn ich den Kunden doch noch an Land ziehen will, muss ich ihn mit einer Sensation ködern. Eine Spezialität von mir. Die Masche funktioniert immer, weil sie dieselben Instinkte anspricht, die Menschen auf der Autobahn bremsen lassen, um das blutüberströmte Unfallopfer auf der Gegenfahrbahn zu begaffen. Der Klient darf bloß nicht merken, welche Kraft es erfordert, das Gestell anzuheben.

Das Schmatzen des Klebstoffs beherrscht für eine Sekunde den Raum, dann baumelt die Brille samt Nasenattrappe wie ein Karnevalsartikel zwischen meinen Fingern. Hereinspaziert, hereinspaziert! Erschauern Sie beim Anblick des Jahrmarktmonsters!

Der Mann starrt auf den Krater in meinem Gesicht – dorthin, wo bei anderen Menschen die Nase sitzt.

»Entschuldigen Sie«, sage ich. »Die Brille ist neu, und ich trage sie nur, damit die Prothese besser hält. Muss mich erst daran gewöhnen.« Entblößter kann man sich nicht fühlen.

Im Blick des Mannes kämpfen Neugier und Entsetzen um die Vorherrschaft. »Krebs?«, fragt er und macht den entscheidenden Schritt herein.

Aus dem Hausflur dringt Gezeter ins Büro.

»Schlimmer«, antworte ich und bedecke meine Scham wieder mit der Nasenbrille. »Wie darf die Detektei Mystica Ihnen helfen?«

Die Bürotür schwingt wieder auf, und Romanov stürzt mit wehendem Gehrock ins Zimmer. Er schmeißt die Tür ins Schloss und stemmt sich dagegen. Etwas rumst mit solcher Gewalt von außen gegen das Holz, dass man die Scharniere knirschen hört.

Als mein Partner den Klienten erblickt, macht der gehetzte Gesichtsausdruck einem Lächeln Platz. Er schafft es, das Umdrehen des Schlüssels völlig beiläufig aussehen zu lassen. »Santana Romanov«, macht er sich bekannt und bugsiert den Mann unter Händeschütteln zum Holzthron vor meinem Schreibtisch.

»Nessinger«, stammelt der Klient und lässt sich in Sitzposition drängen.

Männer und Frauen verfallen dem Charisma meines Partners gleichermaßen. Romanov entwickelt eine Präsenz, mit der alle guten Schauspieler ihr Publikum fesseln – und sein Aussehen steht ihm dabei auch nicht im Wege. Die vornehme Blässe, das Musketier-Kinnbärtchen und schlohweiß auf die Schultern fallende Haare verleihen ihm den Charme eines vor der Zeit gealterten d'Artagnans.

Romanov bemerkt die abgelöste Nasenprothese. »Hat mein Gehilfe Sie erschreckt?«, fragt er Nessinger. »Sie sollten die Schreie der Kinder hören, wenn sie an Halloween klingeln, um Süßigkeiten zu erbetteln!«

Mein Partner könnte auch Hypnose-DVDs auf den Markt bringen. Seine Stimme schmeichelt durch ein Rauchtimbre mit russischer Akzentfärbung und die bernsteinfarbenen Kontaktlinsen verleihen dem Blick eine Transzendenz, die nicht nur Esoteriker in den Bann schlägt.

»Wie Sie sehen, arbeiten wir mit unkonventionellen Methoden und verfolgen im Gegensatz zur Konkurrenz einen ganzheitlichen Ansatz. Die Detektei Mystica zieht alles in Betracht, auch Paralleluniversen. Quantenphysiker handhaben das seit Jahrzehnten so, und niemand bezichtigt sie der Unseriosität.« Romanov stopft ein Seidentaschentuch mit Monogramm in seine Faust, bläst hinein und präsentiert eine leere Hand. »Um uns herum existiert mehr, als wir zu sehen glauben. Betrachten Sie dieses Büro als Naturheilpraxis der Investigationsbranche. Wir helfen auch da weiter, wo die Schuldetektei aufgibt.«

Nessinger deutet auf die Dekorationsaccessoires. »Auf mich macht der Laden eher den Eindruck, als ob man hier Leichtgläubigen das Geld aus der Tasche ziehen will.«

Romanovs Lächeln vermittelt seinem Gegenüber Verständnis. »Jeder Mensch lebt in seiner eigenen Deutung von Wirklichkeit. Nehmen Sie zum Beispiel die statistisch belegbare Häufung von Spukphänomenen bei Greisen. Da denkt doch jeder gleich an Kalkablagerungen im Gehirn, aber erstaunlicherweise vervielfältigen sich diese Vorkommnisse mit ansteigender Vermögenshöhe der Heimgesuchten.« Er zieht einen Zwanzig-Euro-Schein hinter Nessingers Ohr hervor. »Sie ahnen nicht, welche Boshaftigkeit und Kreativität Verwandte entwickeln, um die Erbtante in den Wahnsinn zu treiben. Man braucht lediglich eine Klopfvorrichtung auf dem Speicher zu verstecken und mit einer Zeitschaltuhr zu koppeln. Bewährt hat sich auch die Übertragung von Stöhngeräuschen mit versteckten Funk-Lautsprechern. Es gibt bereits Ausführungen in Daumennagelgröße zu kaufen.« Romanov klopft dem Kunden auf die Schulter. »Ab und an sollte eine Grabesstimme den Namen der Erbtante rufen, das steigert die Effektivität.«

Mein Partner verschweigt, dass unser Kerngeschäft daraus besteht, entlaufene Haustiere aufzuspüren. Die Detektei Mystica punktet in diesem Marktsegment mit einem Alleinstellungsmerkmal. Das Zusammenwirken von Schauspieleinlagen, Suggestionen und Romanovs Ausstrahlung lässt die Besitzer glauben, mein Partner könne mittels Telepathie Kontakt zu den Ausreißern herstellen. Bis zum nächsten Termin heißt es dann, mit Leckerlis in der Hand und alberne Namen rufend durch Gebüsche zu kriechen. Immerhin brachten uns einige Erfolge die Aufmerksamkeit der Lokalpresse ein. Wir vertreiben auch Poltergeister durch den Einsatz eines Heizungsinstallateurs oder unterhalten vereinsamte Großmütter, obwohl es nichts aufzuklären gibt.

Nessinger massiert seine Schläfen, während sich hinter ihm die Türklinke mehrmals auf und ab bewegt. »Versuchen wir es miteinander«, sagt er und überreicht mir einen USB-Stick.

Der Datenträger wandert in den Port des Laptops auf meinem Schreibtisch.

»Ich erhielt dieses Filmdokument per E-Mail«, erzählt Nessinger. »Öffnen Sie bitte die Datei *Ungeheuer*!«

Romanov kommt um den Tisch herum und sieht mir über die Schulter.

Schärfe und Bildführung des ablaufenden Videoclips verraten, dass er mit dem Handy aufgenommen wurde. Man sieht ein Aquarium. Auf seinem Sandgrund ruht eine Plastikschatzkiste und lässt Luftbläschen zur Wasseroberfläche steigen. Eine Männerhand kommt ins Bild und setzt einen Wels in das Bassin. Der Fisch schwimmt zur Vorderscheibe, saugt sich daran fest und tastet mit seinen Barteln die Umgebung ab.

Die Kamera zoomt die Schatzkiste heran. Neben der Sauerstoffpumpe wächst ein Hornpanzer aus dem Untergrund und gleitet durch den Sand. Unter dem Wels angekommen, fahren zwei Fühler in die Höhe und schwarze Kugellinsen stülpen sich nach außen.

Sie taxieren den Fisch.

Die Stielaugen des hummerähnlichen Wesens bleiben auf das Ziel gerichtet, während es die Sandoberfläche durchbricht. Unter seinem Panzer schnellen Tentakel hervor, umschlingen den zappelnden Wels und zerren ihn an das Maul heran. Bevor der Film endet, sieht man die beiden Tiere als zuckendes Knäuel inmitten von Blutschlieren.

»Ich bin Kryptozoologe«, erklärt Nessinger.

Romanov reibt an einem der Zierknöpfe auf den Manschettenärmeln seines rabenschwarzen Gehrocks. »Der Yeti fasziniert viele Menschen«, sagt er. »Es liegt ein tiefer Reiz darin, das Mysteriöse zu ergründen, obwohl man in Fachkreisen munkelt, der Reinhold habe zu oft an Sauerstoffmangel gelitten.«

Nessinger sieht ihn an, als wünschte er sich Tentakel, um Romanov zu erwürgen.

»Nur Bildzeitungsleser halten uns für Fabelwesen jagende Spinner. Unser Vorgehen unterscheidet sich nicht von dem anderer Wissenschaftler. Wir forschen, durchforsten Archive und führen Expeditionen bis ans Ende der Welt durch. Der Quastenflosser lebt seit Jahrmillionen auf diesem Planeten und wurde erst 1938 wiederentdeckt, warum sollten da auf einem abgelegenen Dschungelplateau nicht auch Saurier überlebt haben?« Sein Tonfall wird geschäftlich. »Unser Hauptinteresse gilt allerdings Kryptiden.«

»Bruchstücke des Heimatplaneten von Superman?«, fragt Romanov.

Der Witz kommt bei seinem Gesprächspartner nicht an.

»So nennt man unbekannte Tierarten, deren Existenz durch ein Foto oder eine Zeugenbeschreibung als erwiesen gilt. William Beebe beispielsweise sichtete in seiner Tiefseekugel bei den Bermudas ein sechs Fuß langes Wesen mit Tentakeln und Leuchtorganen. Er nannte es Bathysphaera intacta. Beebe lieferte zwar eine Erstbeschreibung, aber ein Typusexemplar wurde nie gefangen.« Der Kryptozoologe blickt auf seine Armbanduhr. Sichtbar teure Uhren können ein Ehrenschmuck sein wie Körperbemalung bei den Bantu oder von der Gier ihres Trägers nach Ansehen künden. Nessingers Chronograph schreit vor Unersättlichkeit. »Was uns zum Grund meines Besuchs bringt. Nach einer Vorführung im Kollegenkreis teilten die anwesenden Herren meine Auffassung, dass es sich bei dem Ungeheuer um einen Kryptiden handelt.«

»Ruhm und Ehre für den vor die Fachwelt tretenden Entdecker«, sagt Romanov.

Nessinger nickt. »Man bot mir das Tier zum Kauf an. Ich konnte Geldgeber auftreiben und wollte mich heute mit dem Verkäufer treffen. Er hat mich versetzt und geht auch nicht mehr ans Telefon.«

»Was zahlt man für eine solche Kreatur?«, will Romanov wissen.

»Königreiche«, sagt Nessinger.

»Doktorarbeiten und Adelstitel bekommt man billiger«, sagt mein Partner.

»Welchen Betrag würden Sie für die Erfüllung Ihres Lebenstraums zahlen? Mit diesem Geschöpf verewige ich meinen Namen in den Standardwerken der Zoologie!«

»Vielleicht wollte sich jemand einen Spaß mit Ihnen erlauben?«, werfe ich ein.

»Der Mann beschrieb Details im Verhalten des Wesens, die sich ein Laie niemals ausdenken könnte. Außerdem habe ich in meinem Leben genug Verhandlungsgespräche geführt, um die Ernsthaftigkeit seiner Absichten einschätzen zu können. Der Verkäufer wollte schnellstmöglich zum Abschluss kommen.«

»Wir treiben den Burschen für Sie auf«, sagt Romanov.

»Ich überlasse Ihnen seine E-Mail-Adresse und die Handynummer. Vorsichtshalber sollten Sie das Video auf Echtheit überprüfen. Mit Digitaltechnik kann man heutzutage ja ordentlich tricksen.«

»Reden wir über das Honorar«, sagt Romanov.

Nessinger legt die Hände an den Fingerspitzen zusammen und setzt ein Händlerlächeln auf. »Eintausend Euro, wenn Sie ein Treffen mit dem Anbieter arrangieren können.«

»Schlagen Sie ein!«, sagt Romanov und hält ihm die Hand hin.

»Innerhalb der nächsten drei Stunden!«

Romanov zieht die Hand zurück. »Sie verlangen Unmögliches!«

Der Kryptozoologe springt auf, und der Holzthron ruckelt über das Parkett. »Ich muss bis heute Abend zwanzig Uhr einen Beweis für die Existenz des Wesens vorlegen, sonst investieren meine Finanziers in ein anderes Projekt. Geben Sie mir den Datenträger zurück! Ich suche jemand Engagierteres.«

Harter Brocken, dieser Nessinger.

Im Treppenhaus beginnt Feindesland. Die Schießschartenfenster blitzen vor Sauberkeit, die Holzstufen streben in Rechtschaffenheit zum Ausguck der Wachhabenden hinauf, und der Handlauf riecht nach Desinfektionsmittel. Der Vormieter behauptete im Flüsterton, dass Frau Zenker nicht nur Kindern damit droht, jeden an die Brüstung zu ketten und auszupeitschen, der mit Schmutzschuhen hereinkommt.

Das Erdgeschoss hebt sich deutlich vom einheitlichen Erscheinungsbild des Vorkriegs-Mietshauses ab. Bei Zugluft tanzen auf unserer Etage Wollmäuse über die stumpfen Fliesen, und zwischen den Streben des Treppengeländers prangt ein Spinnennetz. Die Zenker betrachtet das Gespinst als Piratenflagge, aber ihr Verständnis vom Lauf der Welt hindert sie daran, das Ärgernis selbst zu entfernen. Dieses Dilemma verengt ihr tagtäglich die Gefäße. Um sich Erleichterung zu verschaffen, lässt sie jeden Samstagvormittag einen Giftnebel aus Insektenvertilgungsmittel talwärts wallen. Bis jetzt ohne Erfolg.

Wir haben die Spinne Zerberus getauft. Ein stattliches Exemplar mit behaarten Beinen. Ursprünglich sollte sie Zenker heißen, aber das führte zu Irritationen in der Kommunikation.

Meine Handfläche hinterlässt einen Feuchtigkeitsfilm auf der Klinke. In Finnland tragen sie jedes Jahr eine Weltmeisterschaft im Lautlos-Schlafzimmertür-Öffnen aus. Seitdem ich Frau Zenker kenne, steigen meine Chancen auf den Titel.

Der Hausflur liegt so gottverlassen im Nachmittagslicht, dass man die Ruhe knistern hört. Wir nennen diese Stimmung »Stille mit Ohren«.

»Zerberus verbirgt sich in seiner Zuflucht«, flüstere ich Romanov zu, »also lauert die Zenker auf ihrem Wachtposten.«

»Ich gebe dir Deckung«, wispert er zurück.

Mein Partner reicht mir das Fernglas, und als er den dritten Finger hebt, stürmen wir in den Hausflur. Ein klassischer Ausfall.

»Halt!«, donnert das Triumphorgan der Zenker von oben herab. »Das sieht Ihnen ähnlich, sich klammheimlich aus dem Staub zu machen, Borg. Mich täuschen Sie nicht mit Ihrer Unscheinbarkeit. Mich nicht! Mietnomaden rieche ich drei Meilen gegen den Wind.«

Den Tonfall und das Anschwellen der Stimme am Satzende muss die Zenker mit der Muttermilch am Volksempfänger eingesogen haben. Jedes ihrer Worte trägt ein Hitlerbärtchen.

»Gott sei Dank hat der Spuk bald ein Ende! Frau Rosenberg lässt sich nicht länger vertrösten. Ich lese Ihnen den Brief mal vor, damit Sie gleich richtig Bescheid bekommen: *... ermächtige ich Sie, sehr geehrte Frau Zenker, die Eintreibung des Mietzinses durchzusetzen*. So! Eintreibung durchsetzen! Sie wissen, was das heißt!«

»Sie schlagen mich ans Rad und stoßen es brennend die Bahnböschung hinunter, kurz bevor der Zug kommt?«

Romanovs Imitation meiner Stimme würde jeden außer Mutter täuschen.

Ich schleiche auf Zehenspitzen weiter zur Haustür.

Zwei Stockwerke höher knarren Holzstufen, weil sich etwas Gewichtiges nach unten bewegt. In meinen besseren Träumen verstecke ich eine Minikamera in Frau Zenkers Alibert, um ihr Gesicht in Großaufnahme zu sehen, wenn sie feststellt, dass ich die Zahnpastatube mit Sekundenkleber versetzt habe.

Nessinger eilt über den Teerflickenteppich der Schildstraße, als wollte er der anonymen Enge der Mietskasernen entkommen, bevor das Karma der Verlierer an ihm haften bleibt. Aus einem Fenster über dem Kiosk wummert eine Techno-Nummer. Jeder Beat ein Schritt. Er passiert schon die Graffitis beim Zigarettenautomaten.

Vom Bürgersteig nähert sich das Rattern eines Einkaufswagens. Oma Bolte späht über den Ligusterwall unseres Vorgartens und parkt ihr Gefährt im Heckendurchgang. Sie trägt heute zwei Strickkleider übereinander, deren Farbmuster selbst in den Siebzigern viele Menschen beleidigt hätten.

»Um in dieser Gegend Singvögel zu beobachten, bist du dreiundsiebzig Jahre zu spät dran«, kräht das Mütterchen und deutet auf mein Fernglas. Wenn sie ihr Gebiss nicht trägt, fällt der Mund zu einer Knitterspalte zusammen.

Ich zwänge mich zwischen den Chromstreben ihres Einkaufswagens und den Heckenzweigen zum Bürgersteig durch.

Oma Bolte schiebt eine Filzsträhne unter das Kopftuch und versperrt mir den Weg. Ihr abgemagerter Körper riecht, als ob sie sich in Ermanglung eines Parfüms mit Gammelfisch einreibt. »Du könntest mir helfen, Strafzettel zu verteilen. Da stehen drei Falschparker am Schildplatz.«

Sie wühlt zwischen Einkaufstüten, Puppenköpfen und Taubenfedern in ihrem Gefährt herum und fördert einen Stapel bekritzelter Zettel zutage.

Nessinger verschwindet aus meinem Sichtfeld.

Ich will hinterher, aber Oma Boltes Hühnerknochenfinger krallen sich um mein Handgelenk. »Wir müssen alle unserer Bestimmung folgen«, murmelt sie. »Sonst geht die Ordnung der Dinge verloren.«

Das Entsetzen über die Berührung lähmt mich. Verlorene Seelen befällt das größte Grausen, wenn das geschieht, wonach sie sich am meisten sehnen.

»Wie viel hat man dir gezahlt, um ein Maschinenmensch zu sein?«, raunt die Alte mir zu. »Wer sich aufgibt für die Masse, der bleibt nirgendwo allein. Nur ein klitzekleines Rädchen im allmächtigen System. Nur zu sein und nicht zu denken – einfach, sicher und bequem.« Oma Boltes Blick wandert in aller Seelenruhe über die Klebstoffreste an den Rändern der Silikonnase.

Panik drückt mir den Hals zu, bis ich zu ersticken glaube.

»Hab' keine Angst«, sagt sie. »Lohnt es sich noch, dann wird man repariert, nur der Überschuss wird aussortiert.«

Eine Träne plitscht vor ihren Gummistiefeln auf die Gehwegplatte. Der Fleck erinnert mich an die Tintenkleckstests des Stationspsychologen.

»Ich muss dich warnen!«, flüstert die Greisin. »Hinter den Sünden der anderen findet man bloß sich selbst. Diese Art von Erkenntnis macht niemanden glücklicher. Der Betrüger-Jesus darf nicht alles verraten, weil die letzte Wahrheit im Sarg auf einen wartet.«

Oma Bolte streichelt über meine Wange und summt die Melodie eines Kinderliedes. *Der Mond ist aufgegangen.*

Ich möchte sie bitten, damit aufzuhören, aber mehr als ein Krächzen bekomme ich nicht heraus. Mein Bewusstsein flieht vor durchglühenden Nervendrähten. Zieht sich zurück ins Schneckenhaus der Erwartungslosigkeit. Der Kurzschluss lässt einen Schutzschalter herausspringen, und mein Körper fällt in Schockstarre.

Seitdem ich der Hölle mit den Pappwänden entstiegen bin, verwandelt mich jede Nähe zu einem andern Menschen in ein Denkmal. Nur meine Augen entgehen der Versteinerung. Hier steht Borg, die Beobachtungsmaschine, und nimmt auf, wie andere Menschen Leben spielen. Schnitt. Klappe. Dunkelheit. Ich höre ein Flüstern, viel leiser als das sich entfernende Rattern des Einkaufswagens. Es sucht mich. Es will mich mitnehmen.

Das Röhren eines anspringenden Motors zieht mich zurück in meinen Körper. Fünfzig Meter die Straße hinunter schert ein Sportwagen aus einer Parklücke und schießt Richtung Gildenstraße davon. Ein roter Mercedes SLK. Passt in diese Gegend wie Trüffelschaum zur Kneipenbulette.

In der Anstalt haben sie mir beigebracht, die Erinnerung an das Flüstern in eine Kiste zu packen und sie zu den anderen zu stellen. Es beruhigt, aber man muss Herr seiner dunklen Kisten bleiben.

Trotz Händezitterns entdecke ich beim Blick durch den Feldstecher Nessingers Grauschopf im Fahrerraum des Mercedes. Drei Sekunden nach dem Einprägen des Nummernschilds biegt er um die Ecke. Die Überprüfung des Klienten gehört zum Qualitätsstandard der Detektei Mystica. Man wird zu oft verarscht.

Die Röte in Frau Zenkers Gesicht deutet darauf hin, dass sich ihr Kampf mit dem heiligen Georg dem Finale nähert. Gerade weil Romanovs Magie im Zenkerland versagt, bringt eine Drachendressur sein Bühnenblut in Wallung. Da erwacht der Showvirus in ihm. Er longiert die Furie so lange an ihrem Lieblingsthema Reinlichkeit herum, bis sie den ursprünglichen Grund ihres Auftritts vergessen hat.

Die Heimsuchung des Hausflurs thront auf dem Absatz und schüttelt bei jedem seiner Worte den Dutt. Um ihrer Geringschätzung mehr Ausdruck zu verleihen, schnippt sie Krümel vom Ärmel. Man bekommt die Blockwartin ausschließlich in einem geblümten Haushaltskittel zu Gesicht. Wahrscheinlich hat ihr Wanst ihn an einigen Stellen überwuchert, sodass sie zum Entkleiden einen Chirurgen bemühen müsste.

»Gibt es bei Ihnen daheim keine Hausordnung?«, keift sie. »Wohnen Sie überhaupt irgendwo?« Ein angewiderter Unterton mischt sich in ihre Stimme. »Lässt Borg Sie hier übernachten, weil ihr was miteinander habt?«

»Ich bewohne ein Kämmerchen in der Nordstadt«, sagt Romanov. »Man kommt dort auch ohne die Überwachung von Vorschriften miteinander aus.«

»Wen wundert's«, fährt sie ihn an. »Nordstadttürken benutzen die Flurdienstpläne zum Hintern abputzen, aber in diesem Haus herrscht Zucht und Ordnung. Die Schmittkes aus dem zweiten Stock beobachten schon länger, dass im Erdgeschoss nicht gewischt wird. Der Gestank zieht bis nach oben.«

»Der Flur stinkt, weil Ihre Töle sich dort erleichtert«, erwidert Romanov.

Ein Ausbund an Durchtriebenheit, diese Finte. Der Zenkerdrachen wittert natürlich, dass nur Tierurin als Grund für die Geruchsbelästigung infrage kommt, und Poe wohnt inkognito hier. Gewöhnlichen Mietern ist das Halten von Haustieren untersagt, aber solange Romanov Vincent pflegen muss, lebt seine Katze bei mir im Exil. Genau genommen verursacht die Zenker das Ärgernis durch ihre Schrubborgien mit Salmiak selber. Ammoniakgeruch animiert Kater zum Markieren, und manchmal gelingt es Poe, in den Flur zu entwischen.

»Töle? Damit meinen Sie ja wohl nicht Bubi!«

Die Stimme der Zenker schnellt vor Entrüstung zwei Oktaven nach oben, und wie auf Kommando hechelt Bubi, der altersräudige Schoßpudel der Zenker, die Treppe hinunter. Im Erdgeschoss angekommen hoppelt er auf Romanov zu, umklammert sein Bein und beginnt daran zu rammeln.

»Das ist Pfui, Bubi«, schreit die Zenker von oben. »Aus! Du machst dich noch schmutzig!«

Es kostet Überwindung, in ihr Blickfeld zu treten. Sie zieht eine aufgemalte Augenbraue in die Höhe und wedelt mit dem Rosenberg-Brief, als befände sich darin die Originalverkündigung der Zehn Gebote.

»Drei Monate Mietrückstand, Borg! DREI MONATE! Wenn ich das Geld nicht auf der Stelle bekomme, fliegen Sie hochkant raus!«

Die Zenker würde deswegen nie anklingeln oder ins Büro kommen. Sie lebt für die Bretter der Hausflurbühne. Spaß macht es nur, wenn alle mithören können.

»Die Lösung des Problems verließ eben das Haus«, bemerkt Romanov mit der Liebenswürdigkeit des Dalai Lama. »Unser Kunde kann Ihrer nachbarschaftlichen Anteilnahme unmöglich entgangen sein.«

»Ich hielt Ihren Besuch für den Gerichtsvollzieher.«

»Die Dinge liegen nicht immer so, wie Sie fallen, verehrte Frau Zenker. Das Honorar des Klienten wird Herrn Borg in die Lage versetzen, die ausstehende Miete zu zahlen. Es hängt sogar ein Blumenstrauß dran, für Ihr Verständnis und den Langmut.«

»Sparen Sie sich die Mühe und das Gesäusel. Meine Vasen sind alle in Gebrauch.«

»Ihr Mann muss seine Frau sehr lieben.«

»Ich schmeiße sie nach ihm. Er vertröstet mich auch in einer Tour.«

Romanov versucht, die Hornhaut um ihr Herz mit einer letzten Charmeoffensive zu erweichen. »Sie dulden in diesem Haus kein Ungeziefer, oder?«, fragt er.

Die Zenker läuft über vor Häme. »Warum sollte ich Borg sonst jeden Tag auffordern, endlich auszuziehen?«

»Schlimm, wenn die Leute den Silberfischchen schon Namen geben.« Romanov verpackt seine Worte in Besorgnis. »Wussten Sie, dass sich Teppichmilben von Hautpartikeln ernähren, und Ratten bis in Toilettenschüsseln gelangen können? Wir werden Ihr Problemchen, diesen geringfügigen Befall, niemandem verraten, wenn Sie Herrn Borg ein paar Stunden Zeit gewähren.«

Die Kälte in der Stimme des Hausdrachens bringt selbst Eskimos zum Frösteln. »Wenn ihr in meiner Wohnung auch nur das Beinchen einer Parasite findet, gebe ich euch sogar bis morgen Zeit.«

»Meine Befürchtungen gelten Ihrer Kitteltasche«, sagt Romanov.

Die Zenker durchwühlt die Taschen, stutzt, und zieht ein Fellbündel mit spitzen Öhrchen aus der linken hervor. Sie hält ihren Fund zwischen Zeigefinger und Daumen am Schlafittchen und betrachtet ihn. Die Flughäute des Wesens hängen schlaff zu Boden. Als es die Augen öffnet, schreit Frau Zenker, dass die Scheiben der Flurfenster vibrieren. Sie schleudert das Tier bis unter die Flurdecke, aber es fällt zurück auf ihren Kopf und krallt sich an den Haarknoten fest. Kreischend und um sich schlagend wankt der Hausdrachen auf dem Absatz herum. Die Fledermaus reitet Rodeo auf dem Dutt, dann wird sie abgeworfen und trudelt durch die Luft. Kurz bevor das Tier auf die Fliesen schlägt, breitet es die Flügel aus, schießt in einer rasanten Kurve aufwärts und umflattert Frau Zenkers Kopf, bis der Hausdrachen unter Sirenengeheul treppaufwärts flieht.

»Also abgemacht«, ruft Romanov ihr hinterher. »Bis morgen!«

Mein Partner bläst in eine Hundepfeife und streckt den Daumen von sich, wie ein Maler bei der Überprüfung des Fluchtpunkts. Aus dem ersten Stock wirbelt ein Schemen heran und landet auf Romanovs Finger. Die Fledermaus faltet ihre Flügel zusammen, klappt die Äuglein zu und kippt nach hinten weg, bis sie kopfüber zu Boden hängt.

»Wusste gar nicht, dass Vincent wieder fliegen kann«, sage ich.

»Ich auch nicht«, antwortet Romanov und verstaut seinen Ex-Showstar in der Innentasche des Gehrocks. Dann betrachtet er den Pudel, der hechelnd und mit zuckendem Stummelschwänzchen an seiner Lederhose hängt. »Wärest du so gut, das Sambal Oelek zu holen?«, bittet er mich. »Ich möchte keine Gewalt anwenden.«

In der rechten unteren Ecke des Bildschirms steht 17:28 Uhr, als das Suchprogramm einen Treffer verkündet.

Auf der anderen Seite des Schreibtischs unterbricht mein Partner den Bau seines Tarot-Kartenhauses. »Was spuckt Igor aus?«, will er wissen.

Romanov widert alles Technische an und seine Verweigerungshaltung beschränkt sich nicht bloß darauf, meinem Laptop den Namen des buckligen Gehilfen von Doktor Frankenstein zu verpassen.

»Laut Kennzeichen wohnt Nessinger am Möhnesee. Verheiratet, keine Kinder. Autohändler und Immobilienmakler im Ruhestand.«

Poe streicht um Romanovs Beine und springt auf seinen Schoß.

»Kryptozoologie-online.de führt ihn als Moderator«, sage ich. »Zahlreiche Beiträge im Forum. Der Nick unseres Klienten lautet Nessie.«

»Könntest du mir dieses Kauderwelsch übersetzen?«

Mehr als einen Stoßseufzer erwartet er nicht von mir.

»Wie hast du Vincent in die Tasche der Zenker bugsiert?«, frage ich ihn.

»Zauberei lebt zu fünfundneunzig Prozent von Fingerfertigkeit und Ablenkung. Das Grundgerüst dieser Kunst besteht aus akribischer Planung und Informationsbeschaffung. Man muss das Geschehen voraussehen, um es kontrollieren zu können.«

Poe verfolgt jede Bewegung seines Herrchens. Die vierte Ebene des Kartenhauses steht bereits.

»Vor meinem Eintreffen in der Detektei überlebte ich einen Zusammenstoß mit deiner Nachbarin«, erzählt Romanov. »Ich bot ihr an, unseren Dauerzwist zu begraben und versuchte, das Zenker´sche Liebeschakra durch ein Umarmung zu öffnen. Ihre Begeisterung über meine Zuneigung hielt sich allerdings in Grenzen.«

»Ach, deshalb war sie hinter dir her. Sehr selbstlos. Zauberei lebt zu fünfundneunzig Prozent von Handwerk, sagtest du? Woraus bestehen die restlichen fünf Prozent?«

»Magie!«

»Du meinst computergesteuerte Spiegel und Klappmechanismen?«

»Über Unfassbares spottet es sich am Leichtesten.«

Poe schlägt mit der Pfote nach dem Kartenhaus, und das Bauwerk aus Tarotkarten fällt in sich zusammen.

»Beim Barte von Friedjof Capra!«, staunt Romanov. Er deutet auf den Kartenhaufen. Nur eine liegt mit der Illustration nach oben: *La Luna*. »Sieh dir das Bild an! Zwischen den beiden Türmen sitzen zwei Hunde und jaulen den Mond an, während im Vordergrund ein Krebs aus dem Fluss steigt.«

»Und? Ist meine Mutter Zigeunerin oder deine?«

»Die herkömmlichste Deutung beinhaltet eine Warnung: Der Schein trügt, weil Verbindungen zwischen Menschen im Verborgenen liegen. Jemand will uns durch eine Pforte locken. Wir sollen uns Gewissheit verschaffen und Licht ins Dunkel der Nacht bringen.«

Manchmal frage ich mich, ob Romanov die Grenze zwischen Bühnenrolle und eigener Identität noch wahrnimmt. »Ein brandneuer Ansatz in der Detektivarbeit!«, rutscht es mir heraus. »Ich sehe schon den Titel des dazu gehörigen Standardwerks: *Die Romanov-Methode*.«

»Schau dir den Krebs auf der Karte an. Die Ähnlichkeit mit unserem Kryptiden ist frappierend!«

»Und die Architektur der Türme erinnert mich an ein Hochhaus in Westerfilde. In seinem Erdgeschoss befindet sich ein Chinarestaurant. *La Luna* will uns sicher warnen, in dieser Lokalität keine Krustentiere zu bestellen, weil man sonst Hund serviert bekommt.«

Für die Betroffenheit in Romanovs Gesicht könnte man Eintritt verlangen.

»Vielleicht entflammt deine Erkenntnis, wenn ich dir die Verflechtung von Atomphysik und Mystik wissenschaftlich erläutere. Seit dem Urknall sind sämtliche Quanten des Universums miteinander verschränkt. Das heißt, dass jedes dieser winzigen Energieteilchen mit allen anderen in Verbindung steht. Entfernung spielt dabei keine Rolle.« Mein Partner tippt gegen eine der Krähen und lässt sie an ihrem Faden schwingen. »Quanten können Informationen übertragen. Die Nachricht, dass sich der Vogel bewegt, verbreitet sich mit Überlichtgeschwindigkeit im gesamten Raum. Das lässt sich in Experimenten nachweisen. Einstein nannte dieses Phänomen ›spukhafte Fernwirkung‹. Durch Quantenverschränkung vernetzt sich das Universum auf subatomarer Ebene.« Romanov stolziert beim Dozieren im Raum herum. »Erstaunlich, aber nur eine Petitesse gegen den Clou der Geschichte! Das Volumen eines Atoms ist hunderttausendmal größer als sein Kern. Wenn deine Faust zum Beispiel den Atomkern darstellen würde, entspräche die Größe des Gesamtatoms der St. Paul's Cathedral. Zwischen Kern und Elektronenhülle befindet sich Vakuum. Das Nichts. Der Nullraum. Könnte man sämtlichen Nullraum aus den Atomen pressen, fände die Menschheit Platz in einem Stück Würfelzucker.« Mein Partner breitet die Arme aus. Entweder erwartet er Applaus oder einen herbeistürzenden Kammerdiener, der ihn abfusselt.

»Ach, das meinte Einstein mit ›Gott würfelt nicht‹.«

Romanov erträgt meine Albernheit mit der Geduld eines buddhistischen Mönches. »Das Higgs-Feld und die Energiematrix der Quanten durchziehen dieses Nichts und bilden einen Informationsspeicher, vollgestopft mit Mustern von Möglichkeiten, aus denen sich Wirklichkeit gestaltet, oder was wir dafür halten. Auf Quantenebene gibt es keine Realität, bloß einen Schaum aus Wahrscheinlichkeit. Die Welt beruht auf Deutung, nicht auf Tatsachen.« Romanov präsentiert *La Luna* wie ein Staatsanwalt das Beweisstück beim Schlussplädoyer. »Der Nullraum beinhaltet den Bauplan des Kosmos' und das Wissen um die darin geschehenden Dinge. Du brauchst nur geeignete Mittel, um diese Informationen abzurufen. Ob man nun Tarotkarten legt, Knochen wirft oder das Pendel befragt: Es kommt auf die Entschlüsselung des Codes an, auf die richtige Interpretation der Hinweise aus dem Raum innerhalb der Dinge.«

»Uns bringt die Auskunft des Nullraums im Augenblick aber nicht weiter.« Ich drücke ein letztes Mal die Returntaste. Nichts. »Kein Treffer bei der Handynummer des Verkäufers«, informiere ich Romanov.

»So viel zu Igors Wunderprogrammen«, sagt mein Partner. »Wo sollen wir anfangen, wenn du dir den Luxus erlaubst, die Hinweise der Karte zu ignorieren?«

»Mein Nullraum arbeitet beim BKA und heißt Berger. Seine Leute überprüfen auch den Film.«

»Das Bundeskriminalamt leistet dir Gefälligkeitsdienste? Der Verein wollte dich doch loswerden?«

»Meine Karriere als Zielfahnder gab ich auf eigenen Wunsch auf, um der Kripo Dortmund beizutreten. Dort setzten sie mich wegen Dienstunfähigkeit vor die Tür.«

Die Narbe ist zu frisch, um nicht zu schmerzen. Der Wechsel in meine Heimatstadt sollte eine lange Jagd beenden. Sollte mich an die Ursprünge von allem zurückführen. Sollte die Schlinge vor Ort enger ziehen, aber schon das erste Rendezvous mit der Vergangenheit schlachtete all meine Hoffnung und ließ nichts zurück außer dem Gefühl, dass mir das Leben seitdem unter den Fingern zerbröselt.

»Ich hätte auch gern einen Mentor bei einer einflussreichen Organisation«, sagt Romanov.

»Warum fragst du nicht bei der Russenmafia nach?«

»Sie haben Post«, verkündet eine Frauenstimme aus den Lautsprechern. Bei ihr klingt der Vorgang nach etwas Erotischem. Wahrscheinlich weiß sie, dass in meinem Postfach überwiegend Viagra-Spams und Angebote zur Penisverlängerung landen.

Die Mail stammt vom Bundeskriminalamt.

»Unser Gespräch muss Berger in den Ohren geklingelt haben.«

»Gedankenverschränkung«, sagt Romanov. »Auch Menschen bestehen aus Quanten.«

»Die Jungs mit der Ausnahmegenehmigung vom Datenschutzbeauftragten konnten den Handybesitzer ermitteln. Ein Herr Gülnaz aus Dortmund-Eving, wohnhaft im Forellenweg 6.«

Romanov hält die Tarotkarte hoch. »*La Luna* lässt grüßen. In diesem Ortsteil gärt die Volksseele, weil der dortige Moscheeverein ein Minarett errichten möchte. Der erste Turm tritt aus den Schatten!«

»Wir sollten dem Nullraum für diesen Ermittlungserfolg huldigen«, sage ich. »Lass uns einen Kreis bilden!«

Romanov sieht mich an wie ein Missionar den Kannibalen, der Feuer unter seinem Topf entfacht. »Jagen dir die Zusammenhänge von Quantenphysik und Esoterik einen solchen Schrecken ein, dass du dich in Sarkasmus flüchten musst?«

»Hol schon mal den Wagen!«, sage ich.

KAPITEL 2

VOR DER SCHIPPE IS' DUNKEL

Der Forellenweg liegt inmitten einer Planeinheit paralleler Straßen mit Fischnamen. Die Reihenbaracken des Quartiers versprühen den Charme aufgegebener Rohbauten, und auch das restliche Flair des Viertels empfiehlt zufällig hier Gelandeten, mit der Hand am Portemonnaie das Weite zu suchen. Den an der nächsten Laterne lehnenden Drahtesel kann man dafür nicht gebrauchen. Das Fahrrad steht ohne Sattel auf seinen Schutzblechen, als hätte ein Künstler es dort installiert, um der Trostlosigkeit ein Symbol zu geben.

Auf jedem Quadratmeter zwischen den Häuserreihen bestellen die Anwohner Gärten, in denen Lauch, Möhren und Satelliten-Antennen groß wie Traktorräder aus dem Boden schießen. Der Geruch von Kompost und Majoran liegt in der Luft.

Als wir uns den ersten Müllcontainern nähern, verstummt das Rascheln und Knabbern dahinter, und zwei Ratten huschen in die Deckung des nächsten Sperrmüllhaufens.

Ich komme mir vor wie ein Raumfahrer beim Betreten eines anderen Planeten. Man staunt über die Fremdartigkeit dieser Welt und fragt sich, welche Auswüchse ihre Lebensbedingungen hervorbringen.

Romanov bleibt stehen und fährt mit der Hand über sein Rüschenhemd. »Wir sollten erst den Zoo abarbeiten«, sagt er. »Gerne auch das Bestattungsunternehmen.«

Zwischen den Hausnummern 6 und 8 campiert ein Männerrudel auf Plastikstühlen. Sie gestikulieren beim Reden, spucken Kürbiskernschalen auf den Asphalt und wippen mit den Füßen zu Rhythmen und Melodien aus dem Orient.

Diese Gegend gilt als Ghetto der Gescheiterten, als städtebauliches Auffanglager, um die Aussätzigen der Gesellschaft vor dem Sturz ins Bodenlose zu bewahren. Ein weißer Fleck auf der Karte des Bo-Frost-Mannes. Wer hier zur Welt kommt, schafft es bestenfalls in eine andere Fischnamenstraße. Trotzdem sieht man nirgendwo sonst in der Stadt so viele Kinder. Sie laufen umher, bewerfen sich mit Dreck und lachen, weil noch keiner von ihnen versteht, dass sie einer Legebatterie geplatzter Illusionen entschlüpft sind. Hier gibt es nichts zu verteidigen und kein Ziel zu erreichen. Dieses Viertel wird immer nur bei Geburtenraten und Statistiken über Drogenkriminalität den ersten Platz belegen.

»Die Leute beobachten uns«, ermuntere ich meinen Partner. »Wir fallen auf. Wer zögert, zeigt Schwäche und macht sich verdächtig.«

Romanov trottet weiter auf das Haus Nummer 6 zu, und ich folge ihm. Zwei Aliens, denen die Schwerkraft so zusetzt, dass sie kaum die Füße gehoben bekommen.

Mehrere Klingeln hängen an den Drähten aus dem Putz, und als Haustür fungiert eine Holzplatte. Durch ihre Ritzen dringt der Geruch von feuchtem Mauerwerk nach außen. Wohnungsbaugesellschaften setzen solche Provisorien ein, wenn die Türen alle naslang eingetreten werden.

Hinter unserem Rücken braut sich ein Gewitter aus Lautlosigkeit zusammen. Lediglich die Musik dudelt noch aus einer der Wohnungen. Romanov und ich drehen uns gleichzeitig um.

Die Männer starren uns an. Ein hagerer Kerl mit schütterem Haar, Prachtnase und Ziegenbart schreit zwei Sätze nach oben. Die Musik erstirbt und eine Frau mit Kopftuch beugt sich aus dem dritten Stock über die Fensterbank. Sie schüttet einen Eimer Türkisch auf uns herab. Man muss die Sprache nicht verstehen, um zu wissen, wen sie beschimpft.

»Ich wünsche auch einen angenehmen Tag«, ruft Romanov zu ihr hinauf. »Wir suchen Herrn Gülnaz.«

Die Erwähnung des Namens lässt die Frau ebenso verstummen wie das Radio.

Ein höchstens zwanzigjähriger Bursche erhebt sich und schlendert auf uns zu. Er trägt ein T-Shirt über der Jeans und Tätowierungen auf den Muskeln. Der Kraftprotz baut sich in Türstehermanier vor uns auf und verschränkt die Arme. Sein Blick verrät, dass er überlegt, wer ihm aus unseren Zähnen eine Kette anfertigen könnte.

Romanov betrachtet seinen Spazierstock, ohne den er die Wohnung nur im Notfall verlässt. Als Knauf fungiert eine Elfenbeinkugel mit zwei Einbuchtungen und der Schuss aus Schlangenholz endet in einer mit Runen verzierten Goldspitze. Mein Partner behauptet, dass der Handgriff aus dem Schädel eines Schrumpfkopfs gefertigt wurde und lediglich durch die Abnutzung der letzten 400 Jahre nicht mehr auf Anhieb als solcher zu erkennen sei. Er lässt das Kleinod durch die Luft zischen und versucht, den Türsteher mit seinem Bernsteinblick zu versengen. Ein Gebetsteppich aus Stille senkt sich über die Arena. Im flirrenden Äther zwischen den Kontrahenten könnte man einen Dönerspieß grillen.

Mein Partner gewinnt das Blickduell. Der Türke fährt sich über die Gelfrisur und sucht den Abendhimmel nach UFOs ab.

»Gülnaz gibt's hier viele.«

Kein harter Akzent. Kein »du Opfer« am Ende des Vortrags. Nicht einmal eine Aufzählung der Tiere, mit denen unsere Mütter seiner Meinung nach Verkehr hatten.

»Unser Gülnaz wohnt in diesem Haus.« Romanov lässt seinen Akzent ein Stück weiter herausschauen als gewöhnlich.

»Wenn du 'ne Einladung hast, sag' das Zauberwort«, meint der Türsteher.

»Gammelfleisch?«

»Du bist nich' lustig!«

Romanov reibt Zeigefinger und Daumen gegeneinander. »Es geht um eine Menge Geld«, sagt er.

»Gib's mir, ich bring's ihm.«

»Wir müssten uns erst mit dem Herrn Gülnaz unterhalten.«

Ein abschätziges Lächeln erscheint auf dem Bodybuilder-Gesicht. »Wer seid ihr Nasen überhaupt?«

Ein Kontrollgriff an die Silikonattrappe rückt mich ins Rampenlicht.

»Is' dein Kumpel vom Amt?«, fragt der Türke Romanov. »Die seh'n da alle gleich aus. Kannste nich' unterscheiden. Züchtet ihr die irgendwo?«

»Die Angelegenheit köchelt in einem Hochdrucktopf voll Dringlichkeit«, sagt mein Partner.

Der Türke rotzt seine Verbitterung vor Romanovs Stiefel.

»Fühlt sich scheiße an, wenn die Leute einen betteln lassen, oder? Ich kenn das Gefühl. Für die Amtsarschlöcher sind wir keine Menschen, nur Ausfüller. Füll Formular hier aus, dann bekommst du, was dir zusteht. Füllst du falsch aus, musst du wieder ans Ende der Schlange. Füllst du schlecht aus, gib's nix. Die meisten Leute hier können nich' ma Türkisch lesen!«

»Selbst Analphabeten schätzen die Universaldokumente von Penunzen!«

Romanovs Versuch, die Situation zu entkrampfen, indem er einen Geldschein hinter dem Ohr seines Gegenübers hervorzaubert, scheitert im Ansatz. Das Muskelgebirge deutet die Bewegung als Bedrohung, fängt den Arm ab, und schlägt seinerseits zu. Romanov pariert den Angriff mit seinem Stock. Die beiden tauschen ein paar Blocks und Schläge aus, dann wirbelt die Gehhilfe durch die Luft, und Romanov findet sich im Schwitzkasten seines Gegners wieder.

»Er kann Karate«, röchelt mein Partner unter der Achsel des Türken. Sein Bezwinger dreht ihm den Arm auf den Rücken.

Der Türsteher ruft einen Satz auf Türkisch zu den Männern hinüber und erntet Gelächter.

»Hakan! Hakan! Hakan!«, feuern sie ihn im Chor an.

Der Teint meines Partners bekommt eine purpurne Note.

Hakan zwingt Romanov auf die Knie. »Wenn du zu Sürgü willst, stell 'nen Antrag. Leider hat Formularabteilung heute schon geschlossen. Musst du morgen wiederkommen.«

»Lass ihn los, Hakan«, sage ich.

Romanovs Rolle als Ablenkungsmanöver bringt ihn öfter in Schwierigkeiten. Er gibt das Frontschwein und verschafft mir die Ruhe, meiner Profession als Profiler nachzugehen. In seiner Gegenwart verblasse ich zur Unsichtbarkeit.

»Oder?«, schnauzt Hakan mich an.

Ich hebe den auf Briefmarkengröße gefalteten Geldschein vom Boden auf.

»Oder du machst Verluste«, sage ich. »Wir respektieren eure Öffnungszeiten. Nimm dieses Geschenk als Zeichen unserer Entschuldigung an.« Der Zwanzig-Euro-Schein entfaltet sich auf meiner Handfläche wie eine aufknospende Geldblüte.

»Respekt is' immer wichtig!«, sagt Hakan. Er lächelt.

Die Büsche am Ende des Forellenwegs gehören zur Grünanlage *An den Teichen*. Der Park lockt Ruhesuchende mit Vogelgezwitscher, Schatten spendenden Bäumen und einem angrenzenden Wäldchen.

Drei Kopftuchfrauen in Billigkleidern schieben ihre Kinderwagen über den Asphaltweg und schwatzen auf Türkisch. Unter dem pilzförmigen Schutzdach am Teich lauscht eine Gruppe Jugendlicher einem Hip-Hop-Song aus den Boxen eines Ghettoblasters. Sie tragen ihre Kappen mit dem Schirm im Nacken und Goldschmuck in Ankerkettenstärke um den Hals. Einer der Homeboys springt auf und begleitet das Lied mit Fingerbewegungen und Gesten, als müsste der Rest der Gangsterrapper den Text in Gebärdensprache erklärt bekommen. Das Kapuzen-Shirt und der tief hängende Hosenboden sitzen so unvorteilhaft, dass er aussieht wie ein Buckliger mit Stummelbeinen in vollen Windeln.

Der Teich besitzt die Größe eines kleinen Sees. Zwei Fontänen jagen sein Wasser fünf Meter in die Luft, bevor es zurück auf die Oberfläche prasselt und Sprühnebel über die Seerosenfelder treiben lässt. Als Zugabe zaubert die Abendsonne einen Regenbogen in die Tröpfchengischt.

»Uns bleiben anderthalb Stunden«, sage ich. »Macht deine Genesung Fortschritte?«

Romanov reibt sich den Hals.

»Warum musstest du diesem Grobian unser letztes Geld in den Rachen werfen? Das schmerzt mich mehr als die Niederlage.«

»Ein blaues Gesicht steht dir nicht. Wir setzen den Betrag als Spesen auf die Rechnung.«

»Konntest du etwas beobachten, das uns weiterbringt?«

Meine Hand streicht über das Holzgeländer des Aussichtsstegs. »Der Ablauf hatte Methode. Mir kam es vor wie eine x-mal geprobte Aufführung. Die Leute wollten uns vom Haus fernhalten.«

»Dann sollten wir herausfinden, wo sich der Herr Gülnaz tagsüber rumtreibt. Ob er auswärts isst oder im Verein Fußball spielt.«

Neben uns reiht eine Türkin ihre vier Kinder am Geländer auf, holt Weißbrot aus einer Alditüte und verteilt es an den

Nachwuchs. Direkt vor einem Schild mit der Aufschrift: *Füttern der Enten verboten*. Um auf Nummer sicher zu gehen, steht *Yem vermek yasaktir* darunter.

Die Kinder bewerfen die Stockenten mit Brotstücken. Eine im Wasser dümpelnde Flotte aufgeschwemmter Backwaren deutet darauf hin, dass dieses Freizeitvergnügen Tradition besitzt.

Mein Partner applaudiert und spricht die Frau an. »Guten Tag! Tolle Choreographie! Mich überzeugt auch die Botschaft der Performance, weil da eine gewisse Metaphorik mitschwingt. Die Enten zu mästen, bis sie zu fett zum Fliegen sind, betont das Schicksalsverhaftete der Menschen hier und geißelt gleichzeitig das System. Apropos Menschen hier. Kennen Sie Herrn Sürgü Gülnaz?«

Die Frau sieht Romanov an, als wäre er ein Sittenstrolch. Dann treibt sie ihre Küken mit ein paar Kommandos zusammen, und die ganze Bagage trippelt Richtung Fischstraßenviertel davon.

»In drei Minuten hängt dir Hakan am Hals«, prophezeie ich meinem Partner.

»Nutzen wir die verbleibende Zeit«, sagt Romanov und spaziert Richtung Holzpilz.

»Du solltest dich besser auf den Lebenshorizont der Zielpersonen einstellen«, rufe ich ihm hinterher. »Diesmal könnte es mit blau anlaufen nicht getan sein.«

Vom Kinderspielplatz schallt Gelächter herüber.

Zwischen den Büschen taucht ein Junge auf. Er ist so damit beschäftigt, sich die Tränen aus den Augen zu wischen, dass er kaum sieht, wohin er tritt. Ein Ausgestoßener des Grundschulkinderuniversums, wo verlorene Sandkastenkonflikte ewige Verdammnis bedeuten. Auf dem Asphaltweg bleibt er stehen und schreit Schimpfworte Richtung Spielplatz.

Romanov ändert seinen Plan. Er überreicht mir den Stock, geht zu dem Knirps und tippt ihm von hinten auf die Schulter. Die Erscheinung meines Partners verfehlt ihre Wirkung nicht. Der Junge dreht sich um und bekommt vor Staunen Kulleraugen.

»Tust du mir was, hol ich meinen Vetter Hakan«, sagt er. »Hakan kann Karate. Der haut dir ordentlich was auf die Fresse! Und die blöde Scheißaische vom Spielplatz kann er gleich mitmachen.«

»Ich kenne deinen Vetter. Er zieht heimlich Burkas an.«

Romanov übertreibt es mit dem Einstellen auf den Lebenshorizont.

»Das erzähl ich Hakan«, schreit der Knirps und versucht, meinem Partner vors Schienbein zu treten.

»Sieh dich vor!«, raunt Romanov, »vor dir steht ein Zauberkrieger und der beste Karatekämpfer aller Zeiten.«

Er klaubt einen Kronkorken vom Boden auf, tippt dagegen, um seine Undurchlässigkeit zu beweisen, und überreicht ihn dem Jungen. »Untersuche ihn gründlich, Vetter von Hakan.«

Der Kleine glotzt auf den Bierflaschenverschluss und fummelt daran herum.

Romanov nimmt ihm den Kronkorken mit der linken Hand ab, ballt die Rechte zur Faust und winkelt seinen Arm an. Die Mimik meines Partners friert zu einer Maske der Konzentration ein, dann hebt er ein Knie in die Höhe, bis er dasteht wie Kung-Fu-Caine in Kranichhaltung. Brummlaute begleiten die Aufführung. Romanov schmeißt den Kronkorken in die Luft, die rechte Hand zuckt nach vorn und der Blechkranz hängt durchstoßen um seinen Zeigefinger.

Der Mund des Jungen steht sperrangelweit auf. »Kommst du mit mir zum Spielplatz?«, bettelt er.

»Gern dient dir der Meister als Werkzeug der Rache. Vorher müssen wir allerdings Sürgü Gülnaz treffen. Kennst du ihn?«

Die Augen des Jungen strahlen vor Begeisterung. »Alle kennen den Sürgü! Wenn ich groß bin, werde ich auch Goldhändler.«

»Weißt du, wo wir ihn finden können?«

»Vielleicht in der Teestube vom Moscheeverein, da spielt er oft mit den anderen Karten, oder bei seinem Lager, drüben, in der Burgholzstraße.«

»Na«, prahlt Romanov, als wir die Zufahrt zum Nordfriedhof passieren, »wie habe ich das gemacht?«

»In deiner Hosentasche befand sich ein Kronkorken mit Loch. Während du den Flaschenverschluss vom Boden aufgehoben hast, wanderte er über den Zeigefinger deiner rechten Hand. Wenn du sie zur Faust ballst, sieht der Zuschauer den präparierten Deckel nicht mehr. Der große Romanov musste nur den aufgesammelten Kronkorken hochwerfen, mit der rechten Hand schnappen und gleichzeitig den Zeigefinger nach vorne schnellen lassen. Alles eine Frage von Ablenkung und Geschwindigkeit.«

»War ich zu langsam?«

»Nein. Die fünf Prozent Magie fehlten. Der Kronkorken vom Boden gehörte auf ein Stifts-Pils, an deinem Finger hing nachher aber ein Exemplar der Marke Krombacher. Du schleppst wahrscheinlich nicht für alle Gelegenheiten den passenden Deckel mit dir herum.«

Das Lager entpuppt sich als Bretterscheune auf der Randparzelle einer Kleingartenanlage. Ein Zaun aus aneinandergeschweißten Stahlrohren umgibt das Areal.

Neben dem Schober warten drei Schuppen auf ihren Einsturz. Berge von Schrott und Gerümpel ragen bis an die Teerpappendächer und der Brennnesseldschungel vor den Hütten überwuchert das ausgeschlachtete Wrack eines Mercedes'.

Auf einem Stapel ausgedienter Waschmaschinen schlägt ein Fetzen Bauplane gegen Plexiglas und erzeugt ein monotones Flappen. Das Geräusch passt hierher wie das Heulen des Windes im Western, wenn der Sheriff die versandete Quelle neben dem Rinderskelett erreicht und einem durch die Wüste treibenden Ball aus Steppenkraut hinterhersieht.

»Hübsch hier«, sage ich, »aber die Heckenhöhe entspricht nicht der Satzung.«

Die Scharniere des Tores kreischen das Rostlied. Wer sich durch den Eingang wagt, muss als Nächstes an einem Zwinger mit Hundehütte vorbei. Vor der Behausung stehen zwei blank geleckte Futternäpfe, und aus der hinteren Ecke weht der Geruch eines Prachthaufens herüber. Das Drahtgitter des garagengroßen Käfigs sieht marode aus. An einigen Stellen passt schon ein Chihuahua hindurch.

»Wieder lächelt uns *La Luna* an.« Romanov deutet auf den Schäferhund.

Das Tier zieht es vor, auf dem Betonboden zu schlafen, anstatt in seiner Hütte.

»Der erste Canide! Er sieht genauso aus wie auf der Tarotkarte.«

»Du übertreibst. Im Gegensatz zu dieser Schlafmütze hier sträubt sich den Exemplaren auf *La Luna* das Nackenfell, und sie heulen den Mond an. Da gebärdet sich ja Bubi wilder.«

»Er haust bestimmt nicht ohne Grund hier!«

Der Hund scharrt mit den Pfoten über den Boden. Wahrscheinlich jagt er ein Traumkaninchen.

Wir schleichen am Zwinger vorbei und betreten die Stufen zur Eingangstür der Scheune. Romanov will in Ermanglung einer Schelle klopfen, aber ich halte ihn zurück und deute auf das Türschloss.

»Aufgebrochen«, murmelt er.

»Und zwar von innen! Sonst lägen Späne auf den Stufen.«

»Wie kurios. Ein Ausbruch.«

Mein Partner pocht mit dem Knauf seines Stocks gegen die Tür. Sie schwingt mit einem Quietschen auf.

»Simsalabim«, sagt Romanov.

Teile des Türschlosses poltern auf den Bretterboden.

»Herr Gülnaz?«, ruft er in die Hütte.

Stille im Innern. Nur eine Fliege surrt zwischen uns hindurch ins Freie. An den Wänden des Vorraums stapeln sich Kartons und Pappschachteln bis unter die Dachstreben. Lediglich die Tür zu einem weiteren Raum wurde ausgespart.

Ich werfe einen Blick zurück zur Straße. Niemand beobachtet uns. Die Abendsonne steht so tief, dass die Schatten der Zaunrohre wie Skelettfinger auf den Gehplatten vor dem Zwinger liegen.

»Ah, Borg und Romanov!«, imitiert mein Partner Hakans Stimme. »Meine Freunde! Kommt rein und trinkt einen Apfeltee mit mir.« Er schiebt mich ins Innere der Scheune. »Wir wollen unseren Gastgeber doch nicht warten lassen.«

Die Kisten im Vorraum sind vollgestopft mit Ersatzteilen von Automotoren und Haushaltsgeräten. Außer einer Liste von Schrotthändlern findet sich nichts von Bedeutung.

Wir schlüpfen durch die Verbindungstür und schließen sie hinter uns. Der Duft von Sägemehl verleiht dem Hinterzimmer einen Hauch Zirkusatmosphäre. Das Getrappel und Fiepen der Mäuse verstummt nach ein paar Sekunden. Ich hole mein iPhone aus der Innentasche des Sakkos.

»Willst du bei den Stadtwerken anrufen und dich wegen des Stromausfalls beschweren?«, fragt Romanov, als das Display aufleuchtet.

»Mein Helferlein kann schon in der Werksausführung mehr, als nur telefonieren. Du solltest dir auch eins zulegen. Vielleicht eine Ausführung mit Tagesorakel-App.«

Ich stelle das Kameralicht ein. Durch ein paar Modulationen erhöhte sich seine Leistung auf die Leuchtkraft einer Taschenlampe.

Der Halogenstrahl enthüllt, dass an der Rückwand des Raums auch einige Kartontürme standen, bevor jemand den Großteil der Stapel zum Einsturz brachte. Die beiden hinteren Reihen und zwei Seitenausläufer ragen noch zur Decke, aber der Rest ergießt sich als Lawine geplatzter Pappkörper bis in die Mitte des Raums. T-Shirts, CDs und Schleier tragende Barbies quellen daraus hervor. Der Lichtkegel streicht über einen Tisch an der Wand und erfasst das Aquarium aus Nessingers Video. Im Wasser rührt sich nichts und auch die Schatzkiste liegt ohne Blasen zu werfen im Sand.

»Das Vieh versteckt sich vielleicht«, sage ich. »Du könntest mit der Hand reingehen oder deinen Stock benutzen, um es aufzuscheuchen.«

»Sein Innenleben ist leider zu empfindlich«, sagt Romanov, »und meins auch.«

»Dann sollten wir uns nach etwas anderem umsehen.«

Im Wandhalter neben der Tür steckt eine Kerze. Das Wachs im Boden lässt sich eindrücken, also hat sie vor Kurzem noch gebrannt.

Ich entzünde ein Streichholz.

»Feuer machen kann dein Telefon nicht?«, bemerkt Romanov.

Der Kerzenschein enthüllt die beiden letzten Geheimnisse des Hinterzimmers: Unter der Decke befindet sich eine Kellerlampe mit vergittertem Thermoplastgehäuse und an einem Nagel im Stützbalken hängt ein Blaumann. In seiner Brusttasche steckt eine Schutzbrille.

»Hakans Neffe meinte doch, Sürgü verdiene sein Geld als Goldhändler. Merkwürdige Arbeitskleidung für diese Profession.«

Die Klamotten riechen nach Schweiß, und die Taschen beherbergen lediglich eine Rotzfahne. Aus den Stofffalten des Overalls rieselt Sägemehl.

»Irgendwo muss hier das Licht angehen«, sage ich. »Siehst du einen Schalter oder Steckdosen? Ob Goldhändler oder Schreiner. Elektrizität benötigen beide.«

Das Kabel der Deckenlampe verschwindet hinter den Kartonstapeln der Rückwand.

»Fällt dir an dem Kistenchaos etwas auf?«, frage ich Romanov.

»Kollega Gülnaz handelt mit vielen Dingen, nur nicht mit Gold. Der Ware nach zu urteilen, befinden wir uns in einem Hehlerversteck.«

»Ich meinte eher die Anordnung. So wie die Kartons liegen, wurden sie von hinten umgeschmissen.«

»Dazu müsste jemand durch Wände gehen können.«

»Siehst du, wie die Flamme der Kerze tanzt?«

»Zugluft?«

»Genau. Hier muss es eine zweite Öffnung geben.«

»Wo denn? Unter den Kisten? Was hat das für einen Sinn?«

»Das Stromkabel der Lampe führt in einen Kellerraum. Wenn ich hier eine Falltür verstecken wollte, würde ich rundherum Kisten stapeln, eine Reihe für den Zugang aussparen und mit leeren Kartons auffüllen.«

»Dann räumen wir mal auf.«

Keine fünf Minuten später wischt sich mein Partner mit dem Brokatärmel den Schweiß von der Stirn. »Heureka!« Sein Stilbewusstsein geht so weit, dass er den Gehrock nicht einmal in der Sauna ablegt. »Ich sehe einen Metallring«, ruft er.

Den Rest des Krempels beiseite zu schieben, dauert nur Sekunden. Vor uns liegt der Deckel einer Falltür.

»Monsieur«, säuselt Romanov und verbeugt sich mit einer einladenden Armbewegung.

Im Keller entfaltet sich der Zirkuszelt-Geruch zur vollen Blüte.

Der Lichtkegel des iPhones wandert an der noch schwingenden Strickleiter vorbei über Wandteppiche und den Zahnkranz einer Kreissäge. In der Mitte des Raums steht eine Pelletpresse. Die Maschine presst Holzstücke zu pillengroßen Stäbchen. Vor ihrem Einfülltrichter lagern prall gefüllte Jutesäcke mit dem Aufdruck *DOSAFA*. Ich folge dem durch die Decke kommenden Kabel, stoße auf Stromdosen und drücke den Lichtschalter. Unter der Decke hängen Eierkartons und eine Neonröhre. Sie flackert zweimal auf, dann erhellt ihr Licht das Gewölbe.

»Fiat lux«, ruft Romanov von oben.

Er klettert die Strickleiter herunter und beginnt, den Keller zu inspizieren.

»Hier hinten ist eine Öffnung in der Wand«, ruft mein Partner vom anderen Ende des Gewölbes. »Eine Art Versorgungsrutsche. Zu steil, um da hinaufzuklettern. Kneipen benutzen solche Rampen, um Bierfässer einzulagern, und bei Kohlenkellern habe ich das auch schon gesehen.« Er muss sich den Hals verrenken, um weiter nach oben zu spähen. »Die Verschlussdeckel sind aufgeklappt. Man sieht Metallstangen von einem der Gerümpelhaufen neben der Scheune und dahinter den Himmel.« Romanov geht hinüber zur Kreissäge und streicht über ihren Kranz aus Haifischzähnen. »Im Boden verschraubt und scharf wie tausend Chilimesser. Was er wohl in den Säcken lagert?«

In der Ecke entdecke ich einen Apparat mit Zählwerk und Digitalanzeige. Sein Kastengehäuse trägt den Schriftzug *Sona* und der Chromzylinder über dem Behälter lässt sich aufklappen.

»Ein Goldofen«, informiere ich Romanov. »Macht locker über eintausend Grad.«

»Extravagante Heizung für einen Schreiner, oder meinst du, er kocht damit seinen Apfeltee auf?«

Neben dem Lichtschalter steht ein Werkzeugschrank. Er beherbergt außer Hobeln und Sägen auch Zangen, Hämmer und Brechwerkzeuge. Sogar eine Lupe findet sich im Inventar. Bei der Aussparung für die Axt klafft eine Lücke.

Das Ratschen hinter mir verrät, dass Romanov einen der Jutesäcke aufgerissen hat.

»Randvoll mit Kleinholz!«, ruft er. »Aparte Farbe und Maserung. Schimmert wie Edelholz. Meinst du, Kollega Gülnaz betreibt hier unten eine geheime Mikadofabrik?«

Mein Partner bringt mir eine Handvoll Späne zur Begutachtung mit.

»Wir sollten das Beruferaten auf später verschieben«, sage ich. »Lass uns den Fuchsschwanz mitnehmen und schauen, ob der Tentakelkrebs zum Spielen rauskommt.«

Die Gitterleuchte wirft ein milchiges Licht in das Hinterzimmer, aber es reicht, um den Grund des Aquariums zu erkennen. Das Sägeblatt fährt durch den Sand und schiebt hin und wieder einen Stein beiseite, ohne gegen ein anderes Hindernis zu stoßen.

»Fehlanzeige«, flucht Romanov. »Was machen wir jetzt? So langsam sitzt uns die Zeit im Nacken.«

»Lag da hinten nicht ein Karton mit Burkas?«, frage ich ihn.

Dämmerung senkt sich über das Fischstraßenviertel. Die blaue Stunde schenkt dem Feinstaubhimmel über den

Dächern des Forellenwegs einen Schimmer von Aquamarin, und die Lichter hinter den Fenstern tupfen ein Mosaik aus Farbrechtecken in die Tristesse. Vor den Häusern sitzen Männer und reichen den Schlauch einer Wasserpfeife herum. Es wird gelacht und gesungen. Der Geruch von Grillanzündern hängt in der Luft, und in den Gärten glimmen Feuerstellen.

Von unserem Gebüsch aus kann man bis zum Eingang der Hausnummer 6 spähen.

»Die Tür steht einen Spalt auf«, sagt Romanov, »soweit ich das durch dieses Stoffgitter beurteilen kann.«

Der Burkaschleier behindert nicht nur die Sicht; er erzeugt auch ein Gefühl des Eingesperrt-Seins.

»Uns bleibt keine halbe Stunde Zeit. Los!«, treibe ich Romanov an.

Die Ganzkörpergewänder fallen für Männer zwei Nummern zu kurz aus. Wir müssen beim Laufen in die Knie gehen, damit uns das Schuhwerk nicht verrät.

Romanov röchelt wie das Beatmungsgerät von Darth Vader.

»Das Geheimversteck der Rebellenallianz! Diesmal wird uns niemand aufhalten!«

Zwei Meter vor dem Hauseingang fallen wir auf. Der Ziegenbart hat einen Trainingsanzug aus Ballonseide übergeworfen und grölt Bemerkungen in unsere Richtung, die bei der Herrenrunde ausgesprochene Heiterkeit hervorrufen. Han Solo würde Chewbacca den Wookie jetzt auffordern, sich mit der imperialen Übermacht ein Rückzugsgefecht zu liefern, aber Romanov geht zum Angriff über.

»Eschek!«, krakeelt mein Partner in der gleichen Tonlage wie die Kopftuchmatrone aus dem dritten Stock.

Wohl dem, der einen Stimmenimitator an seiner Seite weiß.

Das Gelächter der Männer lässt Ziegenbart erröten, und wir ziehen weiter in den Flur. Niemand folgt uns.

»Du kannst Türkisch?«, flüstere ich Romanov zu.

»Nur die Schimpfwörter. Irgendeinen Vorteil muss es ja mit sich bringen, in der Nordstadt zu wohnen.«

Auf einem der Namensschilder im ersten Stock steht *Ofis Gülnaz*.

»Ob er noch bei seiner Mutter wohnt?«, sagt Romanov und klopft an.

Als niemand öffnet, hämmert er mit Nachdruck gegen die Tür. Keine Reaktion. Mein Partner legt ein Ohr an ihr Holz.

»Totenstille«, sagt er. »Zur Abwechslung sollten wir mal deine Talente einsetzen.«

»Du meinst, er kommt raus, wenn ich singe?«

Ein Stöhnen dringt durch Romanovs Schleier.

»Auf der anderen Seite dieser Tür wartet deine Miete auf uns. Ali Baba kennt das Zauberwort, Luke benutzt die Macht, und du besitzt Spezialwerkzeug. Uns bleibt selbst dann genug Zeit, wenn Kollega Gülnaz mit dem Kryptiden nur eine Runde Gassi um den Block geht.«

»Erwischt man mich bei einem Einbruch, verliere ich die Lizenz!«

»Erzähl das Frau Zenker. Vielleicht nimmt sie deine Skrupel als Anzahlung.«

In der Arena der Sittsamkeit entbrennt ein ungleicher Kampf. Der Zenkerdrachen umkreist den geflügelten Borg, brüllt, peitscht den Stachelschwanz durch die Luft und entzündet mit einem Feuerstoß das Leinengewand des Moralwächters. Während der Engelborg versucht, die Flammen mit bloßen Händen auszuschlagen, weist er mich auf allerlei Unbill hin, der einem neben dem Pfad der Tugend widerfahren kann: Männerbekanntschaften unter Gefängnisduschen. Schuhe mit Zementsohlen. Gonokokken. Als er mit der Aufzählung fortfahren will, beißt ihm der Zenkerdrachen den Kopf ab.

Das Schloss leistet meinem Dietrich keine fünf Sekunden Widerstand.

Der in die Wohnung führende Flur ist nichts für Menschen mit Platzangst.

»Jemand zu Hause?«, ruft Romanov hinein.

Keine Antwort.

Er legt seine Hand in meinen Nacken, weil er weiß, wie unangenehm mir Berührungen sind. Ich flüchte nach vorn.

Romanov kommt hinter mir her und schließt die Tür. »Geht doch«, sagt er und zieht die Burka über den Kopf. Mangels Garderobe wirft er sie auf den PVC-Boden.

An der Wand hängen Fotos. Ein schmächtiger Türke vor einem Ferrari. Derselbe Jüngling mit zwei Bikiniblondinen an Bord einer Yacht. Schnappschuss-Inszenierungen von Wunschträumen. Allein das letzte Bild vermittelt Glaubwürdigkeit. Der Mieter der Wohnung Arm in Arm mit Hakan. Neben dem Türsteher wirkt Sürgü Gülnaz wie ein Wichtelmännchen.

»Da schau her«, murmelt Romanov. »Man kennt sich.«

Wir können uns stehend in der Wohnung umsehen.

Die Farbgebung der Badfliesen ertragen nur Blinde, und das Klo glänzt sauberer, als selbst Frau Zenker es verlangen würde. Auf der von Sprüngen durchzogenen Keramik des Waschbeckens reihen sich Männerutensilien: Styling-Gel, Nassrasierer und Nasenhaarentferner. Jungs von heute holen an der Kosmetikfront auf. Die Wachsstreifen deuten darauf hin, dass er sich die Brust oder tiefer liegende Körperregionen enthaart. Reliquien des Schmerzes einer für beide Geschlechter verloren gegangenen Emanzipation.

In der Küche klemmt ein Tisch samt Stühlen zwischen Kühlschrank, Herd und Spüle. Die Hängeschränke für das Geschirr sind an einigen Stellen bis auf das Sperrholz abgenutzt. Generationen von Junggesellen müssen in dieser Kombüse ihre Nudeln verkocht haben.

Der Kühlschrank beherbergt Vorräte, mit denen man eine Marsexpedition ausrüsten könnte. Sämtliche Fächer und Schubladen quellen über vor Obst, Gemüse und Fertiggerichten. Einen weiteren Hinweis auf Persönlichkeit und Kulturidentität bietet das Getränkeangebot. Kein Bier, aber literweise Ayran.

Die Knoblauchwolke aus dem Kühlschrank begleitet uns bis ins Schlafzimmer. Das Kämmerchen bietet gerade genug Platz für den Futon, deshalb hängen Sürgüs Klamotten an drei zwischen den Wänden gespannten Wäscheleinen. Er legt seine Playboy-Bettwäsche so zusammen, dass das Häschen in der Mitte ruht.

Ich frage mich, wie er hier einschlafen kann. Das von Fernsehlärm unterlegte Geschrei aus der Nachbarwohnung klingt, als befände man sich mit den Leuten im selben Raum, und jedes Türknallen lässt die Kleiderbügel schaukeln.

Ein Regalsystem voller Aktenordner weist das Wohnzimmer als Büro aus. Am Geschäftsambiente muss Sürgü noch arbeiten. Der Kunstfaserteppich ist an einigen Stellen durchgetreten, und die Besucherstühle verströmen Flohmarkt-Flair. Allein der hinter dem Schreibtisch parkende Luxus-Ledersessel hebt das Einrichtungsniveau. Hier spielt jemand Krämerladen. Die Fototapete vom Sonnenuntergang am Palmenstrand passt da ebenso ins Bild wie die beiden Portraits an der Wand hinter dem Arbeitsplatz. Papa und Mama blicken mit Stolz in den Augen auf den Schreibtisch des Sohnemanns hinab, wo Tischkalender, Telefon und Laptop Stillleben spielen.

»Nichts drin!« Romanov zieht einen Aktenordner nach dem anderen aus dem Regal. »Alles leere Hüllen.«

»Im Kalender sind nur Geburtstage eingetragen«, informiere ich ihn.

Die Schubladen des Schreibtischs enthalten die *Hürriyet* von heute, einen in Leder gebundenen Koran und einen abgegriffenen Südsee-Bilderband. Bleibt das Telefon. Es besitzt ein Digitaldisplay und eine Taste zum Abfragen der Anruferliste.

»Was machst du da?«, fragt Romanov.

»Ich notiere mir die letzten fünf Anrufer und die von ihm gewählten Nummern.«

»Sieben vor acht«, sagt Romanov. »Tickeditack. Ihre Zeit läuft ab.«

Die Kontrolldiode des Sticks leuchtet auf. Wir haben Kontakt.

»Warum steckst du dieses kleine Dingsbums in den Rechenapparat?«, fragt Romanov.

»Wenn ich gleich Nessinger anrufe und von Neuigkeiten spreche, möchte ich zumindest eine Spur vorweisen können. Dazu müssen wir die Dokumente und den Schriftverkehr des Jungen unter die Lupe nehmen. Das Dingsbums schleust einen Trojaner in den Computer. Wenn alles funktioniert, schickt das Programm Kopien der Dateien von Sürgüs Festplatte übers Internet an Igor.«

In der Arena der Sittsamkeit erhebt sich ein rußgeschwärzter Arm aus dem Aschehaufen und deutet mit dem Finger auf mich. Hinter dem Mahnmal puhlt sich der Zenkerdrachen Haare zwischen den Reißzähnen hervor.

»Klingt nach Vergewaltigung griechischer Mythologie«, murmelt Romanov. »Nicht einmal die Meisterwerke der Antike bleiben von der Besudelung postmoderner Seelenlosigkeit verschont.«

»Wirf dir bitte die Burka über und sorge dafür, dass ich drei Minuten Ruhe habe.«

»Warum? Willst du an den Kühlschrank?«

»Als Experte für Paralleluniversen und die Wunder des Nullraums wirst du sicherlich Verständnis für eine ungewöhnliche Maßnahme aufbringen. Wenn die Aussichtslosigkeit der Lage es erfordert, rufe ich meinen Freund Spiderman zu Hilfe.«

So wie Romanov aus dem Gehrock schaut, macht er sich Sorgen um meinen Geisteszustand.

»Geht es dir gut?«, will er wissen. »Ich dachte, sie hätten dir in der Klinik geholfen, die von der Mehrheit definierte Wirklichkeit zu akzeptieren?«

»Vertrau mir.«

Romanovs Blick verrät, dass er in seinem Gedächtnis nach der Notfallnummer kramt.

»Wir sollten Nessinger unsere Ergebnisse bei Domenico präsentieren«, überlege ich laut. »Da besteht zumindest die Aussicht, dass wir für unsere Arbeit eine Pizza herausschlagen.«

KAPITEL 3

KATZENFISCH

Nichts erregt mehr Aufmerksamkeit bei den Nachbarn als ein Leichenwagen in der Auffahrt. Die Exklusivität einer Wohngegend verstärkt dieses Phänomen. In Nobelvierteln wie der Gartenstadt schieben sich die Nachbarvillen an das Unglückshaus heran und Alleebäume neigen raschelnd ihre Kronen. Wo eben noch der Duft von Kaffee und Kuchen über den Golfrasen wehte und Hummeln durch die Rabatte brummten, herrscht gebanntes Luftanhalten. Angesichts der eigenen Sterblichkeit an die Nutzlosigkeit von Geld erinnert zu werden, löst Beklemmungen aus und bringt die Gardinen hinter den Panoramafenstern in Bewegung, als würde ein kollektiver Stoßseufzer die Gemächer durchfahren.

Um diesen Aufmerksamkeitseffekt zu nutzen, dient uns der ehemalige Firmenwagen eines Bestatters als Dienstfahrzeug und Werbeträger. Ein Opel Rekord C, Baujahr 1968. Das Logo der Detektei Mystica springt den Beobachtern unserer Ankunft noch drei Häuser weiter ins Auge.

Domenicos Nachbarn sind den Anblick gewohnt. Wir parken immer in seiner Einfahrt, wenn es ins *Romantica* geht, weil man vor der Edel-Pizzeria selten einen Parkplatz ergattert. Ein Leichenwagen zwischen all den Lamborghinis und Jaguars gäbe auch Anlass, über die Frische des Fisches zu spekulieren. Das ist allerdings nicht der einzige Grund, warum uns Domenico Meletti, Inhaber und Seele des Restaurants, seinen nur einen Pizzabrotwurf entfernten Privatgrund zum Parken zur Verfügung stellt. Familienmensch Domenico sorgt sich um seine Tochter. Die Bambina probiert seit ihrem achtzehnten

Geburtstag all das aus, was ihr vom Vater vorher verboten wurde. Signore Meletti hasst Romanovs Outfit und Gehabe, aber niemand sonst kann ohne aufzufallen Observationen in Töchterchens Milieu durchführen und Annäherungsversuche von Galanen unterbinden. Sie bevorzugt Gothics.

Jahrzehntelange Qualitätsarbeit ließen das *Romantica* zu einem In-Lokal der Reichen und Schönen aufsteigen. Auch die Raumaufteilung trägt zur Beliebtheit des Restaurants bei. Im hinteren Teil befinden sich Nischen, in denen Prominente Scampi und Prosecco verköstigen können, ohne nach Autogrammen gefragt zu werden. Davor erstreckt sich ein Bereich mit Tischen für Herrn Jedermann. Man kann die Lokalprominenz zwar nicht beim Balzen begaffen, aber sie müssen an einem vorbei.

Für ein Speiselokal der gehobenen Kategorie geht es im *Romantica* lebhaft zu. Bereits im Eingangsbereich empfängt den Besucher Hintergrundgemurmel, Besteckgeklimper und Adriano Celentano mit seiner Interpretation von *Azzurro*. Hinter einem Klinkertresen werkeln zwei Pizzabäcker mit Belagschüsseln herum, wirbeln Teigfladen durch die Luft und werfen prüfende Blicke in den Holzkohleofen. Der Pizzageruch entlockt meinem Magen ein Knurren.

Nessinger sitzt auf einem Hocker vor der Theke und winkt uns heran. Eine Begrüßung spart er sich. »Schießen Sie los!«

Auf der Neige in seinem Bierglas dümpelt eine komplett erhaltene Schaumkrone.

Wir rutschen über die Hocker neben ihm.

»Schon was gegessen?«, fragt Romanov.

Nessinger winkt ab.

»Ich bekomme nichts herunter.«

»Eh, Fabrizio«, ruft Romanov einem der Italiener hinter dem Tresen zu. »Hättest du die Güte, dem Ofen zweimal eine

Speciale zuzuführen?« Er legt seinen Gehstock quer über die Oberschenkel, stützt sich darauf ab und mustert unseren Auftraggeber. Nach ein paar Sekunden stößt mein Partner einen Seufzer aus, als wäre er froh, das Unfassbare endlich preisgeben zu dürfen.

Nessinger hängt an seinen Lippen.

»Nichts geht über eine Speciale«, schwärmt Romanov.

Der Kryptozoologe bekommt rote Flecken über dem Halskettchen.

»Ich bezahle Sie nicht für Restaurantkritiken!«

Mein Partner sieht erst Nessinger an, dann mich. »Der Herr bezahlt uns?«, fragt er.

In Nessingers Augen funkelt Verachtung, aber er greift nach seinem Portemonnaie.

Romanov winkt ab.

»Es reicht, wenn Sie die Rechnung für das Essen übernehmen.«

»Und was erhalte ich als Gegenleistung?«

»Informationen«, sagt Romanov. »Wenn Sie danach weiterhin mit uns zusammenarbeiten wollen, sollten wir unsere Geschäftsbeziehung finanziell intensivieren. Immerhin handelt es sich bei dieser Sache um eine Weltsensation.«

»Erzählen Sie mir was Neues.«

»Wir konnten den Verkäufer aufspüren. Er heißt Sürgü Gülnaz.«

Nessinger verwandelt seinen Bierdeckel in einen Haufen Schnipsel. »Warum hat er sich nicht mehr bei mir gemeldet?«

»Das entzieht sich beim derzeitigen Stand der Ermittlungen unserer Kenntnis. Es dauerte eine Weile, sein Lager ausfindig zu machen.«

Die Verärgerung unseres Klienten klingt noch nach. »Sein Lager? Der Herr Gülnaz betreibt einen Großhandel mit Kryptiden? Dann brauche ich ja nur in den Gelben Seiten nachzuschlagen!«

»Er nutzt eine Scheune in Eving als Versteck für Diebesgut. Die Leute dort bereiteten uns eine Menge Schwierigkeiten, aber wir gelangten trotzdem hinein und fanden das Bassin aus dem Telefonfilmchen.«

Nessinger schließt die Augen. »Und der Krebs?«

»Die Kreatur befand sich nicht mehr in dem Aquarium.«

Der Kryptozoologe trinkt sein Bier aus und steht auf. »Das Essen geht auf mich«, sagt er.

»Wollen Sie die Geschichte nicht zu Ende hören?«, fragt Romanov.

»Wozu? Was soll ich meinen Geldgebern erzählen? Ich brauche einen Beweis für die Existenz des Wesens.«

»Wir verfolgen eine heiße Spur!«, werfe ich ein.

»Lass bitte Spiderman aus dem Spiel«, flüstert Romanov mir zu.

Aus dem hinteren Teil des Restaurants kommt Domenico Meletti auf uns zu. Er ist selbst für einen Italiener klein gewachsen und schiebt seinen Bauch wie einen Prellbock vor sich her, wenn er durch die Tischreihen watschelt. Der Inhaber des Restaurants spreizt beim Gehen die Arme ab, um das Gleichgewicht zu halten, und bewegt sich korpulenzbedingt dermaßen in Rücklage, dass er sogar einen Dreimeter-Strafstoß über das Tor hämmern würde.

»Kellner«, ruft Nessinger und winkt Domenico heran.

Die Degradierung kommt nicht von ungefähr. Der Herr des Hauses trägt eine speckige Schürze, abgestoßene Schuhe und wischt sich alle paar Meter mit einem Trockentuch den Schweiß von der Stirn.

»Ich mache Ihnen einen Vorschlag!« Nessingers Zeigefinger deutet auf Romanov, als wollte er ihn damit erstechen. »Wenn

Sie die Kreatur bis morgen auftreiben, kümmere ich mich um die Finanzierung und zahle ein angemessenes Honorar. Aber verschwenden Sie meine Zeit nie wieder damit, mir Informationen aufzuschwatzen, in wessen Besitz der Kryptide einmal war!«

»Hatte es Ihnen gesmecket, Dottore?«, fragt Domenico. Er japst vor Anstrengung.

Zum nächsten Geburtstag schenke ich ihm eine Toga, dann kann er Karneval als dekadenter Orgienrömer aus den Asterix-Comics gehen. Das Kleidungsstück passt perfekt zum Lorbeerkranz aus Locken um seine Stirnglatze und dem nicht zu übersehenden Hang zur Völlerei.

»Kein Hunger«, sagt Nessinger.

Domenicos Gemüt absorbiert die Schroffheit des Kryptozoologen. In seinen Kulleraugen flammt Schmerz auf. »Aber musse Sie probiere, Dottore. Meine Pizza isse beste von die ganze Stadt!«

»Tauschen wir unsere Karten?«, fragt Nessinger meinen Partner.

Romanov greift in die Luft, lässt eine Visitenkarte der Detektei durch die Finger wandern und überreicht sie ihm.

»Ich bezahle zwei Pizza Speciale und ein Pils. Was macht das?«, fragt Nessinger den Koch.

»Isse Geschäftepartner von euch?«, will Domenico von mir wissen.

»Das hängt vom Erfolg der Herren ab«, sagt Nessinger.

Er sieht den Italiener an wie einen Sonntagsfahrer, der mit Dreißig auf der linken Spur über die Autobahn zockelt. Als das keine Reaktion hervorruft, stopft er Domenico zwei Geldscheine in die Hemdtasche und klopft ihm auf die Schulter.

»Nichts für ungut, Amigo, aber ich muss jetzt los.«

Domenico ist Dienstleister genug, um eine Bemerkung hinunterzuschlucken. Nur der Kehlkopf hüpft einmal auf und ab. Er schaut dem davoneilenden Kryptozoologen hinterher und bringt sein Trockentuch zum Einsatz. »Isse komische Mann, die Dottore.«

Die Anspannung überfordert Domenicos Hosenträger. Es klackt, als sich der hintere Verschluss öffnet, dann schießt der Clip in einer Bogenlampe über seinen Kopf und landet auf der Nasenwurzel. Ein Stirnschmuck am Band. Domenico stößt einen italienischen Fluch aus, wirft die Halterung zurück über die Schulter und dreht mir den Rücken zu.

»Bevor ich tutto blanco vor meine Gäste stehe, prego, Borg. Was macket ihr beide gerade so?«

»MacGuffins jagen«, murmele ich.

Es erfordert Kraft, den Hosenträger seiner Bestimmung zuzuführen. »Scusi?«

»Der Dottore sucht ein seltenes Tier, und wir sollen es für ihn auftreiben. Eine Art Krebs mit Tintenfischarmen.«

»Sagst du Bescheid, wenn ihr findet? Wäre rivoluzione für die Speisekarte von die Ristorante *Romantica*! Scampi calamare, mamma mia!«

Romanov seufzt.

»Hoffentlich hat Spiderman deine Nummer nicht verlegt.«

»Due Speciale«, ruft Fabrizio, und stellt zwei Teller auf den Tresen.

»Buon appetito«, strahlt Domenico.

Ein weiterer Vorteil des Leichenwagens besteht in seinem Sitzkomfort. Bequemlichkeit bedeutet eine nicht zu unterschätzende Arbeitserleichterung, wenn man die meiste Zeit mit Warten und Beobachten verbringt. Jeder Beamte im Rathaus kann das bestätigen. Bei Schichtobservationen kann sich ein Kollege sogar für ein Nickerchen in den Rückraum legen. Allerdings müffelt es dort, weil der Erstbesitzer bei der Überführung eines Kunden an einem Rekordhitzetag zehn Stunden im Stau stand.

»Solltest du hier Rast machen wollen, um die Aussicht zu genießen«, bemerkt Romanov, »möchte ich dich darauf hinweisen, dass jede Halde dieser Stadt ein lohnenderes Ziel abgibt als der Parkplatz des Garsi Kam Süper-Market.«

Ich antworte ihm, ohne vom Laptop aufzusehen. »Wenn Sürgü Gülnaz heimkehrt, sollten wir uns in der Nähe des Forellenwegs befinden, ohne dass er uns entdeckt.«

»Aber von hier aus sieht man nichts. Die Zielperson könnte jederzeit ungesehen ins Haus gelangen.«

»Bei unserem Besuch in Sürgüs Wohnung habe ich einen Bewegungsmelder an der Eingangstür befestigt. Er sieht aus wie eine Spinne und sendet ein Funksignal, sobald jemand die Wohnung betritt.« Mein Zeigefinger tippt auf den Empfänger in der Konsolenablage. »Wenn mein Freund Spiderman Alarm schlägt, piepst dieses Kastending mit Antenne.«

»Schön, dass du uns endlich bekannt gemacht hast.« Romanov deutet auf Igor. »Und was treibst du mit ihm? Viele Männer sollen ja eine erotische Beziehung zu ihrem Computer entwickeln.«

»Ich überprüfe die Homebanking-Dateien auf der Festplatte unseres Hehlerfreundes. Sürgü Gülnaz erhält die Kontoauszüge per Mail und führt Buch über seine Geschäfte. Alles Peanuts, bis auf den Holz- und Goldhandel, da kommen für seine Verhältnisse Unsummen zusammen. Einen noch größeren Betrag erwirtschaftete der junge Mann mit der Sparte Spezialitäten.«

»Das erinnert mich an eine Thai-Masseuse, die ich mal kannte.«

»Zwei Dinge fallen auf. Alle Eingänge auf sein Girokonto erfolgen als Bareinzahlung, und gestern brachte eine abgehende Überweisung von 20.000 Euro den Saldo fast auf Null. Bei der Summe könnte es sich um den Ankaufpreis des Kryptiden handeln.«

»Was ergab die Auswertung seines Telefonverkehrs?«

»Die Festnetznummer eines Hakan Hafiz aus dem Karpfenweg belegte den Speicher gleich dreimal. Ich wette, du könntest mir sagen, ob er ein Deo benutzt oder nicht. Außerdem erhielt Sürgü einen Anruf von einem Bestattungsunternehmen mit dem bemerkenswerten Namen *Todeskino*. Die Geschäftsräume des Betriebs befinden sich am Rande des Nordfriedhofs. Ein weiterer Anruf ging ohne Kennung ein.«

»Muslime führen ihre Beerdigungen nach eigenem Ritus durch. Warum ruft er einen deutschen Bestatter an? Will er sich einen Firmenwagen zulegen?«

»Sürgü hat Hakan zweimal angerufen. Interessanter erscheinen mir allerdings seine Telefonate mit dem Moscheeverein und einem Nebenanschluss auf dem Zoogelände.«

Romanov deutet auf ein blau-weiß gekacheltes Gebäude an der gegenüberliegenden Straßenecke. »Siehst du die Moschee da drüben? Zum Park hin wollen sie das Minarett errichten. Das große Schaufenster im Vorbau gehört zur Teestube, aber da brennt kein Licht mehr.«

»Um diese Zeit kann er sich überall in der Stadt herumtreiben. In der Kneipe, im Kino oder beim Tanzen.«

»Muslimische Discos müssen Orte voller Überraschungen sein, schon wegen der Burkas. Ob der DJ in einem Türmchen sitzt und das jeweils nächste Lied ausruft?«

Eine der E-Mails in Sürgüs Postfach besteht nur aus Zahlen und Buchstaben.

»Das hier riecht nach einem Code: 25.08 F51R4G32. Hat er vorgestern Nacht bekommen«, informiere ich meinen Partner.

Der Empfänger in der Mittelkonsole beginnt zu piepen. Das Tonintervall klingt wie die Sonarortung eines feindlichen Zerstörers auf der Suche nach der U-96.

»Soll ich den Tank fluten?«, fragt Romanov.

»Im Gegenteil. Wir tauchen auf! Spiderman ruft an!«

Mittlerweile befällt mich in unserem Gebüsch ein Gefühl von Heimat. Man weiß, warum es so riecht, und wo die Hundehaufen liegen. Romanov erwischt trotzdem einen. Der Burkastoff dämpft sein Fluchen auf die Lautstärke von Gebetsgemurmel.

»Unter diesen Voraussetzungen hätten wir die Verkleidung im Auto lassen können«, sagt er. »Dann sieht man wenigstens, wohin man tritt.«

Mitten auf dem Forellenweg steht ein von Anwohnern umlagerter Streifenwagen. Sein kreisendes Blaulicht streicht alle paar Sekunden über die Blätter unseres Verstecks. Ein Polizist lehnt an der Tür des Dienstfahrzeugs und versucht, die Meute zu beruhigen. Wahrscheinlich kennt er jeden hier mit Namen. In Fischstraßenvierteln werden tagtäglich Tragödien aufgeführt, deren Handlung jenseits der Vorstellungskraft Pullunder tragender Reihenhausbewohner liegt. In diesem Revier bräuchten die Dienstwagen der Polizei nicht einmal Räder. Sie sind sowieso ständig vor Ort und niemanden würde es wundern, wenn der Zauber dieser Parallelwelt alle vier Reifen über Nacht in Backsteinstapel verwandelt.

Bei welcher Art von Drama der Beamte auftritt, kann man aus der Entfernung nur raten. Vermutlich hat sich jemand beim Eintreten in der Tür geirrt und den Videodreh einer Pornoproduktion für Pudelzüchter platzen lassen.

Die Haustür von Nummer 6 steht weit auf, und im Augenblick schert sich niemand um zwei aus den Schatten der

Nacht auftauchende Burkaträgerinnen. Wir schleichen an der Hauswand entlang und verschwinden in den Flur.

Romanov scheint mein Unbehagen angesichts Sürgüs bloß angelehnter Wohnungstür nicht zu teilen. »Da fehlt der Nervenkitzel«, meint er, »die Herausforderung.«

»Warte einen Augenblick«, versuche ich ihn zu warnen, aber der beste Partner von allen stürmt in den Korridor. Mir bleibt keine Wahl, als ihm zu folgen.

Ich spüre ein Kribbeln in der Magengegend und den Pulsschlag steigen. Mein vegetatives Nervensystem erhält eine Warnung auf Molekularebene. Der Nullraum will mir mitteilen, dass hinter der nächsten Tür das Monster lauert, wegen dem ich als Kind vorm Schlafengehen immer erst unter das Bett geschaut habe.

Romanov betritt das Arbeitszimmer und erstarrt.

Jede Faser meines Seins sträubt sich, aber ich muss auch hinein, um Gewissheit zu erhalten. Was ich zu sehen bekomme, lässt Magensäure Speciale die Speiseröhre emporschießen. Ihre Bitterkeit brennt bereits im Gaumen, als ich die festeren Bestandteile überreden kann, wieder hinabzusteigen.

Talbot! Ausgerechnet Talbot! Er lümmelt in Sürgüs Ledersessel herum, hat die Beine auf den Schreibtisch gelegt und zupft eine Fluse von seinem Kaschmir-Pullunder. Das Herrentäschchen in seinem Schoß sieht aus wie ein rechteckiger Hautsack mit Handschlaufe.

In der Dachkammer meines Gedächtnisses öffnen sich alle mit Sorgfalt verstauten Kisten auf einmal. Ein Feuerwerk aus Erinnerungen bombardiert mich mit Bildern, bis die Sicherungen meines Nervensystems zu schmoren beginnen. Talbots Katzengrinsen. Die Maske des Weihnachtsmanns. Ich sehe Lenas Körper auf dem Betonboden des Hafenlagers liegen. Die Blutlache unter ihrem Kopf speist ein Rinnsal, das fünf Meter weiter in ein Abflussgitter verschwindet. Das Tropfgeräusch verfolgt mich bis heute in den Schlaf.

Das Flüstern schnellt heran, schwärmt von Lenas Kupferlocken, beschwört das Glitzern meergrüner Katzenaugen und lässt ihr Lachen erklingen. Es veranstaltet Vergangenheitslichtspiele, so nah am Erlebten, dass ich die Sommersprossen in ihrem Gesicht zählen könnte.

»Ja, wen haben wir denn da?«, begrüßt uns Talbot. »Zwei Deutsch sprechende Muslima mit so tiefer Stimme? Hormonbehandlung? Vergessen Kreide zu fressen?«

»Yem vermek yasaktir!«, murmelt Romanov.

Die Dienstwaffe in Talbots Hand bedeutet uns zu bleiben.

»Netter Versuch, Jungs, aber man sieht eure Schuhe!« Er schnüffelt. »Man riecht sie sogar. Los! Ausziehen!«

»Das nicht gestattet!«, jammert Romanov im Tonfall der Matrone aus dem dritten Stock.

»Du weckst meine Neugier, Süße«, sagt Talbot.

»Ziehen Schuhe nur in Moschee aus!«, säuselt Romanov.

»Ich rede von den Ganzkörper-Kitteln. Runter damit!«

»Überraschung«, sage ich und enthülle mich.

Auch Romanov streift die Burka über den Kopf.

Talbot schnappt nach Luft wie ein Karpfen auf Landgang. Dann reißt er sich zusammen, und die alte Überheblichkeit kehrt in das Fischgesicht zurück. In seinem Blick liegt die Grausamkeit eines Katers, der eine Weile mit der zappelnden Maus unter seiner Tatze zu spielen gedenkt, bevor er sie frisst. Talbots Lieblingsmienenspiel brachte ihm bei den Kollegen den Spitznamen Katzenfisch ein. »Menschenskind, Borg! Ich dachte, du stellst in der Geschlossenen einen Rekord im Dauersabbern auf. Bist du entsprungen?«

»Wozu? Die anderen Insassen teilen meine Meinung, dass der Ausgang der Anstalt ins Irrenhaus führt.«

Mein Partner stützt sich mit beiden Händen auf seinen Gehstock. »Würdest du mir den Mann vorstellen, der uns so nett bedroht?«, bittet er mich.

Romanov will sich in den Vordergrund drängeln, weil er es nicht anders kennt, aber dieses Duell benötigt keinen Sekundanten. Der meiner Privathölle entstiegene Dämon lässt keinen Raum für das übliche Frontschwein-Spielchen.

Talbot betrachtet meinen Partner von oben bis unten. »Ist dir der Tütenclown zugelaufen, als ein Zirkus in der Stadt war?« Er nimmt die Collegeschuhe vom Tisch und schmeißt den Kopf nach links, um den Pony der Popperfrisur aus dem Sichtfeld zu bekommen. Seine Selbstverliebtheit sorgt dafür, dass er die niederrieselnden Schuppen für Goldstaub hält. »Oder hast du den Kasper in der Klapse aufgegabelt?«

Touché. Romanov hasst es, an seine stationäre Episode erinnert zu werden. »Merkwürdig«, sagt er. »Ich verspüre plötzlich Heißhunger auf Makrele.«

»Talbot. Kripo Dortmund«, stelle ich Katzenfisch vor, »Leiter der Mordkommission.«

Romanov verbeugt sich. »Santana Romanov, Borgs Partner.«

Talbot legt die Waffe vor sich auf den Tisch. »Bist du jetzt 'n Homo, Borg?«

Ich verspüre den Drang, ihn mit seiner Lederkrawatte zu erwürgen. »Romanov und ich betreiben eine Detektei. Die Klinik fand es letztes Jahr an der Zeit, mich zu entlassen. Es tat gar nicht weh. Man gewöhnt sich an alles, sogar daran, vor die Tür gesetzt zu werden.«

»Du kannst dich nicht damit abfinden, was Borg? Geisteskranke und Killer haben im Polizeidienst nichts zu suchen. Die Mafia beschäftigt ja auch keine Sozialpädagogen, um Schutzgelder einzutreiben.«

»Wenn das zweitbeste Pferd im Stall die Dienstfähigkeit des Vorgesetzten anzweifelt, in seiner Vergangenheit herumschnüffelt und alle Seilschaften aus Politik und Verwaltung mobilisiert, um ihn zum Abdecker zu schicken, zeugt das von miesem Charakter. Ich wette, du hast deinen ersten Tag als Leiter der Mordkommission damit zugebracht, meinen Sessel vollzufurzen.«

»Der Neid frisst dich noch auf, Borg. Selbst dein Liebchen fand, dass ich auch für diesen Job der bessere Mann bin.«

Mein Blutdruck steigt, bis es in den Ohren rauscht. Talbot weiß, welche Knöpfe er drücken muss und lässt gleich den Finger drauf.

»Wie die Nase des Mannes, so auch sein Johannes. Was das in deinem Fall bedeutet, kann man im Schaufenster jedes Erotikshops bewundern. Auf Wunsch auch mit Batteriebetrieb.«

Ich stelle mir eine Eiche im Wald vor, an deren Rinde sich ein Schwein reibt, und lasse zu, dass mich der Gleichmut des Baumes atmet. Das haben sie mir ebenfalls in der Anstalt beigebracht. Soll Distanz erzeugen und beruhigen. »Einen Schmierlappen wie dich hätte Lena nicht einmal mit Untersuchungshandschuhen angefasst«, sage ich.

Talbot entwickelt die Anziehungskraft eines schwarzen Lochs. Sie zerrt an mir. Mein Nachfolger besteht aus Antimaterie, um die ich in immer engeren Bahnen kreise, bis wir uns beim Aufeinanderprall vernichten.

»Ach ja?«, sagt er. »Woher weiß ich dann von dem Muttermal über ihrer Muschi?«

Romanovs Schraubzwingengriff um mein Handgelenk hält mich davon ab, eine Dummheit zu begehen. Die Berührung beschwört weit ältere Dämonen herauf und zwingt sie in einen Ringkampf mit meinem Hass. Er endet unentschieden.

Ich entziehe mich Romanovs Umklammerung, und Talbot greift nach seiner Waffe.

»Du hast ihre Leiche gefunden«, sage ich, »und jeder, der dich kennt, kann sich den kranken Rest vorstellen.« Ich versuche ihn zu lesen, komme aber nicht durch seine Deckung.

Katzenfisch leistet sich ein Glucksen. »Wahnsinnige leben in ihrer eigenen Wirklichkeit. Da gibt es Bibliotheken voll Fachliteratur drüber. Die Kollegin fühlte sich belästigt, und als sie dich abblitzen ließ, hat's bei dir ausgehakt.« Da ich ihm keinen Anlass gebe zu schießen, wendet er sich Romanov zu. »Wusstest du, dass Borg schon als Kind zum Psychoonkel musste? Er wurde als Grundschüler entführt und anderthalb Wochen in einem Verschlag versteckt. Schlechte Voraussetzungen für einen Diabetiker. Sein Blutzuckerspiegel stieg jeden Tag an, bis er ins Koma fiel.«

Talbot will mich weichkochen. Er weiß, welche Erinnerungen seine Worte auslösen. Ich sehe die Grube vor mir, als befände sich ein Teil von mir noch immer dort.

Durch die Ritzen der Bretterdecke sickerte Restlicht. Im Graudämmer wirkte das Erdloch mit der Holzpritsche wie ein Ort aus der Twilight-Zone. Eine Zwischenwelt jenseits des Ereignishorizonts, ein in Feuchtigkeit gebettetes Paralleluniversum, das nach verschimmelnden Fäkalien stank und meine Hilferufe schluckte, als nährte es sich davon. Aus den Wänden des Erdkerkers ragten Wurzeln. In der zementierten Zeitlosigkeit meines Dahindämmerns verwandelten sie sich in Leichenfinger und tasteten nach mir. Das größte Grausen aber verursachte das Schnarren des Klappdeckels. Es kündigte den nächsten Besuch an.

Mein Entführer versteckte sein Gesicht hinter einer Weihnachtsmann-Maske mit weißem Vollbart, während er mich bis zur Bewusstlosigkeit schlug. Nach jeder Bescherung steigerte sich die Inbrunst meiner Stoßgebete, aber der liebe Gott machte die ganze Zeit Urlaub auf der dunklen Seite des Mondes. Ich wache heute noch vom Klicken des Diktiergerätes auf, mit dem mein Entführer all das Schreien und Flehen aufnahm, um die Kassetten meinen Eltern zu schicken. Zum Schluss hielt er mir ein Messer unter die Nase und schwor, sie abzuschneiden, falls man seine Forderungen nicht erfüllt.

»Der Mann hielt mich für tot«, erzähle ich die Geschichte weiter wie ein Märchenautomat mit Kabelbrand. »Also packte er meinen Körper in einen Pappkarton und verscharrte mich im Wald. Dieser Barbar gab sich nicht viel Mühe. Das Loch reichte ihm gerade bis zur Hüfte, und er deckte den Karton nur mit lockerer Erde, Ästen und Laub ab, aber das weiß man da unten ja nicht.«

Niemand kann nachempfinden, was diese Erfahrung mit einem Kind anstellt. Es katapultiert dich in eine andere Dimension von Einsamkeit. Das Herz vereist, und die Angst springt dich an wie ein Tier, um die Seele aus dem Fleisch zu saugen.

Der kleinste Schmerz hauste in den Fingern. Blutig gekratzt bis ein Loch entstand, um den Karton einzureißen. Erde prasselte herab, bedeckte mein Gesicht und drang in den Mund ein.

Ich durchlebte eine zweite Geburt, als ich mich zur Oberfläche durchwühlte und aus dem Grab kroch. Saugte Luft ein, bis die Lungen drohten zu platzen, und schleppte meinen Körper über Raschellaub zu einer Pfütze, um den sengenden Durst zu stillen. Die Wasseroberfläche spiegelte eine Monsterfratze. Einen Zombie mit abfaulendem Nasenstummel. Der Weihnachtsmann hatte Teile von mir einbehalten, um meine Eltern doch noch zum Zahlen zu bewegen.

Talbot steht die Freude über meine Blässe ins Gesicht geschrieben. »Unser Plastikpinocchio verschweigt auch gerne, dass er in einen Mordfall verwickelt war. Ich frage mich, ob du weißt, warum er im Landeskrankenhaus Aplerbeck landete?« Er sucht in Romanovs Bernsteinblick nach Anzeichen von Verunsicherung. »Borg überredete seine Lieblingskollegin, eine Privataktion mit ihm durchzuziehen. Angeblich hatte er einen V-Mann mit Kontakten zur organisierten Kriminalität aufgetan, der ihm Informationen über seinen Entführer verkaufen wollte. Mit Rührstücken und Welpen bekommt man jede Frau dazu, einem behilflich zu sein. Der Kollegin kam das Ganze nicht koscher vor, deshalb schickte sie mir eine SMS, und bat mich nachzukommen.« Katzenfisch zieht ein Päckchen Dunhill aus dem Herrentäschchen, klopft eine heraus und zündet sie mit seinem Zippo an. »Nichts für Herzkranke, durch die Totenstille eines Hafenlagers zu schleichen, wenn man ahnt, dass da eine Riesensauerei auf einen wartet. Ich fand die Kollegin mit einem dritten Auge. Aufgesetzter Schuss. Die Wucht der Exekution hatte ihr Hirn bis an den nächsten Container gespritzt. Das Projektil stammte aus der Knarre deines Partners.« Er zieht an der Zigarette, und die Glut frisst sich knisternd das Papier empor. »Borg blieb verschwunden, bis uns ein Anrufer mitteilte, dass er im Grävingholz begraben liegt. Wir buddelten ihn kurz vor dem Erstickungstod aus, aber er war komplett hinüber. Die Ärzte in der Psychiatrie brauchten zwei Monate, um ihn so weit hinzubekommen, dass er eine Aussage machen konnte.« Talbot lässt einen Rauchkringel aufsteigen. »Bei der Vernehmung gab er an, dass niemand Geringeres als der Nikolaus ihn im Lager überwältigte und entwaffnete. Erst durfte Borg zusehen, wie Knecht Ruprecht die Kollegin hinrichtete, dann musste er sich selber hinknien. Der Mann verpasste ihm allerdings lediglich einen Schlag auf den Hinterkopf und begrub ihn in einer Holzkiste zwei Meter unter der Erdoberfläche. Warum hat er dich verschont, Borg?«

»Wieso sollte sich der Täter verkleiden, wenn er vorhatte, mich umzubringen? Tote geben keine Personenbeschreibungen ab. Außerdem dauert es Stunden, eine Grube von dieser Tiefe auszuheben, also war er vorbereitet und verfolgte einen Plan. Außer mir wussten nur zwei weitere Menschen von meinem Treffen mit dem V-Mann. Ich frage mich, wer von den beiden dem Entführer eine Warnung zukommen ließ.«

Katzenfischs Mimik lässt keine Rückschlüsse zu, ob er sich angesprochen fühlt. »Von welchem Plan sprichst du?«

Auf dieses Rätsel weiß ich auch keine Antwort. Für Talbot bedeutet mein Schweigen ein Schuldgeständnis.

»Ich verrate dir den Täter, das Motiv *und* den Plan. Die Mehrheit der Kollegen im Präsidium teilt meine Einschätzung, dass DU den Mord aus Eifersucht begangen hast. Ein Komplize half dir beim Begräbnis und setzte einen Anruf ab, damit man dich rechtzeitig findet.«

»Niemand mit Borgs Vorgeschichte lässt sich freiwillig begraben«, sagt Romanov.

Talbot schenkt meinem Partner ein Haifischlächeln und lässt einen weiteren Rauchkringel aufsteigen. »Musstest du auch ins Irrenhaus, weil dich ein böser Onkel ans Patschehändchen genommen hat? Borg soll es ja sogar Spaß gemacht haben. Tauscht ihr in eurer Selbsthilfegruppe Tipps über Dehnfähigkeit und Vaseline aus?«

Sein Abrissbirnencharme zeigt Wirkung. Romanov verschlägt es nicht oft die Sprache.

Katzenfisch schnippt seine Dunhill über einem tragbaren Aschenbecher ab. »Die Geschichte gewinnt in der Wiederholung weder an Glaubwürdigkeit noch an Spannung. Widmen wir uns dem Geschäftlichen. Was treibt euch hierher?«

»Wir kommen von einer Star Wars und Trekkie Convention«, beginne ich, »deshalb die Kostüme.«

Talbot sucht nach dem Sinn hinter den Worten.

»Rate, welcher Jedi für unsere Verkleidung Pate stand«, fordere ich ihn auf. »Er verfiel der dunklen Seite der Macht, genau wie du.«

»Die Veranstaltung lief aus dem Ruder«, legt Romanov nach. »Jedes Mal, wenn er sich mit ›Ich bin Borg‹ vorstellte, ernteten wir komische Blicke.«

»Eine Klingonin lud uns trotzdem auf einen Chech'Tluth ein.«

»Ihr Bart war echt.«

»Du hättest nicht dran ziehen sollen.«

In Talbots Herrentäschchen klingelt ein Handy. Beim Aufklappen des Telefons verstummt die Melodie von *Harlem nocturne* mitten im Akkord. »Ja?«, meldet er sich.

Die Stimme am anderen Ende der Leitung kommt als unverständliches Quäken bei mir an. Talbot mustert mich. Die Kälte in seinen Fischaugen verursacht Gefrierbrand.

»Interessant. Wiederhol bitte die Namen.« Katzenfisch drückt seine Zigarette nicht aus, er tötet sie. Langsam und mit Vergnügen. »Das können wir uns sparen. Sobald Badstuber auftaucht, kommen wir rüber und bringen eine Überraschung mit.« Das Mobiltelefon verschwindet in der Detleftasche.

Talbots Grinsen gefällt mir nicht. »Der Rest der Star-Wars-Geschichte langweilt dich sicher noch mehr als die Lebendigbegraben-Sache«, sage ich. »Was führt dich hierher? Haben dir die Vulkanier auch erzählt, dass sie die Dusche dieser Wohnung zum Beamen benutzen?«

»Ich will die Spannung nicht verderben«, sagt Talbot. »Du nennst deine Detektei ›Mystica‹?«

»Unser Ruf drang bis durch die Backsteinmauern des Präsidiums?«

»Dachte ich mir.«

Wir bekommen Besuch. Der in das Wohnzimmer stolpernde Beamte sieht aus, als müsste er die Uniform seines älteren Bruders auftragen. Solche Typen baseln ständig irgendwo vor und setzen eine Kettenreaktion in Gang, an deren Ende Ming-Vasen zu Bruch gehen.

»Machen Sie mal Rapport, Badstuber«, fordert Talbot ihn auf. »Was konnten Sie dem Pack da unten entlocken?«

Der Frischling starrt in sein Notizbuch, als müsste er ein Weihnachtsgedicht auf Kisuaheli vortragen. »Ja, also«, beginnt er, und schiebt sich die Dienstmütze in den Nacken. »Ich konnte dem Geschrei der Leute entnehmen, dass heute zwei Fremde versucht haben, in dieses Haus einzudringen. Den einen beschrieben sie als mittelgroß und unauffällig. Niemand konnte sich an seine Haarfarbe oder die Kleidung erinnern. Beim zweiten Mann soll es sich um eine Art Graf Dracula mit Goldaugen und weißem Haar handeln. Ich glaube kaum, dass wir mit diesen Personenbeschreibungen etwas anfangen können.«

Badstuber schaut auf und zuckt mit den Schultern. Sein Blick wandert von Talbot zu mir, weiter zu Romanov und zurück zu Talbot. Er kratzt sich unter der Mütze und studiert noch einmal die Aufzeichnungen. Seine Kinnlade klappt nach unten.

»Zur Feier des Tages spendiere ich einen Ausflug ins Blaue«, sagt Talbot. Er erhebt sich, bedeutet uns zu folgen, und geht durch den Korridor voran.

Badstuber baut Körperspannung auf und bildet den Abschluss der Kolonne.

Ich klopfe zum Abschied auf den Rahmen der Eingangstür und kassiere den Bewegungsmelder ein.

Vor dem Hauseingang stehen die Bewohner des Fischstraßenviertels Spalier. Ihre Blicke blitzen wie Schächtmesser und eine Kanonade aus Schimpfwörtern begleitet unseren Spießrutenlauf durch die Menschenmasse. Der Ziegenbart zeigt mit dem Finger auf Romanov und ruft immer wieder den gleichen Satz auf Türkisch. Ein hundertkehliges Geschrei bricht los, Fäuste drohen und die Gassenränder rücken zusammen. Ziegenbart versperrt uns den Weg und feuert den Mob an.

»Mach dich vom Hof«, schreit Talbot ihn an. »Ich hasse es, wegen einer blöden Kugel diese Schwachsinnsberichte zu schreiben! Wenn ihr die beiden lynchen wollt, müsst ihr mich um Erlaubnis fragen. Vielleicht können wir es so hinbiegen, dass ich keinen Ärger mit der Dienstaufsicht bekomme.«

Der Türke tritt erst beiseite, als Talbot seine Walther auf ihn richtet. Das Geschrei verstummt und macht einer bedrohlichen Stille Platz. In der zweiten Reihe bückt sich die Kopftuchmatrone nach einem Stein, und sie braucht ihn sicher nicht, weil morgen Ente auf dem Speiseplan stünde. Der Hass der Leute schnürt mir die Luft ab. Dass wir das Polizeiauto am Ende des Spaliers ohne weiteren Zwischenfall erreichen, grenzt an ein Wunder.

Talbot bedeutet Badstuber, uns in den Wagen zu verfrachten. Der Frischling gehört zu den wenigen Kollegen, die einem beim Einsteigen nicht den Kopf nach unten drücken.

Lichtlanzen strahlen durch die Ritzen des Schuppens in die Nacht, und der geöffneten Eingangstür entströmt ein Korridor aus Helligkeit. Man erwartet jeden Augenblick, E.T. daraus hervorwatscheln zu sehen, um die Erdlinge zu begrüßen.

Das Scheppern des Zwingergitters beeindruckt Talbot nicht, aber Badstuber kämpft mit einer Herzattacke. Der Schäferhund rennt den Verschlag entlang und bellt sich die Kehle wund, um dann ohne Vorwarnung wieder das Drahtgeflecht anzuspringen. Vor seinen Lefzen steht Schaum. Als er den Kopf in den Nacken schmeißt, um ein Wutgeheul auszustoßen, landen Spritzer davon auf meiner Hose. In den Augen des Tieres brennt das Verlangen, erst den Gitterdraht und dann unsere Kehlen durchzubeißen.

»Zumindest bei der Wahl des Haustiers kann man eine gewisse Integrationsbereitschaft feststellen«, sagt Talbot.

Unsere Prozession zieht weiter, schreitet über den Lichtteppich und betritt die Scheune.

Halogenfluter leuchten jeden Winkel des Lagervorraums aus und erzeugen die unwirkliche Stimmung einer Lichtkunst-Installation. Jemand hat aus zwei Balken und vier Brettern ein provisorisches Hakenkreuz gezimmert und sein Werk zwischen Holzbohlen und Deckenstrebe verkeilt. Zwei Gestalten in weißen Overalls kriechen davor auf dem Boden herum und suchen die Fugen zwischen den Bohlen ab.

Der am Kreuz hängende Leichnam ist bis auf ein Wickeltuch um die Hüften nackt und von Brandwunden übersät, weil jemand Zigaretten auf ihm ausgedrückt hat. Grobe Stricke schnüren Arme und Beine des Toten an die Balken.

Die Wucht der Inszenierung dreht mir den Magen um.

Das Zudrücken der Augen kann sich der Bestatter sparen, weil man das Gesicht des Jungen vor Schwellungen kaum noch erkennt. Silbermünzen füllen die Mundhöhle, und das Geldhäufchen vor dem Hakenkreuz wurde so dekoriert, dass es nach Erbrochenem des Toten aussieht.

Der Täter besitzt ein Händchen für die Wirkung plastischer Darstellung und mehrere Bücher über Effizienz bei Gewaltanwendung. Die über den Körper verteilten Schnitte und Stiche erzeugen Schmerzen, lassen aber kaum Blut fließen. Unter den Daumennägeln stecken Zahnstocher. Mit etwas Glück sind sie benutzt.

Vor der Kreuzigung wurde das Opfer an einen Stuhl gebunden und gefoltert. Alle Schläge und Messerstiche kamen von oben, und die Handgelenke weisen den typischen Hautabrieb von Fesselungen auf. Strangulationsstriemen am Hals verraten die Todesursache.

Talbot beobachtet jede Veränderung in meiner Mimik, um mich zu lesen. Er beherrscht diese Kunst annähernd so gut wie ich. »Den Jungen am Kreuz kennt ihr ja, deshalb verzichte ich auf eine Vorstellung. Hat er alles ausgespuckt, was ihr von ihm wissen wolltet?«

Wer eine Leiche so herrichtet, warnt den Betrachter vor Verrat und kündigt an, dass bei Zuwiderhandeln Vergeltung droht. Mir dämmert, wie das Sinnbildrätsel auf die Bewohner des Fischstraßenviertels wirken muss. »Wir sehen ihn zum ersten Mal«, sage ich.

»Erstaunlich«, sagt Talbot. »Ich traf euch eben in seiner Wohnung an. Mehrere Zeugen beschwören, dass ihr schon heute Abend in sein Haus eindringen wolltet. Außerdem fanden die Kollegen von der Spurensicherung eine Visitenkarte der Detektei Mystica am Tatort.«

Katzenfisch registriert mein Blinzeln.

»Ich kenne das Spielchen, Talbot«, sage ich. »Ein Ermittler präsentiert die Leiche nur, wenn er sich davon Aufschlüsse verspricht. Man sieht dir an, dass deine Konfrontationsanalyse nicht das gewünschte Ergebnis zeigt.«

»Du konntest dich schon immer meisterhaft verstellen.«

»Ich gebe zu, dass wir das Opfer hier und in seiner Wohnung besuchen wollten, aber unseren Bemühungen war kein Erfolg beschieden.«

»Wann soll das gewesen sein?«

»Um neunzehn Uhr herum«, sagt Romanov, bevor ich ihn zurückhalten kann.

»Herzlichen Glückwunsch«, gratuliert Talbot. »Nach allem, was wir bis jetzt wissen, liegt das im Tatzeitkorridor.«

»Das macht sie nicht gleich zu Tätern«, rutscht es Badstuber heraus.

»Richtig!« Talbots Blick treibt seinem Untergebenen die Röte ins Gesicht. »Ich vergaß diesen neuen Gesellschaftstrend in Betracht zu ziehen. Fehlende Sensibilisierung für die Grenzen von Gewalt kombiniert mit einem erstarkenden Nationalismus. Viele Hakenkreuzigungen werden heutzutage übersehen, oder man vergisst, die Polizei anzurufen.«

»Als wir der Scheune einen Besuch abstatteten, hing hier keine Leiche«, sage ich.

»Dann musste sie zwischendurch wohl mal austreten«, sagt Talbot. »Was wolltet ihr von dem Jungen? Star-Trek-Bildchen tauschen?«

»Ein Klient beauftragte unsere Detektei, den Verkäufer eines Kryptiden zu finden und gab mir die Handynummer des Opfers. Wir haben uns bis hierher durchermittelt.«

»Also Auftragsmord«, sagt Talbot.

»Mit Herumraten kommst du bei diesem Fall nicht weiter. Unser Klient hat das Opfer umgebracht und den Toten versteckt, bevor er in die Detektei Mystica kam. Als er sicher sein konnte, dass wir von verschiedenen Leuten am Tatort gesehen worden waren, kehrte er zurück, richtete die Leiche her und hinterließ eine Visitenkarte der Detektei, um uns die Sache anzuhängen.«

»So eine gequirlte Kacke«, sagt Talbot. »Ich sehe nicht den Hauch eines Motivs für den Mord!«

»Eine Eskalation bei der Preisverhandlung? Gier?«

»Warum hat euch der Klient nicht gleich hierher geschickt?«

»Um uns in Sicherheit zu wiegen. So haben wir der aufgebrochenen Tür zu wenig Bedeutung beigemessen und die

Betäubung des Hundes übersehen. Alle Zeichen deuten darauf hin, dass Sürgüs letzter Gast ohne Einladung kam. Vielleicht verließ Nessinger das Lager im Streit und kehrte später zurück, um das Wesen zu stehlen. Unser Klient fand die Eingangstür verschlossen, stieg durch eine Rampe in den Keller ein und erdrosselte Sürgü. Um die Scheune verlassen zu können, musste er die Tür mit einer Axt aus dem Werkzeugschrank aufbrechen.«

Talbot sieht mich an, als versuchte ich ihm ein dreibeiniges Rennpferd zu verkaufen.

»Der Täter kann die Leiche nur in der Hundehütte versteckt haben«, sage ich »Bei unserem ersten Besuch schlief das Tier wie ein Beamter nach dem Mittagessen. Eine Laboruntersuchung auf Betäubungsmittel dürfte den Grund dafür liefern.«

»Wenn du mir eine Blutprobe besorgst, lass ich dich laufen. Eine Spritze besitzt du ja selber«, sagt Talbot.

»Ich wette, auf der Visitenkarte befinden sich keine Fingerabdrücke«, sage ich.

»Nenn mir einen Grund für das ganze Brimborium«, sagt Talbot. »Allein der Aufwand, Kupfermünzen zu verzinken, damit sie wie Silbertaler aussehen. Was möchte er uns mit der Inszenierung sagen?«

»Das müsstest du ihn selber fragen. Er heißt Nessinger. Willst du seine Nummer?«

Ich reiße eine Seite aus meinem Notizbuch und halte sie Talbot hin.

Er macht keine Anstalten, mir den Zettel abzunehmen. »Deine Lügenmärchen entspringen der Verzweiflung eines abgehalfterten Freaks. Du schwimmst in kinntiefer Scheiße, Borg!«

»Was sagt dir dein Instinkt, Talbot? Wenn meine Version stimmt, müsstet ihr jede Menge Hundehaare auf der Leiche finden.«

Einer der Overallmänner blickt auf und nickt Katzenfisch zu.

»Warum sollte ich das Opfer so lange herumliegen lassen?« fahre ich mit meinem Plädoyer fort. »Sürgü wurde mit einsetzender Leichenstarre hergerichtet, andernfalls müsste der Kopf mit dem Kinn auf der Brust liegen. Der Täter modellierte auch die Gliedmaßen post mortem. Das lässt sich alles nachprüfen.«

Talbot nimmt Nessingers Telefonnummer an sich. »Bis dahin solltet ihr die Stadt nicht verlassen«, sagt er. »Du stehst ganz oben auf meiner Liste.«

KAPITEL 4

LORELEI REIBT DIE WUNDERLAMPE

Ich glaube nicht, dass wir die Forellen essen sollten«, sagt Romanov.

Poe schleicht um den Teller auf dem Küchenboden herum und schnüffelt an dem Fisch. Seine Zunge schaut ein Stück weit aus dem Maul heraus, was dem Gesichtsausdruck des Katers etwas Beschränktes verleiht. Dann dreht er der Mahlzeit den Rücken zu und scharrt mit den Hinterläufen über das PVC, um sie symbolisch mit Erde zu überhäufen. Die bis an meinen Schreibtisch wallenden Ausdünstungen künden von der Vergänglichkeit aller Dinge.

»Sürgüs Verpackungsmaterial muss vom LKW gefallen sein«, teile ich Romanov mit. »Meine Recherche ergab, dass der Aufdruck *Dosafa* von der Dortmunder Sackfabrik Otto Sticht verwendet wird. Das Firmengelände befindet sich in unmittelbarer Nähe des Nordfriedhofs.«

»Sie haben Post«, säuselt es aus dem Lautsprecher des Laptops.

»Bergers Analyse«, sage ich. »Das BKA bescheinigt die Echtheit der Aufnahme.«

»Dann lohnt es sich doppelt, Nessinger zu finden«, sagt Romanov. »Da er sich den Kryptiden rechtswidrig angeeignet hat, steht uns Finderlohn zu. Die Detektei Mystica ging schon für weniger als drei Prozent eines Königreichs an die Arbeit. Da es hier nichts zu essen gibt, schlage ich vor, dass wir gleich losfahren. Nimm die Angel mit, vielleicht fängst du in der Möhne einen nicht angegammelten Verwandten dieser Fische.«

»Das wird die Polizei für uns erledigen.«

Romanov schafft es, den Gesichtsausdruck seines Katers zu imitieren, ohne dabei die Zunge herauszustrecken.

»Ich meine, Nessinger aufzutreiben«, sage ich. »Wobei abzuwarten bleibt, ob sich der Kryptide in seinem Besitz befindet. Auf mich machte der Mann nicht den Eindruck eines Folterknechts oder Mörders. Auch die Inszenierung der Leiche spricht gegen ihn als Täter. Wenn Nessinger uns die Sache anhängen will, darf er den Leichnam nicht so herrichten.«

»Bleibt die Frage, wer da einen Mitwisser vor Verrat warnen will«, sagt Romanov.

»Jeder Kryptozoologe aus Leidenschaft würde die Leiche nach der Tat verschwinden lassen«, fahre ich fort, »und am selben Tag eine Pressekonferenz über die Entdeckung einer unbekannten Lebensform anberaumen. Solche Menschen können nicht anders, als ihren Ruhmesbringer der ganzen Welt zu präsentieren. Trotzdem sollten wir seine Kollegen befragen.«

»Ob der Herr uns ein zweites Mal zum Essen einlädt, wenn du ihn bei Talbot entlastest?«

»Ich frage ihn, sobald er sein Telefon wieder einschaltet. Bis dahin sollten wir Hakan bearbeiten. Als Freund des Opfers könnte er Licht ins Dunkel bringen, um mit *La Luna* zu sprechen. Es steht sowieso ein Besuch im Fischstraßenviertel an.«

»Um an den Kühlschrank des Jungen heranzukommen, müssten wir amtliche Siegel aufbrechen. Schade um die Lebensmittel. Sürgü kann schließlich nichts mehr damit anfangen.«

»Versuch bitte mal, drei Sekunden nicht ans Essen zu denken, und rate, wem Sürgü Gülnaz die 20.000 Euro überwiesen hat.«

»Ich kann als Begünstigter ausgeschlossen werden. Zumindest wollte mir der Geldautomat heute Morgen nichts borgen.«

»Das Geld ging als Spende an den Moscheeverein. Wir sollten dem Vorsitzenden dazu ein paar Fragen stellen.« Ich winke meinem Partner mit dem Lokalteil der Rundschau zu. »Schon gelesen?«

»Nein, wieso? Hat der Kaninchenmörder erneut zugeschlagen und auch sein dreiundzwanzigstes Opfer ohne Kopf und einen Tropfen Blut im Rumpf am Tatort zurückgelassen? Oder brauchst du die Zeitung, um die Fische als Geschenk für Oma Bolte einzupacken?«

Romanov kennt keine Freunde, wenn er nichts zu essen bekommt. Ich sollte die Dose Katzenfutter im Auge behalten.

»Sieh dir das an.« Ich präsentiere ihm den Artikel mit der Titelzeile: *Türke zu Tode gefoltert.*

»*Eskalation im Minarettstreit*«, lese ich vor. »*Die Auseinandersetzung um den Bau eines Minaretts im Stadtteil Eving forderte gestern Abend ein Todesopfer. Wie unsere Zeitung aus gut unterrichteten Kreisen erfuhr, kam es in Zusammenhang mit dem umstrittenen Turmbau zu einem Tötungsdelikt. Ob die Straftat Auswirkungen auf die Genehmigung der für nächsten Samstag angekündigten Demonstration der Initiative freier Bürger hat, stand bei Redaktionsschluss noch nicht fest.*«

»Da versucht jemand, Politik zu machen«, ruft Romanov mir aus der Küche zu, während er die Forellen in den Mülleimer entsorgt. »Mit einer Pressekampagne lässt sich eine Menge erreichen.«

»Der Berichterstatter erwähnt mit keinem Wort das Hakenkreuz.«

Die Eingangstür knallt gegen die Wand, dann wankt ein Persönchen herein, das selbst im Ambiente unserer Detektei einen Ausbund an Schrulligkeit darstellt. Zu einem moosgrünen Batikkleid sollte man keine Strumpfhose in Leopardenoptik tragen, aber kombiniert mit den spitzen Hexenschuhen verströmt das Ensemble den Geist von Woodstock. Der Schnürriemen ihres Fahrradhelms bändigt eine Afrokrause und zurrt dabei die Haut unter dem Kinn in Falten. Die Hippiefrau streckt ihre Hände zur Zimmerdecke und verdreht die Augen, als wolle sie herausfinden, wie es in ihrem Inneren aussieht. Zwischen den weißen Augäpfeln und einem von Lippenstift verschmierten Mund geht die Stupsnase fast verloren.

»Der Junge!«, ruft sie. Ihre Stimme klingt nach Johnny Cash oder sonst einem Kerl, der seit hundert Jahren versucht, sich mit Whisky, Tabak und Härterem umzubringen. »Ich kann ihn spüren!«

Ein Zittern durchläuft den zierlichen Körper und geht innerhalb von Sekunden in einen Krampfanfall über. Die Hippiefee schwankt ein paar Schritte auf mich zu, dann schlägt sie rücklings auf das Parkett, und lediglich der Helm verhindert, dass sie sich eine Gehirnerschütterung zuzieht. Die Arme zucken über den Boden, und das Becken ruckt in die Höhe, bis ihr Batik-Kleid über die Taille rutscht und den Blick auf einen Halbedelstein im Bauchnabel freigibt. Unter der Strumpfhose zeichnet sich keine Unterwäsche ab. »Vergib mir!«, tönt sie mit Grabesstimme.

Bevor ich aufspringen kann, betritt ein Glatzkopf mit Silberschnäuzer und Nickelbrille die Detektei. In der Westentasche seines alabasterfarbenen Dreiteilers verschwindet eine Uhrkette. So etwas tragen heutzutage nur noch Brautväter und Thomas Gottschalk. Mahatma Gandhis Zwillingsbruder hält das Geschehen mit einer Digitalkamera fest. Ohne vom Display aufzusehen, bedeutet er mir sitzen zu bleiben, und fokussiert die Kamera auf die Frau.

Romanov streckt den Kopf aus der Küche. »Drehen Sie einen Werbespot für Absinth?«, lästert er. »Ich meine, wegen der grünen Fee.«

»Wer spricht da?«, schreit die Fahrradhelmträgerin. »Eine Falle! Verrat! Betrug!« Aus dem Mund der Frau dringt das Kampfgebrüll eines Orks, während ihr Kopf mehrmals mit Wucht auf das Parkett schlägt.

Der Gandhi redet, ohne das Filmen zu unterbrechen, auf die Tobende ein, bis sie sich wieder beruhigt. »Verflucht! Sie haben es vermasselt«, sagt er zu Romanov und steckt sein Arbeitsgerät in ein Gürtelfutteral.

Die Frau setzt sich auf und schenkt mir einen Blick aus meergrünen Katzenaugen.

Das Déjà-vu elektrisiert jede Nervenzelle meines Körpers und erzeugt ein Schwindelgefühl, als hätte ich mich zu weit über den Rand eines Brunnens gelehnt, in dessen stiller Tiefe eine Meerjungfrau mit Sommersprossen und Kupferlocken nach mir singt.

»Alles in Ordnung, Lorelei?«, fragt der Gandhi.

Die Frau nickt und sieht sich um. »Wo bin ich hier?« Ihre Stimme klingt immer noch rauchig, jetzt aber eindeutig weiblich.

Romanov stolziert heran. »Sie liegen in der Detektei Mystica«, sagt er. »Zum Glück gilt einer unserer Mitarbeiter als Koryphäe auf dem Gebiet der Besessenheit.«

Das stimmt, und in der Regel handelt es sich dabei um Essen.

Der Mann im Dreiteiler überreicht meinem Partner eine Visitenkarte.

»*Institut für Paranormales*?«, liest Romanov vor.

»Eines der ersten in Deutschland«, erklärt der Gandhi, »und seit über dreißig Jahren international etabliert. Mein Institut betreibt Forschung auf allen Gebieten der Grenzwissenschaften.« Er nimmt seine Brille ab, haucht die Gläser an und putzt sie mit einem Brillentuch. »Ich darf nicht ohne Stolz darauf hinweisen, dass wir als führende Institution bei der Analyse paranormaler Phänomene auf zehntausende Anfragen von

Privatpersonen und Organisationen zurückblicken können. Selbst Kunstschaffende aus Film und Fernsehen nehmen unsere Beratung in Anspruch. Sie gestatten, dass ich mich vorstelle? Doktor Hocheaux, Leiter der Einrichtung.«

»Einrichtung ist nur ein anderes Wort für Anstalt«, sagt Romanov.

Der Institutsleiter ignoriert Romanovs Ungezogenheit mit der Contenance eines Gentleman und setzt seine Brille wieder auf. »Was konntest du sehen?«, fragt er die Hippiefrau.

»Ich erinnere mich an einen Mann im Wald«, erzählt Lorelei. Sie schüttelt sich. »So viele rohe Gedanken. Er benutzte einen Spaten, um ein Loch zu graben. Es hat mit ihm zu tun.« Sie zeigt auf mich. Ihr Handgelenk schmückt ein Bettelarmband mit Glöckchen, Runensymbolen und Miniaturamuletten. Ein Rosenkranz für Esoteriker.

»Lorelei ist ein Medium«, erklärt Doktor Hocheaux. »Ein außergewöhnliches Talent. Mein Institut versucht, mit Hilfe einer Videodokumentation zu beweisen, dass sie in Kontakt mit Verstorbenen tritt.«

»Der Körperlose muss bei der Post gearbeitet haben«, sagt Lorelei. »Ich sah immer wieder ein Paket. Allerdings wollte er es nicht ausliefern, sondern vergraben.«

»Können Sie mit dieser Botschaft aus dem Jenseits etwas anfangen?«, fragt mich Doktor Hocheaux.

Mein Hals ist so zugeschnürt, dass die Antwort im Kehlkopf stecken bleibt. Gegen das Strahlen von Loreleis Augen verkümmert Supermans Hitzeblick zu Kerzenschein. So müssen sich Hummer in kochendem Wasser fühlen.

»Der Jenseitige möchte um Vergebung bitten«, erklärt sie. »Er sucht Erlösung.«

Ich erlange die Kontrolle über meine Sprachfähigkeit zurück. »Wie lautet sein Name?«

Sie zuckt mit den Schultern. »Die Toten stellen sich nicht vor, wenn sie von mir Besitz ergreifen. Es strengt sie mehr an als mich und dauert selten länger als ein paar Minuten. Wenn ein Jenseitiger die Kontrolle übernimmt, tritt mein Bewusstsein in den Hintergrund und wartet, bis es vorübergeht. Es kommt einem vor, als sähe man sich selbst beim Lebenspielen zu.«

Dieses Gefühl kenne ich.

»Meistens wollen die Körperlosen etwas erzählen, aber sie tun das nicht mit Worten. Schwer zu erklären, wie es abläuft. Ich vergleiche es immer mit einer Filmvorführung, oder dem Blättern in einem Fotoalbum. Die Geschichte dahinter muss ich erspüren.«

Doktor Hocheaux nimmt die Kamera aus dem Futteral und richtet das Objektiv auf mich. »Können Sie uns helfen, mehr zu erfahren? Was haben diese Botschaften zu bedeuten? Der Wald. Ein Paket. Dieses Loch im Boden? Welche Verbindung besteht zwischen Ihnen und dem Jenseitigen?«

Die bis in mein Knochenmark gefräste Wunde reißt wieder auf und das mit Lena begrabene Verlangen nach Vergeltung klopft an den Deckel seiner Gruft.

»Wenn keiner den Mülleimer geöffnet hat«, sagt Romanov, »riecht es hier nach faulem Zauber.«

Romanovs Überspanntheit beginnt mir auf die Nerven zu gehen. »Ein Nullraum-Jünger sollte Phänomene des Spiritismus nicht als Humbug abtun«, gebe ich ihm zu bedenken.

»Solche Tricks gehören zur Bühnenshow jedes Illusionisten. Verschaffe dir Informationen, präsentiere sie in einer spektakulären Aufmachung, und das Publikum staunt.«

»Niemand draußen kennt meine Geschichte.«

»Und wenn sie es von Talbot wissen? Glaubst du an einen Zufall?«

»Nennen wir es Kismet«, sagt Doktor Hocheaux. »Das Gegenteil von Zufall. Eine Verflechtung von Schicksalen über die Grenzen von Zeit und Raum hinaus. Wir wurden gerade Zeuge der Begegnung zweier Bewusstseinsdimensionen. Ein Körperloser benutzte Lorelei als Brücke in die Welt der Lebenden.«

Der Institutsleiter schaltet die Kamera aus und packt sie in ein Tragefutteral.

»Wenn der Jenseitige das nächste Mal Kontakt aufnimmt, hätte ich Sie gern mit im Boot. Überlegen Sie sich eine Frage, die nur der Verstorbene beantworten kann. Gelingt es uns, seine Antwort auf Video festzuhalten, bedeutet das den Durchbruch und einen Meilenstein in der Erforschung des Paranormalen. Es dauert meiner Einschätzung nach höchstens ein bis zwei Tage. Den Toten treibt ein starkes Verlangen.«

»Sie wollen uns tagelang zwischen den Füßen herumlaufen?«, fragt Romanov.

»Ich glaube nicht, dass es um Ihre Meinung geht«, sagt der Doktor und schaut mich an.

Die Aussicht, endlich den Anker meines Unglücks einzuholen, den Namen meines Entführers zu erfahren, sein Gesicht zu kennen, lässt mich mit den Zähnen knirschen. Mein Jagdtrieb meldet sich zurück zum Dienst.

»Wir arbeiten an einem Mordfall«, sagt Romanov. »Sollen wir Sie mit zu den Ermittlungen schleppen? Unsere derzeitigen Verpflichtungen lassen leider keinen Spielraum für eine Zusammenarbeit. Wenn die Herrschaften nun das Büro verlassen möchten?« Romanov eilt zur Tür, reißt sie auf und erstarrt.

Frau Zenker füllt den Türrahmen. Die Herrscherin des Treppenhauses muss letzte Nacht mit einer Zombiearmee gekämpft haben. Ihre Haare hängen ungemacht über die Augenringe und in den Mundwinkeln klebt Speichel. »Hallo

Arschgeige!«, begrüßt sie Romanov. »Rück das Geld raus!« Ihr Zeigefinger tippt bei jedem Wort gegen seine Brust.

»Guten Morgen, Frau Zenker«, sagt Romanov. »Sie erinnern mich an eine Schlammcatcherin, die ich mal kannte. Arbeitete nebenbei als Domina.«

»Borg!«, brüllt die Zenker in das Büro. »Können Sie mich hören, Borg? Zahltag!« Sie späht über Romanovs Schulter. »Packen Sie Ihre Sachen, aber dalli, sonst wird mein Sekt warm!«

Lorelei geht nicht, sie schreitet nicht, sie flattert zur Tür wie ein Schmetterling.

»Ich kann Ihren Kummer spüren«, eröffnet das Hippiemedium der Zenker. »Sie tragen Schuld aus einem vorherigen Leben. Es lässt Sie nicht los.«

Romanovs Lippen nähern sich meinem Ohr.

»Möglicherweise handelt es sich bei unserem Hausdrachen um die Inkarnation eines Pottwals«, flüstert er mir zu. »Hat einen Dreimaster auf den Grund des Meeres gerammt und ein Dutzend Seeleute ersäuft.«

»Hör mal zu, Hasch-Püppchen«, pöbelt die Zenker Lorelei an. »Die Figuren hier schulden der Vermieterin drei Monatsmieten, und ich bin das Räumkommando. Ich weiß ja nicht, welche Dienstleistungen du anbietest, aber sucht euch dafür einen anderen Ort.«

Lorelei sieht den Hausdrachen an, als könnte sie nicht glauben, dass jemand zum Vergnügen Schmetterlingen die Flügel ausreißt.

»Es gibt eine Lösung für jeden von uns«, sagt Doktor Hocheaux. Er zieht ein Bündel Einhundert-Euro-Scheine aus seinem Cutaway.

»Vergessen Sie es«, sagt Romanov.

In den Augen der Zenker lodert Habgier.

»Dazu käme noch die Tierarztrechnung wegen Bubi«, sagt sie.

Doktor Hocheaux befeuchtet seinen Daumen und beginnt zu zählen.

»Sagen Sie stopp.«

»Vergessen Sie es«, sagt Romanov.

Der Nachteil eines Leichenwagens besteht in seinem eingeschränkten Sitzplatzangebot.

»Jetzt hasst er mich«, sagt Lorelei.

»Romanov fährt öfter im Rückraum mit«, beruhige ich sie, »um seinen Hang zum Morbiden auszuleben.«

Der Motor des Rekords stottert, und ich trete das Gaspedal durch, damit er nicht absäuft. Der Wagen läuft schon seit ein paar Tagen nicht mehr rund.

»Echt schräg, der Typ«, sagt Lorelei. »Mir graust es bereits hier vorne. Hoffentlich lassen mich die Fahrgäste in Ruhe.«

»Die müssen sich hinten anstellen. Mein Entführer schuldet mir ein paar Antworten.«

»Ich will dir nicht die Hoffnung rauben, aber auf der anderen Seite kümmern sie sich selten um die Belange der Lebenden. Sie nehmen mehr, als sie geben.«

»Besitzt du diese Fähigkeit schon lange?«

Lorelei schaut auf ihre giftgrünen Fingernägel. »Es gab eine Zeit, da hing ich mit den falschen Leuten ab. Aussteiger und Künstler auf der Suche nach Wahrhaftigkeit und alternativen Wirklichkeiten. Für eine Weile lebten wir den Traum von Freiheit, aber am Ende von allem krochen wir auf Knien über Kuhfladenwiesen und suchten Zauberpilze. Das Billig-Ticket in die Anderswelt.« Sie schließt ihre Augen und senkt den Kopf. »Feinfühlige brauchen eine stärkere Betäubung als der Durchschnittsmensch, um das Leben zu ertragen. Irgendwann reicht dann die Dosis nicht mehr aus, und je weiter man sich treiben lässt, umso schwerer fällt die Rückkehr in die Normalität. Manchmal wusste ich nicht einmal mehr, in wessen Wohnzimmer wir gerade aufwachten.« Lorelei zupft an ihrem Bettelarmband herum. »Bei meinem letzten Trip streifte ich durch die Ruinen eines Schlosses und erforschte einen verwilderten Park. In den Löwenzahnwiesen krochen Eichhörnchen ohne Fell umher und tuschelten miteinander. Schäfchenwolken rasten wie Wattebauschgeschosse über eingestürzte Zinnen und Türme hinweg. Alles spielte sich im Zeitraffer ab. Man konnte den Dornenranken bei der Eroberung der Beete und Marmorstatuen zusehen.«

Loreleis Erzählung zieht mich so in ihren Bann, dass ich die Sonne über ihrer Anderswelt im Minutentakt das Firmament durchwandern sehe.

»Sämtliche Wege des Parks endeten an einer morschen Holzbrücke, die über versumpfende Teiche führte, und irgendwann fasste ich den Mut, mich der Wackelkonstruktion anzuvertrauen. Bei jedem meiner Schritte bewegte sich der Algenteppich auf der Wasseroberfläche, weil darunter etwas Großes auf das Knacken brechender Bohlen lauerte. Am gegenüberliegenden Ufer geriet ich dann in ein Labyrinth aus Hecken und Steinwällen und verlor die Orientierung. Ich lief immer weiter, bis mir der Steilhang eines Talkessels den Weg versperrte.« Sie hält einen Augenblick inne und formt Worte, ohne dass ein Ton ihre Lippen verlässt. »Da war ein Holztor in der Felswand. Jemand hatte drei Ziegenschädel darangenagelt und darunter das Wort *Ausgang* gepinselt. Die Pforte ließ sich an einem Knochenring aufziehen und gab den Eingang zu einem Tunnel frei. Ich ging so weit hinein, dass die Welt draußen zu einem Lichtpunkt schrumpfte und schließlich ganz verschwand.« Mit jedem Wort verfinstert sich ihr Blick. »Es gab keinen Weg zurück, also tastete ich mich weiter an der Felswand entlang, bis meine Hand gegen ein elastisches Hindernis stieß, an eine Grenze aus Gallerte. Sie gab ein Stück weit nach, bevor ihre Masse meine Finger umschloss, und ich bekam sie nicht wieder heraus. Das Ding saugte mich Zentimeter um Zentimeter ein. Erst verschwand der Arm und danach der Rest von mir in dem Gewebe, bis mich ein Kokon aus Weichheit und Wärme umhüllte.« Lorelei streicht über die zu Berge stehenden Härchen auf ihrem Unterarm. »Das Gefühl von Geborgenheit schlug in Panik um, als das Zeug anfing, Feuchtigkeit abzusondern wie ein Maul, das an mir lutschte und Geschmack daran fand. Ein aaldicker Strang des Gewebes drang in meinen Mund ein, um auch das Innere zu erkunden. Er gründelte schon den Magen ab, als ich zubiss. Der Fortsatz wand sich und zuckte, dann schnellte er aus mir heraus, und der Organismus spuckte meinen Körper zurück auf den Steinboden. Verglichen mit dem, was mich dort erwartete, hatte ich das Paradies verlassen.« Das Entsetzen in ihren Augen überträgt sich auf mich. »Zuerst hörte ich ein Wimmern in der Finsternis, dann strichen die Geister von Verstorbenen so nah an mir vorüber, dass die Luft vor Verzweiflung gefror. Sie jammerten und beichteten mir die Schlechtigkeiten ihres Lebens. Ich wurde zum Schwamm für den Seelenmüll der Toten. Drei Tage kam ich nicht von dem Horrortrip runter. Seitdem besuchen sie mich.« Lorelei sieht aus dem Seitenfenster, als suchte sie da draußen nach einer Eisenstange, um ihre Erinnerungen zu erschlagen.

»Läuft das jedes Mal so heftig ab, wie bei uns in der Detektei?«

Sie nickt.

Kein Wunder, dass Lorelei den Helm trägt.

»Kannst du die Sache steuern?«, frage ich sie.

»Nein, aber es gibt Möglichkeiten, ihnen den Zugang zu erleichtern. Drogen. Bewusstlosigkeit. Trance.

»Dann betrachtest du deine Gabe nicht als Segen?«

»Das Jenseits verschafft einem nur Gänsehaut und Verantwortung für andere.«

Ich parke den Leichenwagen zwischen einem VW-Bulli und einem Ford Transit am Rande der Grünanlage.

»Sind wir da?«, fragt sie, offensichtlich froh, das Thema wechseln zu können.

»In dieser Reihe wohnt er«, sage ich. »Das zweite Haus auf der rechten Seite. Viel Glück!«

»Das Glück deines Lebens hängt von der Beschaffenheit deiner Gedanken ab«, sagt Lorelei und schlüpft aus dem Wagen. Bevor sie die Tür zuschlägt, schenkt sie mir einen Blick, der auch einbalsamierte Päpste zum Leben erwecken würde. »Ich finde euren Job super. Brauchst du nicht noch eine Kollegin?« Dann flattert sie davon.

Ich steige auch aus und öffne die Heckklappe. Romanov liegt auf dem Rücken, die Arme über der Brust verschränkt, und starrt an die Samtdecke. »Brauchst du nicht noch eine Kollegin?«, äfft er Lorelei nach.

»Betrachte es als Kompromiss«, versuche ich ihn zu besänftigen. »Sonst hätten wir beide am Hals.«

»Die grüne Fee reicht für zwei. Mit der Nummer könnte sie in allen Theatern dieser Welt auftreten.«

»Lorelei kann uns helfen, an Hakan heranzukommen. Ich glaube nicht, dass du seine Wohnung in einem Stück erreichst.«

»Und wer filmt dieses Hippie-Medium, wenn jetzt der Geist deines Entführers ihren Körper übernimmt?«

»Höre ich da eine Verstimmung bei der ersten Geige?«

»Ich sehe lediglich die Gefahr, dass sich der Dirigent aus dem Takt bringen lässt, um in deinem Bild zu bleiben. Erinnerst du dich an die Zeit, als der Herr Borg bei jeder sich bietenden Gelegenheit Fahrstuhl fuhr, weil er beim Friseur den Artikel über die zehn häufigsten Erotikphantasien von Frauen gelesen hatte?«

»Mach so weiter, und ich stelle sie ein!«

»Apropos Fahrstuhl. *La Luna* empfahl uns, den zweiten Turm zu suchen. So viele gibt es in Dortmund ja nicht. Lass uns mit dem Florian anfangen.«

»Dir schwebt ein Frühstück im Aussichtsrestaurant vor, oder? Um auf einem Fernsehturm die Zeche zu prellen, braucht man Gleitschirme.«

»Ich dachte, du konntest diesem Institutsleiter Vorschussspesen abschwatzen?«

»Unser Verkleidungsfundus gab nicht alles her, was wir benötigen, deshalb musste ich investieren. Dem Vorsitzenden des Moscheevereins sind unsere Personenbeschreibungen garantiert bekannt, außerdem vergibt er heute nur Termine an Pressevertreter.«

»Als was gehen wir?«

»Tschetschenisches Fernsehteam. Man verständigt sich dort doch auf Russisch?«

Nachdem sie das dritte Mal vergeblich an der Tür des Leichenwagens gerüttelt hat, spricht Lorelei uns an. Ein Anflug von Panik liegt in ihrem Blick. »Entschuldigung«, sagt sie. »Wissen Sie zufällig, wohin die beiden Männer aus diesem Auto gegangen sind?« Sie mustert uns von oben bis unten.

Der Kaftan verdeckt Romanovs Gehrock, und sein zum Zopf gebundenes Haar steckt unter einem Turban. Ohne die Kontaktlinsen und mit Vollbart gibt er einen passablen Imam ab. Auch ich trage Bart und Gebetskappe, ein Muslimengewand und Sonnenbrillenclips auf den Gläsern.

»Woher haben Sie diese Kamera?«, fragt Lorelei. »Verstehen Sie überhaupt, was ich sage?«

Sie späht in die Runde, um uns doch noch irgendwo zu entdecken.

»Das Frau mit Helm aus Beschreibung«, sagt Romanov zu mir, bevor er sich Lorelei zuwendet. »Haare wie Pudelexplosion und Kleidung von Gammler-Hexe. Die zwei Männer aus Totenauto geben uns Kamera. Sollen Hexe mitnehmen und Filmaufnahmen machen. Aber mehr Geld für uns, wenn verheiraten dich mit Vetter Ibrahim. Vetter stinkt, besitzt aber meiste Ziegen von Dorf. Vielleicht dich filmen mit Ziege.«

Lorelei schneidet ihm eine Grimasse. »Pech für euch, dass Hexen über magische Kräfte verfügen.« Sie zeichnet ein Beschwörungssymbol in die Luft und schleudert es auf Romanov. »Emanzipationszauber«, zischt sie. »Ich fluche dir die Fäulnis ans Gemächt. Deine Augen sollen zu Eiter zerfließen und die Zunge vor Geschwüren schwellen, bis du an deinen Machosprüchen erstickst!«

Mein Partner beginnt zu würgen, schlägt die Hände vors Gesicht und geht in die Hocke, um unbemerkt seine Linsen einzusetzen. Lorelei starrt erst meinen Partner an, dann auf ihren Finger.

»Buh«, sagt Romanov und schenkt ihr seinen Bernsteinblick. Lorelei benötigt trotzdem drei Sekunden, bevor sie ihn erkennt.

»Sehr witzig«, sagt sie.

»Was konntest du in Erfahrung bringen?«, frage ich unsere Kundschafterin.

»Hakan hat nicht aufgemacht. Die Nachbarn erzählten mir, dass er Urlaub in der Heimat macht.«

»Man hält zusammen hier«, sage ich.

»So ein Bengel mit Karatetick meinte, dass sich in letzter Zeit aber viele Leute für seinen Vetter interessieren würden. Heute Morgen wollte ihn ein Fischmann sprechen und vorhin fragte ein Ork mit Glubschauge nach Hakan.«

Außer Talbot recherchiert also noch jemand den Fall. Die Beschreibung des Mannes erinnert mich daran, dass wir Nessingers Krypto-Kollegen abklopfen sollten.

»Wie geht's jetzt weiter?«, fragt Lorelei.

»Man erwartet uns in der Ono-Moschee.«

»Darf ich mich auch verkleiden?« Lorelei klatscht vor Freude in die Hände. »Ich mach das für mein Leben gern! Bitte, bitte, bitte!«

»Wir haben da tatsächlich etwas vorbereitet«, sagt Romanov.

»Eine Perücke? Falsche Zähne? Ein Fatsuit?«

Loreleis Stimme überschlägt sich vor Begeisterung.

Romanov öffnet die Heckklappe, um eine der Burkas zu holen.

Das Büro des Moscheevereins orientiert sich an der Aufmachung hiesiger Amtszimmer. Die abgeschabten Stühle und der Aktenschrank ohne Türen wären in einer deutschen Behörde allerdings schon vor Jahrzehnten auf dem Sperrmüll gelandet. Der Schreibtisch und das Design des Telefons erinnern sogar an die Einrichtung von DDR-Dienststuben. Lediglich der Samowar neben der Papierablage, die Bilder von Istanbul an der Wand und die Ausdünstungen des mitten im Zimmer liegenden Teppichs verströmen einen Hauch von Orient.

Herr Öztekin verkörpert die Verschmelzung dieser zwei Kulturkreise. Seinen Atatürk-Schnäuzer und den C&A-Anzug tragen auch andere Muselmanen, aber kaum einer schafft es, das Gebaren eines deutschen Verwaltungsangestellten an den Tag zu legen.

»Die anderen Fernsehteams benutzten größere Kameras«, begrüßt er uns.

»Technik als Potenzersatz«, murmelt Lorelei unter der Burka. »Da unterscheiden sich Moslems nicht von anderen Männern.«

Dem Vorsitzenden fällt die Freundlichkeit aus dem Gesicht.

»In Sachen Fortschritt hinkt Tschetschenien dem Westen hinterher, mein lieber Herr Öztekin«, sage ich. »Immerhin haben sie uns keinen Maler zum Aufzeichnen geschickt. Einen Kameramann konnte sich unser Redaktionsteam nicht leisten, deshalb greifen wir auf eine Praktikantin zurück.«

Herr Öztekin streicht über seinen Schnurbart. »Ungewöhnliche Kopfform. Warum trägt sie eine Burka?«

»Ihre Aufmachung schickt sich nicht für diesen Ort«, sage ich. »Die Bekleidung reicht kaum aus, um die Tätowierungen zu bedecken. Zunge und Lippen sind durchbohrt wie bei den Wilden. Wir sollten eine Dokumentation über die Jugenddegeneration in westlichen Gesellschaften drehen, sobald Ihr Interview im Kasten ist. Bevor es losgeht, möchte ich mit Ihnen unsere Fragen durchgehen.«

Der Vorsitzende des Moscheevereins nickt. Ich gebe Romanov ein Zeichen, und ein Schwall Russisch ergießt sich über den Mann.

»Sie finanzieren Ihre Aktivitäten durch Spenden?«, spiele ich den Übersetzer.

»Möge Allah unsere Geschwister im Islam für ihre Taten belohnen.«

»Die Dankbarkeit für seine Belohnung dürfte sich bei Sürgü Gülnaz in Grenzen halten. Schließlich war er einer Ihrer Großspender und wurde gestern Abend ermordet.«

In Öztekins Gesicht können auch Ungeübte lesen, dass ihn der Gesprächseinstieg überrascht. »Der Gläubige erlangt seine Belohnung nicht auf Erden, sondern im Paradies. Das Minarett wird inschallah Sürgüs Namen tragen, und sein Märtyrertod beflügelt sicher die Spendenbereitschaft unserer Brüder und Schwestern.«

»Spenden dürfen die Schwestern aber, was?«, bemerkt Lorelei.

Der Vorsitzende schlägt mit solcher Wucht auf den Tisch, dass der Hörer des Telefons für einen Augenblick abhebt. »Seid ihr von *FrauTV* oder von der *Emma*?«

»Sie wollen mit Hilfe der Spenden ein Minarett errichten?«, frage ich ihn. »Durch das derzeitige Medieninteresse dürfte genug zusammenkommen, um es mit Blattgold zu verkleiden. Wie praktisch für Sie, und Allah dürfte auch Gefallen an der Ausweitung seines Einflussgebietes finden.«

Herr Öztekin bläht vor Empörung die Nüstern. »Was wollen Sie damit andeuten? Minarette sind keine Zeichen des Prunks oder der Eroberung! Generationen von Muslimen arbeiten in diesem Land, fühlen sich wohl und möchten hier bleiben. Sollen sie ihren Glauben in den Hinterhöfen verstecken? Warum fürchtet ihr euch so vor Türmen?«

»Weil manchmal Flugzeuge reinfliegen«, tönt es unter der Burka hervor. »Aber das kann man bei diesen Phallussymbolen zum Runterrufen ja ausschließen. Wir sollten einen Zaun aus Minaretten um jedes Atomkraftwerk bauen.«

»Eure Frauenbewegung ist der Untergang des Abendlands«, schreit Herr Öztekin mich an. »Ich kenne die Leier. Als Nächstes wirft sie mir vor, dass der Islam Kopftuchmädchen zu Gebärmaschinen erzieht. Wir fressen eure Kinder nicht. Unser Anteil in der Bevölkerung wächst, weil die Deutschen keinen Nachwuchs mehr bekommen. Weil eure

Frauen es vorziehen, in Selbstverwirklichungskurse und zum Yoga zu gehen, anstatt Mutter zu werden. Die Nation der Autofahrer stellt sich lieber zwei Porsche in die Garage, als ein Bobbycar.« Die Augen des Vorsitzenden funkeln, als stünde er kurz davor, über den Tisch zu springen und einen Ungläubigen nach dem anderen mit dem Krummsäbel zu köpfen. »Ihr traut euch nur wegen der Juden nicht, unsere Gotteshäuser niederzubrennen! Das nenne ich Ironie des Schicksals, aber die Welt ändert sich, ob ihr wollt oder nicht. Sie hat es immer getan.«

»Und wie die Welt sich verändert«, sagt Lorelei. »Wenn wir weiterhin so viel Kohlendioxid in die Atmosphäre pusten, reicht die Nordsee bald bis an die Alpen. Darüber sollten sich Muslime mal Gedanken machen! Dann ertrinken eure Frauen, weil ihr sie nicht zum Schwimmunterricht lasst.«

Die Stille im Raum könnte man in Scheiben schneiden.

»Sie dürfen jetzt gehen«, sagt Öztekin, und wedelt uns mit der Hand hinaus.

Ich hebe meinen Zeigefinger. »Möchten Sie, dass die Öffentlichkeit erfährt, wie Sürgü Gülnaz zu so viel Geld kam?«

Öztekins Entrüstung erkaltet, und er setzt sein Verwaltungsgesicht auf. Der Mann weiß Bescheid. »Wer seid ihr, und was wollt ihr?«

Romanov zaubert eine Visitenkarte herbei und legt sie auf den Schreibtisch. »Uns interessiert, warum ein Kleinganove wie Sürgü dem Moscheeverein 20.000 Euro spendet. Leute seines Schlags legen sich für solche Summen gewöhnlich lieber einen Sportwagen zu.«

Der Vorsitzende betrachtet uns eine Weile, ohne zu antworten. »Die Gleichgültigkeit Ihrer Gesellschaft kennt man in unserer Kultur nicht«, sagt er dann. »Bei uns zählen Familie,

Glaube und Zusammengehörigkeitsgefühl noch etwas. Der Moscheeverein kümmert sich um alle Probleme der Leute im Viertel und hilft, wo er kann. Fürsorge erzeugt Dankbarkeit, und diese Verbundenheit führt zu Spendenbereitschaft.«

»Dann wissen Sie sicher einiges über Sürgü. Kennen Sie seine Freunde? Wo finden wir Hakan Hafiz?«

Herr Öztekin ist ein ehrlicher Mann. Lügen sieht man ihm sofort an. »Der Hakan musste wegen einer Familienangelegenheit in die Türkei.«

»Soll er zwangsverheiratet werden?«, fragt Lorelei.

Der Vorsitzende überlegt einen Augenblick, ob es sich lohnt, sie anzuschreien, dann zuckt er mit den Schultern. »Steckt Hakan in Schwierigkeiten?«, fragt er mich.

»Ich glaube, dass er uns helfen kann, Sürgüs Mörder zu finden.«

Der Vulkan unter Öztekins Verwaltungsoberfläche beginnt wieder zu brodeln. »Dazu braucht ihr Hakan nicht«, schreit er. »Jeder hier kennt Sürgüs Mörder.«

»Sie meinen diesen Durchschnittstypen und den Musketierverschnitt?«

»Das sind die Handlanger. Dahinter steckt van Limbeek.« Er sieht mich an, als müsste uns der Name etwas sagen. »Van Limbeek ist Vorsitzender der Bürgerinitiative«, fährt er fort. »Ihr Gehirn. Ihre Seele. Wissen Sie, als Betroffener beobachtet man die rechte Szene genauer als der Rest des Landes. Heutzutage gelangen Neonazis in die Stadtparlamente, indem sie andere Gruppierungen unterwandern.« Öztekin kramt einen Ordner unter dem Schreibtisch hervor und präsentiert uns ausgeschnittene Zeitungsartikel. »Dortmund hat sich in den letzten Jahren zu einer Hochburg der Rechten entwickelt. In dieser Stadt kommt es jeden Tag zu Übergriffen und Gewalttaten, auch ohne dass es nachher in der Zeitung steht.«

»Setzt sich die Bürgerinitiative nicht für Krötenschutz und gegen den Ausbau des Flughafens ein?«, fragt Romanov.

»Und für ein Verbot von Minaretten. Die Initiative freier Bürger besetzt auch andere Themen, um ihre rechtsradikale Ausrichtung zu verschleiern. Dann wählt man sie eher. Wenn Ratsmitglied van Limbeek auf Bürgerversammlungen von einer Parallelgesellschaft in der Nordstadt berichtet, von Ehrenmorden, Zwangsbeschneidungen und Steinigungen, dann kann man das nur gesellschaftliche Brandstiftung nennen.«

»Seit wann regen sich Muslime über das Verschleiern auf?«, fragt Lorelei.

Öztekin wirkt einen Augenblick, als wäre er das Kämpfen gegen Windmühlen leid, ohne von seinem Pferd steigen zu können. »Van Limbeek manipuliert die Leute. Redet ihnen ein, dass mit jedem Minarett auch ein Terrorcamp entsteht. In der Türkei schließt man eure Kirchen ja auch nicht aus Angst vor der Piusbruderschaft.«

»Das stimmt!«, sagt Lorelei. »Die Christen in der Türkei werden lediglich systematisch verfolgt, verleumdet, benachteiligt, schikaniert und unterdrückt, und wenn Ihnen das nicht reicht, fragen Sie zum Thema Christen und Kirchen doch mal im Iran nach«, sagt Lorelei.

»Warum werden Muslime hierzulande für das Unrecht in totalitären Gottesstaaten anderswo auf der Welt verantwortlich gemacht?«, ereifert sich Öztekin. »Warum schert man hier lebende und arbeitende Muslime mit diesen Menschen über einen Kamm? Gewalt und Hass sät man im Untergrund, nicht in Moscheen.«

»Warum sollte van Limbeek Sürgü umbringen?«, frage ich ihn.

»Er will uns einschüchtern! Diese Methode hat in Deutschland Geschichte. So vertreiben sie auch Menschen, die sich gegen Neonazis engagieren, wie die Engelhardts. Die Rechten haben solange die Fenster dieser Leute eingeschmissen, ihre Autos demoliert und Steckbriefe mit Tötungsaufruf an jede Straßenlaterne geklebt, bis die Familie weggezogen ist.«

»Jemanden zu ermorden, bedeutet aber eine sehr endgültige Art der Einschüchterung.«

»In dieser Stadt greifen Nazis Maikundgebungen und Demos von Linken an. Mord an einem Türken heißt für die, einen Beitrag zur national befreiten Zone zu leisten.« Öztekin weiß, wovon er spricht. Vor Hilflosigkeit und Wut verknotet der Mann seine Finger ineinander. »Sie attackieren die Anwaltskanzleien von Angehörigen der Opfer oder multikulturelle Einrichtungen, um ganze Stadtteile zu terrorisieren und erobern so Macht über den Alltag. Bestimmen, wer sich frei bewegen kann und wer nicht. Der Durchschnittsdeutsche bekommt davon nichts mit oder schaut weg. Man will ja keinen Ärger.« In die Miene des Vorsitzenden stiehlt sich die Zermürbung eines Menschen, der jede Woche Hakenkreuzschmierereien an seiner Hauswand übertünchen muss, bevor er den nächsten Drohbrief aus dem Postkasten holt. »Die Zurschaustellung von Sürgüs Leiche soll uns warnen. Kein Minarett, keine Muslime, keine Türken in dieser Stadt.«

»Um dieser Botschaft mehr Nachdruck zu verleihen, bringt man doch niemanden um«, sage ich. »Das geht auch billiger. Warum gerade Sürgü? Es muss eine Verbindung zwischen ihm und van Limbeek geben. Wissen Sie von einem Todesfall in seiner Familie?«

Öztekin schüttelt den Kopf. »Wer hat Sie beauftragt?«, fragt er.

»Sie behalten Ihre Geheimnisse, wir unsere.«

Man sieht dem Vorsitzenden an, dass er mit sich kämpft, bevor er den nächsten Satz sagt. »Sürgü rief kurz vor seinem

Tod bei mir an, und bat mich, für das Gelingen eines gefährlichen Geschäfts zu beten. Der Junge versprach, eine Riesensumme für den Turmbau zu spenden, wenn es klappt.«

»Das wissen wir schon.«

»Einen Scheißdreck wissen Sie!«, sagt Öztekin. »Van Limbeek giert nach Macht und Einfluss, um weit größere Dinge auf den Weg zu bringen, als bloß den Bau eines Minaretts zu verhindern. Er will der starke Mann werden, der die zerstrittene Rechte eint und anführt. Dazu braucht man auch in diesem Land Geld. Viel Geld. Er muss von Sürgüs Geschäft erfahren haben.« Öztekin nimmt die Kanne vom Samowar und gießt Tee in ein Glas, ohne uns etwas anzubieten. »Ich bete zu Allah, dass der Junge genug Kraft besaß, ihnen nichts zu verraten. Sonst streicht sich van Limbeek den Gewinn ein.«

»Wir leben in einem Rechtsstaat«, sage ich. »Wenn es sich so verhält, wie Sie sagen, kommt er damit nicht durch.«

Öztekins Fingerknöchel stehen schon weiß hervor. »Sie verwechseln da was. Der Ausdruck Rechtsstaat bezieht sich nicht auf Gerechtigkeit, sondern auf die politische Unterströmung dieser Demokratie. In Thüringen schützen sie sogar noch die Verfassung von 1938, oder warum haben die Beamten nach dem Auffliegen der Zwickauer Zelle die entsprechenden Dokumente vernichtet? Noch ein Beispiel gefällig? Während des NSU-Mordes in Kassel hielt sich ein Mann vom Verfassungsschutz vor Ort auf, wie es so schön heißt, aber rein zufällig – und er war auch nur in seiner Jugend ein Rechtsextremer.«

»Der Nationalsozialistische Untergrund existiert nicht mehr«, sage ich, »und andere Organisationen wie der *Nationale Widerstand Dortmund* wurden verboten.«

Öztekin winkt ab. »Die Leute aus dem NWD nennen sich jetzt *Die Rechte* und machen als Partei da weiter, wo sie als Schlägertruppe aufgehört haben.«

»Es gibt mittlerweile ein Abwehrzentrum gegen Rechtsextremismus, das Neonazi-Register und eine Vielzahl von Aussteigerprogrammen.«

»Öffentlichkeitswirksame Tropfen auf den heißen Stein, um von der Größe des Problems und den Verstrickungen der Staatsorgane abzulenken. Im Moment leben 110 mit Haftbefehl gesuchte Neonazis im Untergrund. Was glauben Sie, tun die den ganzen Tag? Heimlich arbeiten gehen? Dagegen litt die RAF an Unterbesetzung.«

»Einen Geheimbund von Nazis für Sürgüs Tod verantwortlich zu machen, klingt nach Verschwörungstheorie.«

Der Vorsitzende des Moscheevereins bekommt vor Aufregung rote Flecken im Gesicht. »Diese Verschwörung ist so geheim, dass sich der Innenminister in den Medien über das Waffenarsenal der Nazis beklagt. In den letzten vier Jahren wurden in Dortmund sieben Menschen von Rechtsradikalen ermordet und nur einer dieser Toten ging auf das Konto des Nationalsozialistischen Untergrunds. Da regt sich niemand drüber auf, aber was würde passieren, wenn Salafisten sieben Investment-Banker umbrächten? Konzentrationslager für Muslime?« Öztekins Tonfall nähert sich Hassprediger-Niveau. »Rechtsradikale bekommen in diesem Land Deckung von oben. Sämtliche Sicherheits-Behörden spielen die Gefahr herunter, schreddern Akten und tun so, als wüssten sie von nichts. So zeigt das System seine Solidarität!«

Ich will etwas erwidern, aber er schneidet mir das Wort ab.

»Wenn ich die Fragen des Kommissars richtig deute, glaubt er, dass einer von uns den Mord begangen hat und wir den Verdacht auf van Limbeek lenken wollen. Die gleiche demütigende Vorgehensweise legten sie bei den Angehörigen der NSU-Opfer an den Tag. Angeblich wollte er nach unserem Gespräch van Limbeek verhören. Sollte mich wundern, wenn dabei was herauskäme.« Öztekins Augen glühen. »Nächste Woche beschäftigt sich der Landtag mit einer Anfrage der Grünen. Sie wollen wissen, warum es bei Straftaten von Rechtsradikalen so selten zu einer Verurteilung kommt, obwohl man die Täter kennt. Im letzten Jahr stieg die Zahl dieser Gewaltdelikte in Nordrhein-Westfalen um dreiundzwanzig Prozent, und das, obwohl die Polizei Statistiken schönt, indem sie rassistische Übergriffe als normale Körperverletzung aufnimmt.« Der Vorsitzende schenkt seinen Fingern die Freiheit. Ihre Nägel hinterlassen Spuren in der Haut. Kleine, rote Mondsicheln. »Die Bürgerinitiative will am Samstag gegen den Minarettbau demonstrieren. Ein Naziaufmarsch in unserem Viertel! Der Rechtsstaat hat meinen Eilantrag auf ein Verbot abgelehnt, und eine Gegenveranstaltung wird sicher auch nicht genehmigt. Zu gefährlich. Deshalb werden wir Sürgü an diesem Tag zu Grabe tragen.«

»Provokationen mit Provokation zu begegnen hilft niemandem«, sage ich.

»Wer sagt das? Buddha?« Öztekins Lächeln fehlt jeder Humor. »Wenn Sie wissen wollen, in welche Richtung sich diese Stadt entwickelt, schauen Sie doch mal vorbei«, sagt er, als ginge es bei der Veranstaltung um einen verkaufsoffenen Sonntag.

Der Vorsitzende des Moscheevereins steht auf und geht zur Tür, um uns hinauszubegleiten.

»Aber stellen Sie sich auf Krieg ein!«

»Vielleicht finden Sie eine Möglichkeit, Hakan unsere Nummer zukommen zu lassen«, bitte ich ihn im Vorbeigehen. »Seine Aussage könnte zur Aufklärung des Mordes beitragen, und das dürfte auch in Ihrem Interesse liegen. Hat Sürgü mal im Zoo gearbeitet?«

»Sozialstunden«, sagt der Vorsitzende. Sein Arm weist uns den Weg hinaus.

Die Sonnenstrahlen trotzen selbst dem Fischstraßenviertel ein Gefühl von Leichtigkeit ab.

»Solange Talbot van Limbeek in die Mangel nimmt, sollten wir Sürgüs Telefonkontakte abklappern«, schlage ich auf dem Weg zum Wagen vor. »Perfektes Wetter für einen Zoobesuch.«

»Mein Magenknurren irritiert sicher die Löwen«, sagt Romanov. »Hoffentlich kann ich mich bei den Streicheltieren zurückhalten.«

»Eine Tüte Futter sitzt noch drin.«

»Ich will sie essen, nicht füttern.«

»Das Leckerli war auch nicht für die Ziegen gedacht«, sage ich.

KAPITEL 5

HINTER GITTERN

Das Spätsommerwetter lässt einen steten Menschenstrom an uns vorüberziehen. Die Gesprächsfetzen der Ausflügler locken mich an wie Sirenengesang. Einen Moment lang träume ich davon, inmitten all dieser Freunde, Familien und Zweckgemeinschaften zu treiben, ihren Gesprächen zu lauschen und für eine kleine Weile so zu tun, als würde ich irgendwo dazugehören.

Dem Leben fehlt ein Rückspultaste.

Romanov lehnt an der Holzskulptur vor der Fußgängerbrücke. Das Werk steht in der Tradition von Arbeiten, denen man nicht auf den ersten Blick ansieht, was der Künstler der Menschheit damit sagen will. Vier in Bronze gegossene Tierköpfe krönen gegeneinander gestellte Baumstämme. Der uns zugewandte sieht aus wie Frank, der Hase in Donnie Darkos Spiegel.

Vor dem Kassenhäuschen kommt es zu einem Tumult. Dem Geschrei und Geschubse in der Schlange kann man entnehmen, dass Loreleis Missionierungsversuche bei den anderen Wartenden Unmut auslösen.

»Eine wandelnde Katastrophe, das Frauenzimmer«, meint mein Partner. »Man mag kaum glauben, dass ein einzelner Mensch solch ein Chaospotential besitzt.«

»Immerhin haben ihre Kommentare Öztekin so aufgebracht, dass er mehr verriet, als er wollte«, entgegne ich.

»Aber nicht alles, oder?«

»Der Mann deckt Hakan. Das steht fest. Kommt Zeit, steigt der Druck, hebt sich der Deckel.«

Eine Passantin bleibt stehen, um einen Blick in den Kinderwagen zu werfen.

Ich lege den Zeigefinger an die Lippen und summe ein Schlaflied.

»Was beförderst du in dem Säuglingsgefährt?«, fragt Romanov.

»Wenn man die Zoo-Nummer aus Sürgüs Telefonspeicher anruft, meldet sich das Raubtierhaus. Scheinbar konnte er während seiner Sozialstunden dort Freunde finden.«

»Lass mich raten. Unter dem Deckchen verbergen sich Löwenkostüme?«

»Knapp daneben. Die Tierpfleger brauchen einen Ansporn, um uns Rede und Antwort zu stehen. Außerdem erregen die Kaftane zu viel Aufsehen.«

Lorelei beendet das Streitgespräch mit der Frau hinter dem Schalter, reißt ihr die Tickets aus der Hand und kehrt zu uns zurück. »Es gibt nichts Deprimierenderes, als Tiere in Isolationshaft zu begaffen«, sagt sie.

»Beschwör den Geist des Entführers, und du erlöst uns alle«, sagt Romanov und bringt die Kamera in Anschlag. »Komm zu mir, oh verlorene Seele der Finsternis«, ruft er mit Grabesstimme.

Lorelei zeigt ihm den Lack an ihrem gestreckten Mittelfinger.

»Warum regst du dich so auf?«, fragt er. »Jeder Zoo rettet ganze Tierarten vor dem Aussterben.«

»Lass uns eine Visualisierungsübung machen, um deine Empfindsamkeit zu schärfen«, erwidert Lorelei. »Stell dir den Weltraum vor. Schwärze. Sterne. Spiralgalaxien. Unendliche Weiten. Eine höhere Entwicklungsform von Leben beobachtet uns. Außerirdische, der Menschheit in allen Belangen um Lichtjahre voraus.«

»Die mit den spitzen Ohren?«, fragt Romanov.

»Diese Wesen machen sich Sorgen um uns. Sie fürchten, dass die Menschen ihren Planeten in die Luft sprengen oder durch Ausbeutung und Gewinnstreben dermaßen vergiften, dass sie mit ihm absterben wie Parasiten auf einer Pestizid-Melone.« Lorelei stemmt die Arme in ihre Hüften. »Also entführen sie den großen Romanov auf ihren Heimatplaneten und stecken ihn in den Nachbau einer Besenkammer ohne Toilette, weil sie denken, so fühlen Menschen sich am wohlsten. Er darf nicht raus, aber zur Unterhaltung läuft der *Musikantenstadl* mit Florian Silbereisen in Dauerschleife, und alle paar Sekunden tropft ihm die Dusche auf den Kopf. Als der große Romanov glaubt, vor Einsamkeit, Heimweh und Schmerzen sterben zu müssen, setzt man ihm Frau Zenker zum Decken in die Kammer, um die Art zu erhalten.«

Mein Partner lässt die Kamera sinken. »Klingt immer noch besser, als sich mit dir herumschlagen zu müssen«, sagt er.

Die Schlange vor der Damentoilette am Tamandua-Haus reicht mittlerweile bis zur Riesenfaultierfigur auf der anderen Seite des Weges.

»Sie wird einen Aufstand anzetteln«, sagt Romanov. Er zählt seine Bedenken an den Fingern ab. »Erstens, weil die Uniform nicht sitzt, zweitens aus Weltanschauung und drittens, weil sie nicht anders kann.«

Lorelei stößt den Toiletteneingang auf wie ein Sheriff die Saloontür vor dem Shoot-out. Sie versucht, Würde zu bewahren, obwohl die Uniformjacke zwei Nummern zu groß ausfällt, und die Hosenbeine über die Erde schleifen. »Keine Panik«, erklärt sie den Frauen in der Schlange. »Die Kollegen verstopfen das Loch in der Rückwand und den Spanner erwischen wir auch noch!« Sie stapft an den offenen Mündern der Damen vorbei und kommt zu uns herüber. »Das Zeug würde nicht mal einem Gorilla passen!«

Romanov sieht mich bedeutungsvoll an.

»Außerdem vergewaltigt es meine Persönlichkeit, eine Polizeiuniform zu tragen. Schalker ziehen ja auch keine Dortmund-Trikots an.« Lorelei verschränkt die Arme vor der Brust. »Im Übrigen kratzt sie!«

Die Leute um uns herum tuscheln schon. Wahrscheinlich denken sie, dass wir für die versteckte Kamera drehen.

»Wir gehen jetzt zum Raubtierhaus«, sagt mein Partner. »Du kannst ja hier warten.«

»Nennt mir einen Uniformträger, der etwas Positives in die Welt gebracht hat.«

»Käpt'n Iglo?«, sagt Romanov.

»Andererseits ...«, flüstert Lorelei. Sie baut sich vor einem Rentnerehepaar in Tracht und Gesundheitsschuhen auf. »He!«, schnauzt sie den Mann an. »Sie da! Heben Sie das auf!« Wachtmeister Lorelei deutet auf ein weggeworfenes Eispapier.

»Aber, das war ich nicht«, protestiert der Rentner. »Fragen Sie meine Frau!«

»Das war er nicht«, nickt seine Frau.

»Immer noch die gleiche Mentalität wie nach dem Zusammenbruch des Dritten Reiches.« Lorelei schüttelt den Kopf. »Los! Aufheben!«

»Aber, warum?«

»Weil ich es sage«, schreit Lorelei ihn an und zeigt ein seliges Lächeln.

Der Greis keucht und stöhnt, aber er bückt sich nach dem Papier. Seine Frau stützt sich auf ihren Stock und hält ihn am Gürtel fest, damit er nicht umkippt.

»Na gut«, sage ich zu Romanov. »Es könnte Probleme geben, aber was sollen wir mit ihr machen, wenn du die Uniform anziehst?«

Die Schwingtüren des Raubtierhauses klappen im Sekundentakt auf und zu. Kolonnen von Neugierigen schieben sich an den Schaufenstern vorbei, obwohl es in den Gehegen außer Holzliegen und zerbissenen Pappkartons nichts zu sehen gibt. Die Tiere dösen draußen im Schatten der Kletteranlagen. Gemurmel erfüllt den Besucherraum. Selbst auf den beiden Bankreihen in seiner Mitte warten Menschen. Wahrscheinlich treibt sie die Angst herein, etwas zu verpassen, für das sie schon bezahlt haben.

Neben dem Infokasten gewährt ein Fenster Einblick in einen gefliesten Allzweckraum mit Waschbecken und Funktionsschränken. Vor der Arbeitsplatte steht ein Tierpfleger und zerlegt Fleischstücke. Seine Jacke trägt den Schriftzug *Zoo Dortmund* und einen stilisierten Ameisenbären als Logo.

Ich klopfe gegen die Scheibe und presse meinen verloren gemeldeten Kripoausweis gegen das Glas. Er fand sich letzten Herbst im Innenfutter des Wintermantels wieder.

Der Pfleger dreht sich um und mustert uns. Romanovs Uniform und Loreleis Handschellen lösen Unbehagen bei ihm aus. Er kommt zum Fenster und betrachtet den Ausweis. Seine Irokesenfrisur und der Nasenring versetzen Großmütter garantiert auch außerhalb von Unterführungen in Todesangst. Durch den Tunnelstecker im Ohrläppchen passt bereits einer der Wasserschläuche, die aufgerollt an der Wand hängen. Er macht uns mit ein paar Gesten klar, dass wir die braune Stahltür im Besucherraum benutzen sollen, um zu ihm zu gelangen. Schweißperlen auf seiner Oberlippe und die vor Panik geweiteten Pupillen sprechen Bände. Er könnte sich auch eine Warnleuchte auf den Kopf schnallen oder ein Schild in die Höhe halten, auf dem in Großbuchstaben *VERDÄCHTIG* steht. Romanov packt Lorelei am Oberarm und schiebt sie Richtung Stahltür. Unsere Gefangene sieht niedlich aus, wenn sie die Beleidigte spielt.

»Wie heißt die Type? Sürgü Gülnaz? Nie gehört, den Namen.« Der Pfleger lehnt an der Arbeitsplatte und zuckt mit den Schultern. »Sozialstunden soll der hier gemacht haben? Wann denn?«

»Kennen Sie sich mit Kryptiden aus?«, frage ich ihn.

»Wüsste gar nicht, wo die stehen. Ich mach nur die Scheiße von den Viechern weg, aber vielleicht weiß Jens was. Der is' hinten.«

Er schlendert zu einer zweiten Tür und hält sie auf.

»Den Gang durch und dann die Tür vor Kopf.«

Wir landen in einem Hinterhof. Zwanzig Meter weiter rechts ragt ein Käfig von der Gebäudewand bis weit ins Gelände hinein. Links rascheln Haselnusssträucher im Wind. Ein paar Schritte voraus hoppelt ein Eichhörnchen über die Rasenfläche und springt auf einen der herumliegenden Baumstämme.

Romanov sieht sich um und murmelt einen Fluch. »Das ist das Außengehege!«, schreit er Lorelei an, die am nächsten zur Tür steht. »Lass sie nicht zufallen!«

Während die Tür ins Schloss schlägt, präsentiert uns Lorelei ihre mit Handschellen auf den Rücken gefesselten Arme und zuckt mit den Schultern. Ihr Blick besagt, dass alles unsere Schuld ist.

Romanov läuft zurück, rüttelt an der Klinke und hämmert mit den Fäusten gegen den Stahl.

Ich kann kein einziges Fenster entdecken.

»Die Löwen wurden hoffentlich schon gefüttert«, sagt Lorelei. »Das macht sie träge.«

»Ruf die Polizei an«, sagt Romanov.

Das iPhone liegt bereits in meiner Hand. »Geht nicht. Deine Uniform erfüllt den Tatbestand der Amtsanmaßung.«

»Wir könnten die Zoobesucher auf uns aufmerksam machen«, schlägt Lorelei vor. Sie sieht Romanov an. »Du müsstest bis zum Wassergraben spurten und hineinspringen. Katzen hassen es zu baden.«

Die scharfe Ausdünstung eines Raubtiers weht zu uns herüber.

»Jetzt rieche ich es auch!«, sagt Romanov.

»Beim Zoo ist besetzt«, informiere ich meine Mithäftlinge.

Der Kopf eines Tigers taucht über dem nächsten Baumstamm auf. Die Raubkatze taxiert uns und fährt mit einer Pranke über den Backenbart, um sich schon mal den Mund abzuwischen. Dann springt sie auf und streckt die Gliedmaßen.

»Ruf irgendwen an«, sagt Romanov. »Von mir aus Siegfried oder Roy.«

»Wie denkst du nun über die Errungenschaften der Kommunikationstechnik?«, frage ich ihn.

Mein Partner sieht nicht glücklich aus. »Kannst du mit dem Gerät Sachen herunterladen, die uns in dieser Situation weiterhelfen? Eine Anweisung, wie man Tiger verjagt, oder einen Klingelton mit dem Gebrüll seines Feindes? Gibt es eine Elektroschocker-App?«

»Ich könnte es ihm an den Kopf werfen.«

»Immerhin versetzt dich dein Telefon in die Lage, ein Foto davon zu schießen, wie du gerade gefressen wirst«, sagt Romanov.

Der Tiger schleicht auf uns zu. Einhundertzwanzig Kilo Kraft in fließender Bewegung.

»Ein Sumatra-Tiger«, flüstert Lorelei. »Ist der schön!«

»Ich kenne mich mit Katzen aus«, sagt Romanov. »Schaut dem Tier nicht in die Augen.«

»Poe spielt in einer anderen Liga«, sage ich.

Romanov sieht mich an, als hätte ich etwas Interessantes gesagt.

Das Fauchen eines Tigers klingt nicht so beeindruckend wie Löwengebrüll, aber es reicht, um sich als Beute zu fühlen. Keine fünf Meter von uns entfernt duckt er sich zum Sprung. Wir weichen zurück, bis unsere Rücken gegen die Außenwand des Raubtierhauses stoßen.

»Da!« Ich zeige auf die Luken neben dem Käfig. »Die Einlässe ins Innengehege! Wir kriechen hindurch und verrammeln sie von innen. Selbst wenn sich die Verbindungstüren zum Arbeitstrakt nicht öffnen lassen, können wir uns an den Scheiben des Besucherraums bemerkbar machen.« Ich bewege mich in Zeitlupe Richtung Klappen, und meine Mithäftlinge folgen mir.

Die Raubkatze freut sich, dass wir vor dem Essen noch mit ihr spielen.

Als wir nur noch zehn Schritte vom rettenden Durchlass entfernt sind, kommt ein zweiter Tiger um den Käfig getrabt und schneidet uns den Fluchtweg ab. Schicht im Schacht.

»Ich bin froh, dass ihr bei mir seid, hier am Ende aller Dinge«, sage ich.

»Mit leerem Magen gefressen zu werden, fühlt sich genauso grotesk an, wie im Jungbrunnen zu ertrinken«, sagt Romanov.

Die Tiere traben auf uns zu, und Lorelei drückt sich an meinen Körper. Die Höllenwächter geifern und reißen an ihren Ketten, aber die Hippie-Fee versprüht einen Zauber, der ihr Wüten in das Kläffen von Yorkshire-Terriern verwandelt.

»Willst du mich küssen? Ich kann mich nicht wehren.« Sie klappert mit den Handschellen.

»Wenn du es gut machst, wird vielleicht mehr draus.«

Blicke können Seelen erklären und eine Sehnsucht berühren, die über Körperliches hinausgeht. Drei Momente lang glaube ich, in Lenas Augen zu sehen. Ein Prickeln schießt die Wirbelsäule hinauf, erreicht das Herz und sprengt seine Eisenbande. Als Loreleis Brüste meinen Arm streifen, ruckeln eingerostete Zahnräder an. Die Magie der Berührung verwandelt alle Angst in Gespensterstaub und weht ihn fort. Hätte ich einen letzten Wunsch frei, würde ich sie bitten, den Fahrradhelm abzusetzen. Es muss ein Vorgeschmack des Himmels sein, ihre Lippen zu küssen. Und diesen Moment in die Ewigkeit auszudehnen, hieße das Paradies betreten. Dann sehe ich deutlich vor mir, wie ihre Leidenschaft die Haftkraft des Klebstoffs überfordert und meine Silikonnase aus dem Gesicht klappt. Das Bild gießt einen Schwall Ernüchterung über mich.

»Ich möchte küssend ins Licht gehen«, sagt Lorelei.

Sie reibt sich an mir.

»Bitte!«

Eine schäbige Stimme flüstert mir zu, dass sie mich mit dem Angebot nur in Position manövrieren will. Wenn die beiden Tiger sich mit ihrem Fresschen beschäftigen, besteht für die dritte Mahlzeit eine gute Aussicht, zu entkommen.

Romanov beachtet uns nicht und greift nach dem Stock in seiner Gürtelschlaufe. Die Tiger sind so nah herangekommen, dass man einzelne Schnurrbarthaare unterscheiden kann. Mein Partner schiebt die Teleskopmechanik des Spazierstocks auseinander und lässt den Totenschädel in die Handfläche klatschen. Den Raubkatzen imponiert das nicht.

»Auf der anderen Seite zählt nur Liebe, und dass man die Welt zu einem besseren Ort gemacht hat«, flüstert Lorelei in mein Ohr. Es kitzelt.

Romanov geht den Bestien entgegen. In meiner Todesstunde soll ich also erfahren, was Freundschaft bedeutet. Er wird mit einem Spazierstock bewaffnet gegen zwei Sumatra-Tiger kämpfen, während ich eine Frau mit auf den Rücken gefesselten Armen küsse. Welch ein Abgang!

»Meine Lieblings-Bühnennummer mit Poe hieß ›Das hellsehende Kätzchen‹«, sagt Romanov. Er schwenkt die Spitze seiner Gehhilfe von einem Tiger zum anderen.

Die Situation irritiert die Tiere so weit, dass sie stehen bleiben und mit ausgefahrenen Krallen nach dem Spazierstock schlagen.

»Ein simpler Hütchenspieler-Trick. Man versteckt eine Münze unter einem von drei Kegeln auf dem Showtisch und schiebt sie durcheinander. Niemand im Publikum errät bei den ersten beiden Vorführungen, unter welchem Hütchen sich das Geldstück befindet.«

Romanov schlägt nach den Tigern. Die Tiere ducken sich, und fauchen ihn an. Mein Partner wagt sich einen weiteren Schritt heran.

»Beim dritten Mischen kommt Poe auf die Bühne. Ich klopfe mit meinem Stock auf den Tisch, damit die Katze hinaufspringt, und sie schmeißt ohne zu zögern den Kegel um, unter dem die Münze liegt.«

»Lässt du alle Frauen betteln?«, fragt mich Lorelei. Ihr Augenaufschlag steht dem von Marylin Monroe in nichts nach.

»Poe irrte nie, weil sich in der Spitze meines Stocks eine Düse zum Versprühen von Baldriantinktur befindet«, fährt Romanov fort. »Ich musste beim Auf-den-Tisch-Klopfen nur den Kegel über der Münze markieren.« Romanov richtet den Spazierstock auf die linke Raubkatze und geht auf sie zu, bis er sich gerade noch außerhalb der Krallenreichweite befindet.

Der Schwanz des Tigers wischt über den Boden.

Mein Partner holt Luft, als stünde ihm ein längerer Tauchgang bevor. »Betet, dass die Kartusche nicht eingetrocknet ist.« Er vollführt den Ausfallschritt eines Florettfechters und drückt mit dem Daumen in eine der Vertiefungen des Totenkopfknaufs.

Ein Spritzer der Baldriantinktur landet im Fell zwischen den Ohren des Tigers. Das Tier dreht sich ein paarmal um die eigene Achse, sinkt zu Boden und rollt dann vor Wonne grunzend im Staub herum. Der zweite Tiger schleicht schnuppernd auf seinen Artgenossen zu und versucht, die getroffene Stelle abzulecken und den Kopf daran zu reiben. Beide geben Gurrlaute der Ekstase von sich.

»Baldrian heißt im Volksmund nicht ohne Grund Katzenkraut«, doziert Romanov. »Für Feliden verströmt dieser Wundersaft den unwiderstehlichen Duft eines Sexuallockstoffs.«

»Hättest du dir mit der Dressurnummer nicht ein paar Minuten Zeit lassen können?«, frage ich ihn.

Sollte Lorelei meine Verlegenheit teilen, hört man es ihr nicht an. »Lasst uns durch die Klappen kriechen, bevor die Ausdünstung der Tinktur verfliegt.«

Schon beim ersten Schritt in Doktor Brandners Büro wähnt man sich eher im Amazonashaus als in einem Verwaltungskomplex. Durch die Adern des Mannes muss Mayablut fließen, sonst könnte er die Schwüle und den Kompostgeruch nicht ertragen. Aus zahllosen Kübeln und Kästen hinter seinem Schreibtisch wuchern Tropensträucher und Lianengewächse. Selbst von der Deckenlampe windet sich eine Schlingpflanze herab. Sie pendelt von links nach rechts, als wäre eben erst Tarzan daran entlanggehangelt. Der Altar aus Vegetation reicht bis an die Zimmerdecke, und erste Ausläufer des Philodendrons ranken bereits über die Wandvitrinen. Hinter ihren Scheiben starren die Glasaugen ausgestopfter Lemuren und Makis auf den Zimmerdschungel. Fehlt bloß, dass aus dem Lautsprecher über der Tür Affenrufe, Papageiengeschrei und andere Urwaldgeräusche ertönen.

»Treten Sie näher!«

Brandner winkt uns herein. Man will diesem kahlköpfigen Wonneproppen mit Walrossschnäuzer spontan einen Hering zuwerfen oder einen Ball, damit er ihn auf seiner Nase balanciert.

»Was muss ich da für Geschichten hören?«, beginnt der Zoodirektor. Er macht ein Gesicht wie eine Robbe mit Fischallergie bei der Fütterung. »Ich kann mich nur entschuldigen.«

Blätterrascheln und ein Fiepen aus dem Palmfarn lassen Brandner verstummen. Eine halbe Minute lang sucht er die Pflanzenwildnis ab, dann widmet er sich wieder seiner Abbitte.

»Ein zuverlässiger Mitarbeiter, der Herr Baschek. Ich kann mir nicht vorstellen, dass er Sie mit Absicht zu den Katzen geschickt hat. Muss sich um ein Missverständnis handeln. Zugegeben, Baschek sieht ungewöhnlich aus, aber die Tiere interessiert das nicht. Im Orinoko-Delta würde der Kerl nicht mal weiter auffallen.« Der Zoodirektor legt einen Zeigefinger an den Walrossschnäuzer und schaut zur Zimmerdecke. »Na ja, zumindest wenn er sich Gesicht und Hände mit Flussschlamm einreibt. Soll auch gegen die Mücken helfen.«

»Halten Sie da drin Krebse?«, frage ich Brandner und klopfe gegen das Glas eines von Bananenbaumblättern halb verborgenen Riesenaquariums.

Kein Fisch kommt geschwommen und auch im Sand rührt sich nichts. Ich fahre mit der Hand durch eine Ansammlung in der Strömung wogender Wasserpflanzen.

»In dem Bassin wohnt Alfons.« Der Zoodirektor klingt, als würde er vor Freude gleich in die Flossen klatschen und ein heiseres Seehundbellen ausstoßen. »Wir mussten ihn separieren, weil er alles auffrisst. Auch die anderen Piranhas.«

Meine Hand schnellt aus dem Becken.

Brandner zieht eine Personalakte aus der Hängeregistratur des Schreibtischs. »Baschek hat sich bei seinem Teamleiter krankgemeldet und wollte zum Arzt gehen. Wahrscheinlich der Schock. Na ja, kein Wunder bei dem, was er da angerichtet hat. Er geht auch nicht ans Handy. Vielleicht versuchen Sie es bei ihm zu Hause.« Der Zoodirektor kritzelt eine Adresse auf einen Zettel und schiebt ihn zu mir herüber.

Neben dem Computerbildschirm klingelt ein Telefon in Zebraoptik.

Brandner hebt ab. »Ja?« Er hört einen Augenblick zu. »Kripo?«, blafft er in den Hörer. »Wieso Kripo? Die sind doch längst hier! Egal! Sagen Sie diesem Tabold, er soll hochkommen.«

Katzenfisch klappert Sürgüs Telefonkontakte also auch ab.

Brandner legt auf. »Ein Kollege von Ihnen«, sagt er. »Kommt der Sie abholen? Heißt Talbold, oder so.«

Brandners Bedürfnis, sich zum Abschied nochmals zu entschuldigen und alle verfügbaren Hände zu schütteln, brennt so tief in ihm, dass man schon Schritte auf der Treppe hört, als er seine Bürotür schließt.

»Talbot sollte dich nicht in Uniform zu Gesicht bekommen«, flüstere ich Romanov zu. »Wir müssen verschwinden.«

Fünfzehn Schritte weiter endet der Flur. Auf der letzten Tür klebt ein WC-Schild.

»Beeilung«, sage ich. »Da rein!«

Das Raumangebot der Toilettenkabine lässt zu wünschen übrig. Loreleis Nähe bringt meinen Hormonhaushalt so durcheinander, dass nur noch das Stammhirn mit Sauerstoff versorgt wird. Ich muss mich darauf konzentrieren, die Nachricht an Berger ohne Fehler zu formulieren.

»Verfasst du ein Haiku über den Geruch von Klosteinen?«, fragt Romanov.

»Ich setze eine Terrorwarnung und eine Falschmeldung ab«, sage ich. »Wenn wir nicht wegen Amtsanmaßung belangt werden wollen, sollte unser Auftritt hier in Vergessenheit geraten. Dazu muss etwas noch Sensationelleres geschehen. Hoffen wir, dass mein Kredit beim BKA für diesen Gefallen ausreicht.«

Die Eingangstür des Toilettenraums öffnet sich, und Talbots Stimme hallt durch den Abort.

»… ihren Gatten seit gestern nicht mehr gesehen?«

»Sagt sie zumindest.«

Der andere Mann klingt nach Badstuber.

»Macht die sich keine Sorgen?«, fragt Katzenfisch. »Meine will schon wissen, wie lange es dauert, wenn ich bloß zum Zigarettenautomaten gehe.«

»Auf jeden Fall gibt sie Bescheid, sobald Nessinger auftaucht. Wir haben seine Anlaufstellen in Dortmund abgeklappert. Zumindest alle seiner Frau bekannten. Ebenso Hotels und die üblichen Etablissements. Nichts.«

Das Ratschen eines Reißverschlusses ertönt.

»Sein Wagen?«

»Weiterhin verschwunden.«

Stille.

»Was ist mit den anderen Spinnern von diesem Verein?«

»Nessingers Kryptozoologen-Kollegen befinden sich allesamt auf einem Kongress in Schottland.«

Stille.

»Was is'?«, fragt Talbot nach einer Weile.

»Ich kann nicht, wenn mir einer dabei zusieht, Chef«, sagt Badstuber.

Lorelei hört erst auf zu kichern, als ich meine Hand auf ihren Mund presse. Sie beißt Kerben in den Zeigefinger, um das Lachen zu unterdrücken. Es schmerzt angenehm. Eine Erfahrung, die den Höllenwächtern der Schockstarre die Gedärme auf links krempelt.

»Klang nach einem Frauenzimmer«, sagt Katzenfisch.

Schritte nähern sich. Die Tür wird gegen die Rahmengummierung gedrückt, weil jemand sein Ohr an den Kunststoff legt. Ich rieche abgestandenen Zigarettenrauch und höre Talbot atmen. So muss sich Frodo gefühlt haben, als er auf dem Weg nach Bockland das Schnüffeln des schwarzen Reiters hörte. Ich fordere Romanov und Lorelei auf, mit mir den Thron des kleinen Mannes zu besteigen, damit Talbot unsere Füße nicht bemerkt, sollte er unter die Kabinenverkleidung spähen.

Wir schwanken aneinander geklammert auf dem Klodeckel herum, bis Romanov sich mit einer Hand an den Kacheln der Rückwand abstützt. Loreleis Umarmung fühlt sich fester an, als sie müsste, und ihre Lippen umspielt ein Lächeln, als könnte sie in meinem Blick das Grauen und die Verzückung miteinander kämpfen sehen. Die Höllenwächter verlieren.

Aus dem Lautsprecher über der Eingangstür erklingt ein Gong. Dann spricht Brandner.

»Achtung! Achtung! Eine dringende Durchsage! Liebe Besucher! Aufgrund unvorhersehbarer Ereignisse müssen wir den Tierpark leider schließen. Bitte begeben Sie sich zu den Ausgängen. Es besteht kein Grund zur Panik, aber halten Sie sich vorsichtshalber von Kinderwagen fern, in denen typische Kleidungsstücke von Taliban-Kämpfern liegen. Ach ja, und sollte jemand einen Puma gefunden haben, bitte bei der Auskunft melden.«

Die anschwellende Geräuschkulisse auf dem Flur erinnert mich an Feueralarmübungen aus meiner Schulzeit. Talbot und Badstuber stürmen nach draußen.

»Wir bleiben noch fünf Minuten«, flüstere ich.

»Und dann?«, fragt Romanov.

»Baschek sitzt garantiert nicht zu Hause rum und wartet auf uns. Du musst dich umhören und herausfinden, wo er untergetaucht sein könnte.«

»Ich? Wieso ich? Und was macht ihr?«

»Heute ist ein guter Tag zum Sterben«, sage ich.

KAPITEL 6

TODESKINO

Der hufeisenförmige Gebäudekomplex mit Kieselflachdach könnte auch eine Autowerkstatt beherbergen. Ein Zaun zwischen den vorderen Gebäudeklötzen versperrt den Weg in den Innenhof. An seinen Stahlspeeren hängt eine Neonreklame: *Todeskino* blinkt es den Besuchern entgegen.

»Also, ich würde mich von den Leuten nicht beerdigen lassen«, sagt Lorelei.

Eine Entscheidung von Bedeutung, wer einen unter die Erde bringt. Niemand weiß das besser als ich.

Sie öffnet das Zauntor und lässt mir den Vortritt.

Auf dem Weg zur Eingangstür passieren wir gluckernde Quellsteine, Wasserspiele und von Weißkieselbeeten umsäumte Findlinge. Das einzig Lebendige in diesem Steingarten sind ein paar Fische mit Schleierschwänzen, die ihre Runden durch den Zierteich drehen. Selbst das aus den Friedhofsbirken herüberhallende Gekrächze eines Raben klingt, als käme es vom Band.

Wir betreten die Pforte zur Unterwelt durch ein Messingportal. Es trägt die Gravur einer aufgehenden Sonne.

Das schwere Parfüm des Verwelkens dickt die Luft in der Empfangshalle ein. Der Raum wirkt funktional, daran ändern auch zwei Bodenvasen mit Rosensträußen nichts. Herr Todeskino hält es nicht einmal für nötig, das Bedienungspaneel der Alarmanlage hinter einer Sichtblende zu verbergen. Die Schmucklosigkeit lenkt alle Aufmerksamkeit auf das Bild einer Nahtodeserfahrung an der Wand vor Kopf. Es zeigt als Silhouetten dargestellte Seelen, die durch einen

Tunnel aus Farbringen auf das Licht zuschreiten. Spätestens beim Einsetzen der Orgelmusik erinnert mich die Atmosphäre an den Sterberaum der Euthanasieklinik aus dem Film *Soylent Green*.

»Fehlen nur Plastinate dieses Gunther von Hagens als Garderobenständer«, flüstert Lorelei.

Die Türen zu zwei weiteren Räumen sind mit *Designerware* und *Angebote* beschriftet. Wir nehmen an einem Beistelltischchen Platz und warten darauf, dass sich jemand um uns kümmert.

Lorelei blättert in den ausgelegten Katalogen, ohne wirklich darin zu lesen. »Hast du etwas gesagt?«, fragt sie mich.

»Nein, wieso?«

»Oh. An manchen Orten sollte sich ein Medium nicht aufhalten.«

Mich lassen die allgegenwärtigen Themen Tod und Grab auch ohne mediale Begabung auf dem Stuhl hin und her rutschen. »Gibt es Anzeichen für den Besuch meines Entführers? Meldet er sich?«

Lorelei schüttelt den Kopf.

Eine Türklingel habe ich beim Eintreten nicht vernommen, und auch sonst enthält der Raum keine Möglichkeit, sich bemerkbar zu machen. Wenn die Orgelmusik diesen Dienst übernehmen soll, erfüllt sie ihren Zweck nicht. Ich räuspere mich.

Aus einem in das Gebäude führenden Flur erklingen Schritte. Der näherkommende Mann trägt ein T-Shirt unter dem legeren Anzug und den Blondschopf zu einem anrasierten Kurzscheitel gelegt. Diese Frisur war auch bei den Athleten der Sommerolympiade 1936 in Berlin sehr beliebt. Mit einer Turnhose bekleidet könnte er Leni Riefenstahl Modell stehen. Ich hoffe, Lorelei hält sich an die Absprachen und fängt nicht an zu improvisieren. Sie kann ihre Begeisterung über die Unkonventionalität des Beerdigungsunternehmers kaum verbergen.

»Willkommen im Haus der Stille«, begrüßt er uns.

Ein schlaffer Händedruck für mich, Handkuss für Lorelei. Sein Blick bleibt einen Moment zu lang auf ihr haften, um von beruflichem Interesse inspiriert zu sein. Es ärgert mich.

»Entschuldigen Sie die Wartezeit. Was kann unser Bestattungsinstitut für Sie tun?«

»Bieten Sie denn außer Beerdigungen noch andere Dienstleistungen an?«, fragt Lorelei. »Na ja, wenn man sich Todeskino nennt, rennen einem die Leute bestimmt nicht die Bude ein.«

»Viele Deutsche sprechen unseren Namen falsch aus«, sagt der Bestatter. Der Versuch eines Lächelns bringt die Ebenmäßigkeit seines Gesichts ins Ungleichgewicht. »Die Betonung liegt auf der mittleren Silbe. Es heißt: To-des-kino.«

Lorelei klimpert mit den Wimpern. »Sie stammen aus Bella Italia? Das sieht man Ihnen nicht an! Färben Sie Ihr Haar? Trainieren Sie viel?«

Todeskino scharwenzelt an Lorelei heran, als wollte er sie zu einer Lambada auffordern.

»Epileptikerin?«, fragt der Bestatter und tippt an den Fahrradhelm. »Das verleiht Ihrer Schönheit solche Tragik!«

Hoffentlich rutscht er nicht auf den Süßholzraspeln aus.

»Nein, eine Wette. Wir kommen wegen meines Mannes.« Eine Kopfbewegung von ihr deutet an, dass es sich dabei um mich handelt.

»Der Tod ist immer etwas Individuelles, wenn Sie verstehen, was ich meine«, sagt der Bestatter, ohne seine Augen von Lorelei abzuwenden. Die Weitstellung der Pupillen lässt sie schwarz erscheinen. Auch die starre Mimik und das Wächserne seines Teints deuten darauf hin, dass Loreleis Galan Beruhigungsmittel einwirft, oder dass Botox blass macht.

»Man kann sich nicht früh genug um seine Beerdigung kümmern«, fährt er fort. »Särge sagen so viel über einen Menschen aus wie Kleidungsstücke.« Der Bestattungsunternehmer bedeutet uns, ihm zu folgen. »So, wie ich die Herrschaften einschätze, kommt die linke Tür infrage.«

Lorelei stützt mich beim Aufstehen. Die Berührung entlockt den Höllenwächtern nur ein leises Knurren.

Todeskino geleitet uns in einen Schauraum. Der Innenausstatter verzichtete bei der Einrichtung des Salons auf Dekoration und schuf mittels Beleuchtung und Spiegeln eine diffuse Weite. Die Exponate sollen wirken, nicht das Ambiente.

»Eine Auswahl unserer Meisterwerke«, schwärmt der Bestatter.

Einige Särge kann man als solche erkennen, weil ihre einzige Extravaganz aus einer knallbunten Musterung oder Ornamenten besteht. Mehrere Ausführungen kommen ohne Ecken und Kanten aus. Das Modell neben der Tür erinnert an eine blaue Seifenschale.

»Alle von mir entworfen!«, sagt er.

Ich komme mir vor wie ein Groupie im Backstage-Bereich.

»Ein Leben lang zeigen wir der Welt unser Verständnis von Savoir-vivre und Geschmack«, erklärt der Sargdesigner, »warum sollte sich das mit dem Tod ändern? Wer sein Dasein in Designermöbeln verbracht hat, lässt sich doch nicht in einer rustikalen Eichenkiste beisetzen. Die meisten unserer Kunden wollen ihren Stil, ihren Charakter und ihre Persönlichkeit der Trauergemeinde auch beim letzten Geleit präsentieren. Originalität und Individualität werden so über den Tod hinaus gelebt.« Er deutet auf eine Riesengitarre und einen Ferrari-Nachbau. »Wir fertigen jeden Sarg nach den

Vorstellungen unserer Kunden an. BVB-Schreine. Eine Star-Trek-Urne. Alles schon dagewesen. Oder wünschen Sie ökologische Nachhaltigkeit bei den Materialien?«

Wahrscheinlich spricht er von Pappe. Dann darf es beim Trauermarsch aber nicht regnen.

»Beachten Sie den Schliff unseres Glas-Modells Schneewittchen.«

»Was kostet denn der Bunte mit dem Blumenmuster?«, will Lorelei wissen.

Todeskino flüstert den Betrag in Loreleis Ohr. Ich finde, er lässt sich ungebührlich viel Zeit damit.

»So toll war unsere Ehe auch nicht«, sagt Lorelei.

Der Bestatter verzieht keine Miene.

»Wir führen auch günstigere Modelle«, sagt er. »Exklusivität und Geldmangel bestimmen derzeit den Markt. Unser Geschäftsmodell kann diesem Scherentrend Rechnung tragen. Wenn Sie mir bitte folgen wollen?«

Als Schauraum für die Angebote muss eine vergilbte Muffkammer herhalten. Der Elektrolüster befunzelt eine Handvoll Traditionssärge, die beim näheren Betrachten Ausbesserungen, Flecken und Kratzer offenbaren. Todeskino bemerkt meine Irritation.

»Natürlich weisen diese Modelle Mängel auf, aber dafür kann sich der Preis sehen lassen«, sagt er. »Wir kaufen Transport- und Lagerschäden aus ganz Deutschland auf.«

Mich irritiert nicht der Zustand der Ware, sondern das Gefühl, etwas Offensichtliches zu übersehen. Einen Zusammenhang. Die Särge flüstern mir die Lösung eines Rätsels zu, aber ich verstehe ihre Sprache nicht. Möglicherweise reagiere ich bei Erdmöbeln auch übersensibel.

»Der da gefällt mir«, sagt Lorelei. Sie deutet auf ein Exemplar in zweiter Reihe.

»Die Herrschaften interessieren sich für unser Schnäppchen des Monats? Der Escape 2030 verfügt über einen nach innen aufklappenden Deckel. Zur Standardausführung gehören eine Sauerstoffmaske, eine Schaufel und ein Handy. Der Verkaufsschlager bei Menschen mit der nicht unbegründeten Furcht, aus Versehen für tot erklärt zu werden. Dieses Exemplar wurde allerdings schon benutzt.«

Die Erinnerung an die Stille im Bauch der Welt stellt meine Nackenhärchen auf. Finsternis. Enge. Einsamkeit. Das Aufsparen jedes Atemzugs. Eine Platzangstattacke drückt alle Vernunft aus mir heraus und gebiert das Flüstern.

»Vielleicht möchte der Herr einmal Probe liegen?«, fragt Todeskino Lorelei.

Ich bekomme keine Luft mehr. Ersticke am Entsetzen. Will gegen die Wände meines Gefängnisses treten und mir die Angst aus dem Leib schreien. Lorelei spürt, dass unser Auftritt nicht nach Plan läuft und nimmt mich in den Arm. Lange her, dass ich für eine Berührung Dankbarkeit empfunden habe.

Das erste Mal seit unserer Ankunft widmet Todeskino mir Aufmerksamkeit. Er registriert die Schweißperlen auf der Stirn und mein Schwanken. Nickt, als er die pulsierende Halsschlagader bemerkt.

»Wir können alles für Sie organisieren«, sagt er. »Auch kurzfristig.«

»Wie bei Sürgü Gülnaz?«, fragt Lorelei ihn.

Ein Naturtalent mit Gespür für Timing, die Lorelei. Tritt dem Sargdesigner ohne Vorwarnung mitten ins Gemächt. Sein rechtes Augenlid beginnt zu zucken, und für einen Augenblick durchbricht Bestürzung die Gesichtsstarre. Dann fängt er sich wieder.

»Diese Bestattung wird ein türkischer Kollege übernehmen«, sagt er.

»Sie kannten ihn?«, setzt Lorelei nach.

»Die Geschichte läuft doch schon im Fernsehen.«

»Ich weiß, dass Sie miteinander telefoniert haben, obwohl es keinen Todesfall in seiner Familie gab. Was wollte er von Ihnen?«

Zu früh nachgelegt. Todeskino wirkt angezählt, aber nicht k.o.

»Selbst wenn es Sie etwas anginge«, sagt er und blickt auf seine Uhr, »die Anliegen unserer Kunden, ihre Sorgen und Nöte behalten wir für uns.«

Oberhalb des Lederarmbandes zeichnen sich Brandwunden ab. Jemand hat den Arm des Sargdesigners als Aschenbecher benutzt.

»Leider muss ich jetzt zu einer Veranstaltung. Wenn mir die Herrschaften ihre Karte dalassen, melde ich mich morgen und wir machen einen Termin, um die Formalitäten zu besprechen.«

Die Neonreklame blinkt ihr *Todeskino* in die Abgeschiedenheit wie ein Hafenbordell auf Kundenfang. Mir fällt kein passenderer Name für diesen Laden ein.

»War ich gut?«, fragt Lorelei.

Fehlt bloß, dass sie sich eine Kippe anzündet.

»Toller Auftritt. Du solltest beim Theater anfangen.«

Die Antwort belustigt meine Aushilfspartnerin. »Ob er sich die Zigaretten selber auf dem Arm ausdrückt?«, fragt sie.

»Mich beschäftigt vor allem die Frage, warum die Sonderangebote mit den Fingern schnippen, um meine Aufmerksamkeit zu erlangen.«

»Meistens kommt die Erleuchtung, wenn man sich entspannt. Ich wüsste was, das hilft dabei.«

Könnte ich ihr Lächeln in Dosen packen, müssten wir nie wieder arbeiten. Ich spüre Hände auf meinem Rücken. Die

Höllenwächter zucken ein letztes Mal, dann liegen sie still und bewegungslos zu ihren Füßen.

»Joints trüben das Urteilsvermögen«, sage ich.

»Du bist ein schräger Typ. Anders halt, aber gerade das mag ich. Niemand sonst schafft es, dass einen die Leute übersehen, als wäre man Teil der Dekoration. Du machst dich praktisch unsichtbar.«

»Es dauert mindestens zwei Stunden, bis Romanov im Büro auftaucht«, sage ich, statt das Kompliment zu erwidern.

»Niemand daheim?«, haucht sie. »Was schwebt dir vor, um uns die Zeit zu vertreiben?«

»Wir sollten van Limbeek einen Besuch abstatten.«

Lorelei entlässt mich aus der Umarmung. Ich suche mit dem iPhone nach einem Telefonbucheintrag im Internet, um sie nicht ansehen zu müssen. Der Zeigefinger wischt nur so über das Display. Die Enttäuschung in ihrem Gesicht drückt Dellen in mein stampfendes Blechherz. Ich könnte mich ohrfeigen.

Eine Trutzmauer mit Stacheldrahtkrone versperrt den Blick auf van Limbeeks Anwesen. Auf ihrem verwitterten Putz siedeln Flechten, und aus den Rissen quellen Moospolster. Ein Bestand uralter Fichten bildet einen weiteren Sichtschutz. Vor uns liegt eine Festung im Dornröschenschlaf.

Der Fortschritt scheint die letzten einhundert Jahre allerdings nicht spurlos die Wittbräucker Straße entlanggerauscht zu sein. Eine Kamera auf dem Mauersockel neben der Einfahrt verrät, dass der Hausherr die Überwachungsmedien der Postmoderne zu schätzen weiß. »Kappe und Hoffmann von der Rundschau«, sagt Lorelei in das Objektiv. »Wir sind angemeldet.«

Ein Summen ertönt, dann jault ein Elektromotor auf und das Metalltor rattert zur Seite.

Der Asphaltweg führt unter einem Baldachin aus Fichtenzweigen zu einer Jugendstil-Villa mit Schieferdach. Die Architektur dieser Epoche verleiht anderen Häusern Charme, Verspieltheit und einen Hauch von Romantik. Van Limbeeks Heim umgibt trotz der Erker und Türmchen eine Aura des Leblosen. Es dünstet Gespenstigkeit aus. Solche Gemäuer lassen das Schauermärchen vom Kinderleichen zerstückelnden Massenmörder über Generationen hinweg in der Nachbarschaft kursieren. Nicht, weil er wirklich hier gehaust hätte, sondern weil man es sich gut vorstellen kann.

An der Eingangstür wartet ein Dienstmädchen und führt uns durch den Flur. Wir passieren eine Parade von Tierköpfen aus allen Wildreservaten dieser Welt. Reflexionen des Schummerlichts hauchen den Glasaugen der Jagdtrophäen Leben ein, und ihre zum Todesschrei aufgerissenen Mäuler warnen uns, dass jeder Schritt in das Haus hinein die Wahrscheinlichkeit erhöht, ebenfalls an dieser Wand zu enden.

Die Stimmung in van Limbeeks Arbeitszimmer empfiehlt Eintretenden zu flüstern. Orte der Macht atmen Zeitlosigkeit, riechen nach Geschichte und erzählen von besiegelten Schicksalen. Normalsterbliche schrumpfen hier zur Bedeutungslosigkeit der Staubteilchen, die in den Sonnenstrahlen drüben beim Fenster ein schwereloses Ballett aufführen. Zur Untermalung erklingt die *Götterdämmerung* von Richard Wagner.

Zwischen Bücherwand und Standuhr liegt ein Schäferhund in seinem Körbchen und beobachtet unsere Ankunft. Das Silberschild am Rattangeflecht verrät, dass er auf den Namen Blondi hört. Romanov sähe seine La-Luna-Theorie bestätigt. Der Hund gibt zweimal Laut, aber der Direktorensessel seines Herrchens dreht uns weiterhin den Rücken zu. Von unserem Gastgeber schaut lediglich das nach hinten gegelte Haar über den Lederbezug.

Vor dem Sitzmöbel drückt ein Biedermeierschreibtisch seine Löwenpranken in den Perser. Er quillt über vor Aktenordnern, Kladden und Schriftstücken, ohne dass ich eine Ordnung oder ein System erkenne. Die Inszenierung der Papierstöße suggeriert, dass van Limbeek ein beschäftigter Mensch ist.

»Die Herrschaften von der Presse«, sagt das Dienstmädchen und entfernt sich.

Der Sessel schwingt herum und präsentiert einen Mann, der jede Menge Zeit vor dem Spiegel verbringt, um das gewinnende Lächeln zu üben. Anzug, Hemd und Krawatte verleihen ihm Eleganz und Seriosität, ohne den Neid der Besitzlosen herauszufordern. Die glatte Künstlichkeit der Gesichtszüge könnte man bei jemand Älterem für die Arbeit eines Schönheitschirurgen halten, aber sie passt in das Anforderungsprofil eines Machtmenschen. Ein solches Gesicht hilft der Bevölkerung zu verkaufen, dass Radioaktivität den Hunger in der Welt besiegen kann. Trotz der blanken Fassade strahlt van Limbeek Autorität aus, und die entwickeln Karrierepolitiker nur, wenn sie ein Netzwerk aus Seilschaften hinter sich wissen. Alle anderen entwickeln Schlafstörungen.

Er bietet uns einen Platz in den Ohrensesseln vor dem Schreibtisch an und schaltet per Fernbedienung die Musik aus.

»Hoffmann«, stellt Lorelei mich vor. »Unser Fotograf.«

Ich schäle die Kamera von Doktor Hocheaux aus ihrem Futteral.

»Profis arbeiten mit ihren eigenen Fotos, meine liebe Frau Kappe«, sagt van Limbeek. »Ich werde Ihnen einen Abzug zur Verfügung stellen, sollte das nach unserem Gespräch Sinn machen.«

»Befürchten Sie, ich könnte etwas Negatives schreiben?«, fragt Lorelei.

»Ich wollte damit lediglich ausdrücken, dass Sie mit meinem Foto vielleicht nicht viel anfangen können. Oder soll es einen Ehrenplatz auf Ihrem Nachttisch bekommen?«

Lorelei deutet die Bemerkung als Anmache. Ich unterstelle ihm ein subtileres Motiv. Wir befinden uns in einem Minenfeld.

»Ziemlich nassforsch für einen Lokalpolitiker, der mit einer Mordsache in Verbindung gebracht wird«, platzt es aus ihr heraus.

Van Limbeek nimmt ihre Irritation zur Kenntnis. »Möchten Sie den Helm nicht absetzen?«, fragt er. »Die Wahrscheinlichkeit, im Moment vom Fahrrad zu fallen, tendiert gegen Null.«

»Jede Situation im Leben birgt ein Restrisiko.«

Lorelei spürt anscheinend, dass ihr Gegenüber drei Gewichtsklassen höher kämpft, und genauso hört sie sich auch an. Van Limbeek treibt seine Sparringspartnerin durch den Ring und umtänzelt sie, bis er einen Knock-out landen kann.

»Sie interessieren sich für den Türkenmord? Schade. Ich dachte, wir sprechen darüber, ob unsere Stadt ein weiteres Herrschaftssymbol des Islam dulden soll. Kein Moslem braucht ein Minarett zur Religionsausübung! Oder glauben Sie, dass Christen ohne einen Kirchturm keinen Gottesdienst mehr feiern könnten?«

»Ich glaube an die Freiheit«, sagt Lorelei.

»Minarette symbolisieren den Gottesstaat und das Selbstverständnis dieser Leute von religiös-politischer Macht. Erst kommt der Turm, dann hallt der Ruf des Muezzins über unsere Dächer, und am Ende bringen sogenannte Gotteskrieger unter dem Jubel der Bevölkerung auf offener Straße einen Minister um, weil der sich gegen die Scharia ausspricht.«

Van Limbeek macht eine Kunstpause und betrachtet das Ölgemälde an der Wand. Es zeigt Platons Kardinaltugenden als altgriechische Wickeltuch-Gestalten. Weisheit, Besonnenheit, Tapferkeit und Gerechtigkeit präsentieren ihre Utensilien auf den Stufen des Olymps.

»So gerade erst in Pakistan geschehen«, fährt er fort, ohne den Blick von dem Bild zu lösen. Unser Gastgeber holt etwas aus seiner Hosentasche, verbirgt es in der Faust und reibt daran, bevor er Lorelei wieder ins Visier nimmt. »Und warum? Der Mann war Katholik und wagte es, das Blasphemiegesetz zu kritisieren. Für Beleidiger des Islam sieht man in Pakistan die Todesstrafe vor. Wohin wird Ihr Freiheitsglaube Sie bringen, wenn der Prophet Mohammed unsere Leitkultur diktiert, Frau Kappe?«

»Ich steh' auch nicht auf Kopftücher«, sagt Lorelei, »aber ohne eine gewisse Offenheit für die Sitten der anderen können keine zwei Völker in Frieden miteinander leben.«

Van Limbeeks Finger zeigt nicht bloß auf Lorelei, er klagt sie an. Das große Kino der Manipulationsgestik. »Sehen Sie. An dieser Stelle kristallisiert sich das Problem. Offenheit! Was, wenn eine Seite die andere belügt, weil sie ein langfristiges Ziel verfolgt? Eroberung durch Kopulation! Angenommen, Sie wären überhaupt keine Reporter und wollten meine Gutmütigkeit ausnutzen, um an Informationen über das Sicherheitssystem des Hauses zu kommen.«

Er öffnet die Faust und betrachtet den auf seiner Handfläche liegenden Halbedelstein. Die rauchig-weiße Kugel umschließt einen blauen Kreis mit schwarzem Mittelpunkt. Der Handschmeichler sieht aus wie ein Auge.

»Um mich zu berauben, oder umzubringen. Ich hätte allen Grund, Ihre Offenheit infrage zu stellen, oder meinen Sie, ich könnte eine Videokamera nicht von einem Fotoapparat unterscheiden?«

Der Kinnhaken sitzt. Lorelei starrt auf ihre Fingernägel und lässt sich vom Ringrichter anzählen.

»Man hält Sie für den Mörder von Sürgü Gülnaz«, sage ich.

Der Plauderton des Lokalpolitikers bekommt eine bissige Unternote. »Und ich halte Sie für Betrüger!« Er zieht einen Tablet-PC aus der Schreibtischschublade und zeigt uns zwei Portraits auf der *Rundschau*-Homepage. »Darf ich vorstellen? Frau Kappe und Herr Hoffmann«, sagt er. »Und wer sind Sie?«

Lorelei sieht mich an.

Nur das Ticken der Standuhr durchdringt die Stille.

Ein Rest Reinigungsflüssigkeit sprüht auf die Windschutzscheibe, dann teilt uns ein Brummen mit, dass sich bloß noch Schaumblasen im Vorratsbehälter befinden. Die Scheibenwischer quietschen über das Glas und verwandeln den Vogeldreck in einen weiß-braunen Schmierfilm. Ich muss mich ducken, um darunter die Wittbräucker Straße zu erkennen.

»Nie wieder verstecke ich den Wagen auf einem Waldweg«, sage ich, um ein Gespräch in Gang zu bringen.

Lorelei stiert weiter aus dem Seitenfenster.

Seitdem van Limbeek uns rausgeworfen hat, ignoriert sie meine Anwesenheit und lässt sich nicht einmal vom Knall einer Fehlzündung zu einer Äußerung hinreißen.

»Mir fiel auf die Schnelle nichts Besseres ein«, entschuldige ich mich.

»Aber ausgerechnet Adolf Hitler?«, sagt sie schließlich.

»Glaubst du, Karl Theodor van Limbeek interessiert ein Medium, das Kontakt zu seiner Großmutter herstellen kann?«

»Sein Handschmeichler kam mir bekannt vor.«

»Der Augenachat? Woher?«, frage ich.

Bevor sie antworten kann, schert eine Mischung aus Panzer und Geländewagen hinter uns aus und setzt zum Überholen an. Die Ausmaße des Ungetüms überfordern den Seitenspiegel. In Deutschland konnte sich das für den Zivilverkehr umgebaute Militärfahrzeug noch nicht durchsetzen, aber die

Stars in Amerika lieben es. Arnold Schwarzeneggers Version besitzt sogar einen Öko-Antrieb. Das Fabrikat nennt sich Hummer, und dieses Modell punktet mit getönten Scheiben und abgedeckten Kennzeichen.

»Schnall dich an«, fordere ich Lorelei auf und steige in die Eisen.

Unser Dienstfahrzeug kreischt vor Empörung. Der Hummer rauscht vorbei, legt eine Vollbremsung hin und dreht sich um einhundertachtzig Grad. Seine Reifen hinterlassen Abriebstreifen auf dem Asphalt. Lorelei wippt nach vorn und schlägt mit dem Helm auf die Abdeckung des Handschuhfachs.

Wir stehen.

Der Fahrer des Geländewagens gibt Vollgas und schießt auf uns zu. Ich jage den Schaltknüppel in den Rückwärtsgang und setze mit quietschenden Reifen zurück.

»Du fährst schlimmer als ich«, sagt Lorelei.

Sekunden bevor uns das Stahlmonster rammt, ziehe ich die Handbremse und schlage das Lenkrad ein. Der Leichenwagen bricht aus und dreht sich um die eigene Achse, trotzdem touchiert uns der Hummer am hinteren Kotflügel. Lorelei schreit. Das Räderpaar auf der Fahrerseite verliert den Bodenkontakt, dann hebt der Wagen ab und überschlägt sich einmal, zweimal, dreimal. Das Metall ächzt unter der Wucht der Aufschläge. Glassplitter schießen durch den Innenraum, und aus abgerissenen Kühlerschläuchen zischt Dampf. Meine Stirn knallt gegen den Seitenholm, dann bleibt der Leichenwagen auf dem Dach liegen.

Ich höre die Räder ausrollen und schmecke Blut. Die Motorhaube schnappt ein paar Zentimeter in die Höhe und entlässt eine Qualmwolke ins Freie. Andere Menschen bezahlen viel Geld in Vergnügungsparks, um solche Fahrten zu erleben und kopfüber im Gurt zu hängen. Mit dem einsetzenden Tröpfeln breitet sich Benzingeruch aus. Hoffentlich steckt sich Lorelei auf den Schreck keine Kippe an. Raucht sie überhaupt? Meine Beifahrerin liegt eingeklemmt zwischen Kopfstütze und Windschutzscheibe auf dem Samt der Dachverkleidung. Durch das zerborstene Seitenfenster hüpft eine Grille ins Innere des Leichenwagens und benutzt die neben Lorelei liegende Nasenbrille als Aussichtspunkt. Die Welt fährt Karussell und verschwindet in einen Abfluss aus Schwärze.

Walgesang begleitet mein schwereloses Gleiten durch das Mitternachtsblau der Tiefsee. Das Gefühl von Körperlosigkeit weicht einem Druck auf Bauch und Becken. Der Schmerz weckt die Erinnerung. Ich muss den Gurt öffnen, sonst droht die nächste Ohnmacht. Es dauert eine Ewigkeit, die Lider hochzufahren, und schon diese Bewegung verstärkt das Pochen in meinem Schädel.

Schräg unter mir begutachtet Lorelei die Silikonattrappe. Der Anblick schockfrostet mein innerstes Selbst und flutet alles Empfinden mit Taubheit. Dann überrollt mich eine Feuerwalze aus Panik und bringt den Kreislauf auf Touren. Beim Versuch, Lorelei die Nasenbrille zu entreißen, streife ich den Helm und sie schaut zu mir herauf. Blutäderchen durchziehen die weißen Augäpfel in ihrem zweiten Gesicht.

»Junge«, flüstert es mich mit Grabesstimme an. »Was habe ich dir angetan?«

Tausend Fragen drängen über meine Lippen, aber mehr als ein Stöhnen bekomme ich nicht heraus. So muss es sich anfühlen, beim Marathonlauf kurz vor dem Ziel einen Schwächeanfall zu erleiden. Ich höre Stimmen und das sich nähernde Heulen eines Martinshorns. Neben dem Seitenfenster tauchen Wildlederschuhe auf. Ein Strudel aus Stille zieht mich zurück in den Frieden der Tiefsee.

KAPITEL 7

ALTER MANN FÄLLT ZU

Zu Hause gebe es keine Finsternis, sagen die Bantu. Selbst wenn alles verloren scheint, kann man die Tür hinter sich schließen, um den Wahnsinn der Welt auszusperren. Das Heim eines Menschen garantiert Beständigkeit jenseits aller Katastrophen und schenkt ihm Sicherheit, weil man die Dinge vorfindet, wie man sie verlassen hat.

Aus dem Büro der Detektei Mystica schallen Sphärenklänge. Die Krähen schaukeln im Luftzug aus dem Flur und die Beleuchtung der Vitrinen begrüßt mich wie heimelige Hafenlichter das einlaufende Schiff, aber das Gefühl von Daheim will sich nicht einstellen.

Romanov sitzt hinter dem Sekretär und legt mit den Tarotkarten seiner Mutter ein kleines Kreuz, während Poe auf seinem Schoß schläft. Eine Oase des Friedens, trotzdem irritiert mich etwas, aber ich kann den Fehler im Suchbild nicht finden. Vielleicht habe ich mich auch verändert, oder die Sprünge im Brillenglas verfälschen den Blick auf die Dinge.

Mein Partner begutachtet die mit Jod bepinselten Schnittwunden in meinem Gesicht und die Beule auf der Stirn.

»Musstest du gegen beide Klitschkos boxen, um an Geld zu kommen?«, begrüßt er mich.

»Blechschäden und Lackkratzer, das heilt wieder. Der Rekord ist nicht so glimpflich davongekommen. Er liegt mit einem Totalschaden beim Ausschlachter.«

Romanov zieht eine Augenbraue hoch. »Darf ich die Nichtanwesenheit dieses Mediums als Beendigung unserer Zusammenarbeit deuten? Lass mich raten. Sie durfte fahren und hat eine Stimme aus dem Jenseits mit den Anweisungen des Navigationsgerätes verwechselt.«

»Der Arzt im Johannis-Hospital wollte Lorelei noch eine Weile zur Beobachtung dabehalten. Sie stand unter Schock, und eine Gehirnerschütterung konnte er auch nicht ausschließen.«

»Überhöhte Geschwindigkeit?«, fragt Romanov.

»Nein, ein Hummer.«

Romanovs Gesichtsausdruck verrät, was diese Information bei ihm auslöst.

»Komm mir jetzt nicht mit *La Luna*«, sage ich. »Ich spreche von einer Automarke.«

Mein Partner hält mir einen Fächer aus Tarotkarten hin. »Du unterschätzt den Nullraum. Es gibt keinen Zufall. Zieh eine!«

Ich tue ihm den Gefallen.

Das Bild zeigt den Sensenmann hoch zu Ross. Er trägt eine Ritterrüstung und reitet mit einem Banner in der Knochenhand über am Boden liegende Könige, Kinder und Kardinäle hinweg.

»*La Muerte*!«, entfährt es Romanov. Er bemüht sich, seiner Stimme Gleichgültigkeit zu verleihen. »Das muss kein schlechtes Omen sein.«

»Versuchst du, mir eine Bordkarte für die Titanic anzudrehen?«

»Der Tod sagt selten das Sterben als solches voraus. Viel öfter deutet die Karte das Ende eines Entwicklungsprozesses an oder den Beginn einer Trennungsphase. Das Arkana empfiehlt, etwas loszulassen und alte Verhaltensweisen aufzugeben, um frei zu werden für Neues.« Romanov schiebt das Tarotdeck zusammen und legt es neben das Handy auf den Sekretär. Er fordert die Karte zurück und studiert sie, als könnte ihm das Stück Pappe weitere Geheimnisse verraten.

»Wusste ich es doch! Auch hier gibt uns der Nullraum einen Hinweis. Im Hintergrund stehen wieder die beiden Türme.« Er zeigt mir *La Muerte* noch einmal. »Siehst du? Die Sonne geht zwischen ihnen auf.«

Jetzt weiß ich, was mich die ganze Zeit stört. »Du hast dir ein Handy zugelegt?«, frage ich Romanov und deute auf das Gerät vor ihm. »Wenn du mir die Nummer verrätst, können wir uns sogar anrufen!«

»Das Teufelsding gehört mir nicht«, sagt Romanov. »Ich dachte, du hättest es hier liegen lassen.«

Auf der Rückseite des Razr-Modells klebt ein Streifen mit vier Zahlen. Ich tippe die Pin ein, und das Gerät erwacht zum Leben. Im Telefonbuch befinden sich keine Einträge, also wähle ich meine eigene Nummer. Das iPhone bimmelt und spuckt einen Namen aus.

»Das Handy gehört Nessinger«, informiere ich Romanov. »Probierst du einen Zaubertrick aus?«

Mein Partner schüttelt die Silbermähne.

»Kannst du dir vorstellen, dass er das Telefon hier liegen gelassen hat?«, frage ich.

»Wem galten denn seine letzten Anrufe?«

»Alles gelöscht. Eine Sackgasse wie das Bestattungsinstitut.«

»Die Hippie-Fee konnte in einer Hochburg ihrer Heimsuchungen keine Hinweise channeln?« Romanovs Worte kleben vor Süffisanz. »Leidet sie unter medialer Verstopfung?«

»Todeskino weist dieselben Brandwunden auf wie Sürgü, mehr Bezüge ließen sich zwischen den beiden nicht feststellen.« Die Särge des Totenkistenkünstlers spuken mir immer noch im Kopf herum, aber ich komme bei der Sache nicht weiter. »Wir sollten uns auf Baschek konzentrieren. Bei einem Zoomitarbeiter liegt der Verdacht nahe, dass er Sürgü den Kryptiden beschafft hat. Was konntest du über ihn in Erfahrung bringen?«

»Er hat nicht geöffnet, aber die Nachbarn verrieten mir die Telefonnummer seiner Eltern. Baschek hört die halbe Nacht ›Bumm Bumm Negermusik‹, wie sie sich ausdrückten. Wenn man den Schilderungen Glauben schenken kann, beschallt er mit seiner Anlage die gesamte Humboldtstraße.«

»Baschecks Nachbarn rufen seine Eltern an, um sich zu beschweren?«

»Ihnen gehört das Haus, und sie halten nicht viel von ihrem Sprössling. Die übliche Litanei. Falscher Umgang. Drogen. Spielsucht. Sein Gehalt als Tierpfleger reicht für diese Hobbys jedenfalls nicht aus, und von den Eltern sieht er auch kein Bargeld mehr.«

Ich frage mich, was Baschek alles aus seinem Gesicht entfernen muss, damit man ihn in die Spielbank lässt.

»Sie haben mir die Adresse seines besten Kumpels verraten. Wenn er untertaucht, dann da, ansonsten müssten wir bei seiner Freundin nachfragen. Außerdem soll sich unser Tunnelträger am Wochenende öfter im *Spirit* herumtreiben.«

»Ist das nicht diese Zappelbude der Bandidos in der Brückstraße? Die Jungs mischen beim Drogenhandel und im Rotlichtmilieu mit. Es gibt leichtere Ermittlungs-Umfelder als Rocker-Schuppen.«

»Ja, Bestattungsunternehmen zum Beispiel, da können die meisten Anwesenden nicht weglaufen. Welcher der Verdächtigen macht deiner Meinung nach das Rennen?«

»Nessinger versucht, uns einen Mord anzuhängen. Das katapultiert ihn trotz aller Ungereimtheiten in die Pole-Position.«

»Mein Favorit heißt Öztekin«, bemerkt Romanov. »Der Moscheeverein braucht Geld für den Minarettbau, und wenn der Verdacht auf die Bürgerinitiative fällt, erledigt man mit einem Streich gleich einen ganzen Schmeißfliegenschwarm mit.«

»Eher traue ich van Limbeek eine Doppelstrategie zu. Er gibt den Mord in Auftrag und lässt eine plumpe Spur legen, um bei den Ermittlern den Eindruck zu erwecken, man wolle ihm die Sache anhängen. Erinnere mich daran, alle Halter eines schwarzen Hummers zu recherchieren. Bleibt noch Katzenfisch.«

»Zu schwaches Motiv. Talbot tötet doch niemanden, um dir Schwierigkeiten zu bereiten.«

»Möglich, aber wenn wir den Mörder nicht vor ihm finden, wird er alles daran setzen, mir Sürgüs Tod in die Schuhe zu schieben, sagt mir mein Bauchgefühl.«

Poe streckt die Beine, rappelt sich auf und springt von Romanovs Schoß. Er trabt über das Parkett und schlüpft unter dem Samtvorhang hindurch Richtung Kombüse, als hätte ihn das Wort Bauchgefühl an etwas erinnert. Katzen können sprechen. Das versteht jeder, der schon einmal ein Exemplar jammernd vor dem Kühlschrank erlebt hat. Die Tonlage transportiert die Botschaft.

Sein Herrchen seufzt und macht sich auf den Weg. Er schiebt den mit Tierkreiszeichen bedruckten Vorhang beiseite, öffnet die Kühlschranktür, und das Maunzen verwandelt sich in ein Schnurren.

»Nessinger kannst du von der Liste der Verdächtigen streichen«, ruft mir mein Partner zu.

»Warum?«

»Er hat nicht nur sein Handy hier vergessen.«

Romanov presst die Hände vor den Mund, während er zur Toilette sprintet.

Als ich in die Grundschule kam, schenkte mir mein Vater einen elektrischen Hund. Aus seinem Rektum führte ein Kabel zu einer Fernbedienung mit Knöpfen. Der erste ließ ihn bellen und ein zweiter mit dem Schwanz wedeln. Wenn man den dritten Knopf drückte, bewegte sich der Hund mit Roboterschritten vorwärts – genauso wie ich jetzt, auf dem Weg in die Küche.

Poe versucht die Dose *Kitekat* aus dem Kühlschrank zu angeln. Der Kopf neben dem Objekt seiner Begierde irritiert ihn nicht weiter. Nessingers Henker hat das Goldkettchen um den Halsstumpf auf dem Teller drapiert. Fleischfetzen an den Wundrändern und das Fehlen von Blutspritzern am Kinn deuten darauf hin, dass der Mörder das Haupt mit etwas Stumpfem vom Rumpf trennte, als Nessinger bereits tot war. Eine dicke Schicht Sekundenkleber bedeckt die Lippen, und aus den Nasenlöchern drängen angetrocknete Stücke Erbrochenes. Der Rest staut sich in zum Platzen geblähten Hamsterbacken. Selbst im Tod verleiht ihm die Cabriobräune eine Ausstrahlung von Vitalität und Gesundheit; lediglich die ins Leere stierenden Augen haben ihre Strahlkraft verloren. Vom Klo dringen Würgegeräusche, dann platscht Romanovs Mageninhalt mit einem Schwall in die Schüssel.

Es klopft.

Ich schmeiße die Kühlschranktür zu. Poe bekommt gerade noch die Pfote heraus und straft mich mit einem vorwurfsvollen Blick.

»Kundschaft«, ruft Talbot ins Büro.

Romanov vergisst vor Schreck, sich weiter zu übergeben. Im Bad herrscht Totenstille. Ich ziehe den Sternzeichenvorhang hinter mir zu und eile unserem Besuch entgegen.

»Wie kann die Detektei Mystica den Herren von der Polizei helfen? Hören Sie Stimmen, die Ihnen befehlen, Dinge zu tun?«

Talbot platziert sein Herrentäschchen direkt neben Nessingers Handy. Keine Chance, da dran zu kommen. Badstuber dümpelt im Kielwasser seines Chefs und schaut sich um wie ein Vorschulkind im Märchenwald.

Auch Katzenfisch mustert die Einrichtung. »Mein Gott, Borg!« Er heuchelt Mitleid. »Wie viel Erbärmlichkeit erträgt deine Selbstachtung? Ich sehe dich mit falschen Wimpern, Perücke und Kopftuch an dieser Kristallkugel da reiben, um ein paar Deppen das Geld aus der Tasche zu ziehen.«

Talbot versucht sich an der Parodie einer Jahrmarkts-Wahrsagerin. »Ich kann Ihren Mann sehen. Er treibt es mit einer fetten Blondine auf dem Klo von Starbucks.«

Die Toilettenspülung gurgelt. Romanov kommt aus dem Bad und tupft sich mit einem Kosmetiktuch den Mund ab.

»Ich verstehe«, sagt Talbot. »Dein Partner gibt die Zigeunerin. Liegt ihm ja auch im Blut. Musste sich die Dame frisch machen und die Warze von der Nase nehmen? Benutzt ihr eine mit Haaren drauf? Weiß die Gewerbeaufsicht von dieser Neppbude?«

Romanov schlafwandelt wie ein Geisterbahn-Komparse auf uns zu. Kein Wunder, bei seiner Vorgeschichte. Seit der Sache mit Jacqueline köpft mein Partner nicht einmal mehr Eier. Klappt eine dunkle Kiste auf, muss man eine Weile mit dem Inhalt kämpfen, bevor sie sich wieder schließen lässt.

Talbot registriert Romanovs Verstörtheit mit einem Katzenfischlächeln. »Badstuber und ich waren auf dem Weg zu euch, um einige Ungereimtheiten bei einem Zwischenfall im Zoo aufzuklären, als wir Nachricht erhielten, dass Nessingers Handy ans Netz gegangen ist und zwar in der Wabe, zu der auch dieses Haus gehört. Er muss sich ganz in der Nähe aufhalten.«

»Warum schleppst du eigentlich einen Uniformträger mit dir herum?«, frage ich ihn. »Will außer Praktikanten niemand mehr mit dir arbeiten?«

Talbot nimmt auf dem Holzthron Platz. »Du siehst scheiße aus«, sagt er.

»Bin durch einen Spiegel gefallen«, antworte ich. »Auf der anderen Seite glauben sie, dass der direkte Weg den Suchenden vom Ziel entfernt.«

Katzenfisch streicht sich den Pony hinter das Ohr. »Liest du immer noch Kinderbücher, Borg? Dein Psychoheini nennt das Regression. Hat er schon analysiert, warum deine Eltern das Lösegeld nicht bezahlen wollten?«

Der Tiefschlag sitzt und lässt mich die Fäuste ballen.

Talbot lächelt.

»Sie waren es bestimmt auch leid, dauernd Lügenmärchen aufgetischt zu bekommen. Wir sollten Nessinger anrufen und herbitten, um ihn mit deiner Version des Tathergangs zu konfrontieren.«

Während er die Telefonnummer des Kryptozoologen vom Zettel abliest und in sein Handy eintippt, nimmt Badstuber die Schamanentrommel von der Wand und schlägt einen Samba-Rhythmus auf die Lederhaut.

»Der Ruf geht durch«, sagt Talbot.

Das Razr auf dem Sekretär blinkt, vibriert und rutscht auf ihn zu.

»Willst du nicht drangehen?«, fragt er mich und deutet auf das wandernde Telefon.

Badstuber widmet seine Aufmerksamkeit der Vitrine mit den Voodoopuppen. »Der da sieht aus wie Ihre Frau, Chef. Vielleicht lässt die Migräne nach, wenn man die Nadel rauszieht.«

Katzenfisch beendet den Anruf und das Mobiltelefon auf dem Tisch kommt zur Ruhe. Er sieht mich fragend an und betätigt die Wiederwahltaste. Nessingers Handy beginnt zu brummen und setzt seine Wanderung fort. Talbot zieht ein Taschentuch aus seinem Täschchen, fängt das Handy ein und studiert die Nummer im Display. »Deine Probleme kriegen Junge«, bescheinigt er mir.

Sein uniformierter Begleiter hat unsere Bibliothek der Absonderlichkeiten entdeckt, streicht über die Buchrücken und zieht das *Necronomicon* heraus. Badstuber studiert die Bilder, bis er bemerkt, dass der Einband aus Menschenhautimitat besteht. Er beeilt sich, das Buch wieder in die Lücke zu zwängen. »Oh, da hängt eine Gummifledermaus«, sagt er. »Quietscht die, wenn man ihr auf den Bauch drückt?« Badstuber setzt seinen Gedanken in die Tat um.

Vincent öffnet die Augen. Soweit eine Fledermaus empört aussehen kann, tut er das. Dann stößt das Tier ein Zirpen aus und flattert Badstuber mitten ins Gesicht. Der Frischling schlägt um sich und stolpert rückwärts in die Voodoo-Vitrine. Ihre Glasregale zerbersten auf dem Boden und Wachsfigurenköpfe kullern über das Parkett. Vincent dreht ab und steuert die Stange des Fenstervorhangs an.

Badstuber hat gar nicht so viele Hände, wie er Dinge gerne aufheben würde. »Oh«, sagt er. »Tut mir leid. Mist!«

Das Gesetz der Schwerkraft fordert seine Dienstmütze und enthüllt eine Stan-Laurel-Frisur. Er macht einen Schritt nach hinten und tritt auf Poes Schwanz, für den Kullerköpfe zu jagen das Highlight des Tages bedeutet. Erst schreit die Katze, dann Badstuber, als sich Krallen und Fangzähne in seine Wade bohren. Poe faucht und flüchtet mit gesträubtem Schwanz unter das Bücherregal, während der Frischling jammernd und sein Bein umklammernd durch die Detektei hüpft. Er landet auf einer Wachspuppe, kommt ins Straucheln und versucht am Sternzeichenvorhang Halt zu finden. Für drei Sekunden spannt sich der Samt, dann reißt der Stoff von den Halteringen und der Unglücksrabe knallt in den Vorhang gewickelt auf den Küchenboden.

Badstuber bleibt einen Moment liegen, als würde er darauf warten, dass jemand das Licht anmacht, dann sucht er den

Ausgang des Stoffzeltes. Er ertastet den Griff der Kühlschranktür und will sich daran hochziehen, aber die Tür schwingt auf und der Frischling fällt zurück auf den Hosenboden.

Der Ruck lässt Nessingers Kopf vom Teller kippen. Es gibt ein hässliches Geräusch, als er mit dem Gesicht voran auf das PVC schlägt.

Die Mündung von Talbots Waffe wirkt groß wie ein Kanonenrohr.

»Wo hast du denn wieder eingekauft?«, frage ich Romanov.

»Ich liebe Geständnisse«, sagt Talbot. Er holt ein Diktiergerät aus dem Detleftäschchen, stellt es auf den Sekretär und bedeutet mir, Platz zu nehmen.

Badstuber befreit sich von dem Stoffvorhang und erstarrt, als er Nessingers Haupt erblickt.

Talbot weist Romanov den zweiten Stuhl zu und schaltet das Gerät ein.

»Der ... der ist auch echt«, stottert Badstuber.

Talbot drückt auf *Pause*.

»Nicht anfassen und unsere Freunde von der Spurensicherung bestellen«, sagt er.

Badstuber kann seinen Blick nicht von dem Kopf lösen.

»Liegen hier noch mehr Leichenteile rum?«, fragt Katzenfisch. »Tatwaffen oder sonst etwas, das ein Ermittler wissen sollte, bevor er die Aufnahme startet? Ich möchte nicht, dass wir durcheinanderkommen.« Er erhebt sich, um die Ungeheuerlichkeit auf dem Küchenboden besser in Augenschein nehmen zu können. »Auf den Fotos sieht Nessinger glücklicher aus und trägt weniger Lipgloss«, sagt er. »Tja, Borg, das Beweismaterial im Kühlschrank reicht für eine Mordanklage, und ich wette, wir finden auch deine Fingerabdrücke auf seinem Handy!«

Badstuber schafft es trotz Zitterattacken, jemanden bei der Spusi zu erreichen, und gibt unsere Adresse durch.

Talbot setzt sich wieder. »So, dann können wir ja«, sagt er und drückt den Aufnahmeknopf. »Wer von den Herren möchte beginnen?«

Romanov bleibt stumm, und ich sage auch nichts.

Talbot trommelt mit den Fingern auf der Tischplatte herum.

»Dann versuche ich mal, das Gespräch in Gang zu bringen«, sagt er in die Stille. »Die Untersuchung von Sürgü Gülnaz Leiche hat deine Version des Tathergangs bestätigt, Borg. Bleibt die Frage, ob es sich bei deinen Ausführungen um Kombinationsgabe oder Täterwissen handelt. Der Inhalt des Kühlschranks deutet darauf hin, dass du an den Gemetzeln beteiligt warst, und damit meine ich nicht den Fisch, oder was auch immer diesen Verwesungsgestank verbreitet.«

Katzenfisch weiß, dass er in jedem Fall gewinnt – und man sieht es ihm an. Kerker für mich, oder Informationen für ihn, beides hebt seine Laune.

»Der Pathologe stellte weiterhin fest, dass Sürgü unmittelbar vor seinem Tod von einem Meister seines Fachs an einen Stuhl gefesselt wurde. Ein Spezialknoten zog die Schlinge um den Hals des Jungen enger, sobald er sich bewegte. Zum Beispiel, weil jemand Zigaretten auf ihm ausdrückte. Um solche Folterphantasien auszuleben, braucht man das nötige Fachwissen.« Er sieht Romanov an. »Wir alle hier kennen einen Spezialisten für Profi-Knoten, was, mein Tütenclown? Einen Showmagier, Illusionisten und Entfesselungskünstler. Schade, dass deine Karriere, wie soll ich sagen, mit einem Schlag endete.«

Mein Partner sinkt auf seinem Stuhl zusammen wie eine Marionette nach Dienstschluss. »Es war ein Unfall«, flüstert er.

»Sicher! Wer plant schon einen Mord vor dreitausend Zuschauern? Nur ein in seiner Eitelkeit gekränkter Gernegroß ohne Nerven und Skrupel würde es wagen, seine Assistentin während des Auftritts mit einer Guillotine zu köpfen. Ihr Blut soll ja bis in die zweite Reihe gespritzt sein.« Talbot ergötzt sich nicht bloß an Romanovs Leiden, er empfindet Befriedigung dabei, ihm auch den letzten Rest Lebensmut auszusaugen. »Ich versteh nicht, warum die Leute so geschrien haben. Auf den Ankündigungsplakaten stand doch *Ein unvergesslicher Abend!* Das nenne ich eine Show, die hält, was sie verspricht. Wenn man den ganzen Tag lang Tiger verschwinden lässt, stellt ein Sicherungsbolzen keine Herausforderung mehr dar, oder? Und dieses Flittchen von Assistentin wollte dich schließlich verlassen! Dich, den großen Romanov!«

Mein Partner stöhnt, als müsste er glühende Eierbriketts schlucken.

»Leider konntest du in der Irrenanstalt nicht zur Aufklärung beitragen. Eine erstaunliche Parallele zur Aussage-Taktik deines Partners. Willst du die Sache jetzt nachholen und dein Gewissen erleichtern? Wenn du beide Morde gestehst, verrate ich dir Borgs Vornamen. Er verheimlicht ihn nicht ohne Grund. Ein Brüller, wie deine Abschiedsvorstellung.«

Talbot hat nie verstanden, dass Weichkochen nur zum Erfolg führt, wenn man die Dynamik der Situation nutzt und dem Verdächtigen im richtigen Augenblick eine Schulter zum Ausweinen anbietet. Er kostet in diesen Momenten lieber seine Überlegenheit aus.

Katzenfischs Gehässigkeit erweckt meinen Partner von den Scheintoten. Romanov greift eine Tarot-Karte aus der Luft, legt sie auf den Tisch und streicht dreimal darüber. Die Karte springt in die Höhe und landet mit dem Bild nach oben auf der Tischplatte. Es ist *Der Narr*.

»Da erübrigt sich jede Interpretation«, sagt mein Partner. »Borg darf seine Geheimnisse so lange für sich behalten, wie er will. Unter Freunden betrachte ich das als Selbstverständlichkeit. Aber mit Freundschaft kennen Sie sich wohl nicht so aus. Sie kennen sich mit vielem nicht aus, scheint mir.«

Talbots Pony rutscht hinter dem Ohr hervor und schwingt ihm ins Gesicht. »Dann holen wir uns dein Geständnis eben später. Ich drehe dich auf dem Präsidium durch die Mangel, bis du reif für die Klapsmühle bist, und diesmal brauchst du niemandem etwas vorzuspielen, damit sie dich mitnehmen, das schwör' ich dir!« Er steckt seine Walther zurück in den Schulterholster, lehnt sich nach hinten und legt die Fingerkuppen gegeneinander.

»Wir treffen euch mit speziellen Fähigkeiten und Täterwissen an den Tatorten. Ein Motiv gibt es auch: Geldnot.«

»Woher willst du wissen, dass wir uns am Tatort von Nessingers Ermordung befinden?«, frage ich ihn. »Warst du dabei?«

»Liegt in meiner Küche ein Kopf oder in deiner? Du musst das erklären, nicht ich! Den Rest findet die Spurensicherung heraus. Willst du noch was erzählen, bevor wir euch mitnehmen? Eine weitere Märchenstunde mit Onkel Borg?«

Talbot legt Handschellen auf den Tisch.

»Es war einmal ein Kleinganove aus Niederanatolien«, beginne ich, »der witterte das Geschäft seines Lebens. Ihm geriet ein gar kostbares Tier in die Hände, und er versuchte, es an den Meistbietenden im Königreich zu verschachern. Also pilgerten alle Interessenten von nah und fern zu seiner baufälligen Scheune, um die Ware auf Echtheit zu prüfen und ihr Angebot abzugeben.«

Talbot tut, als müsste er ein Gähnen unterdrücken.

»Wer will schon auf ein Videofake hereinfallen oder zahlt ein Vermögen für einen Flusskrebs mit Gummi-Tentakeln?

Im Internet findet man jede Menge Seiten, auf denen Fälschungen von Kryptiden entlarvt werden.«

»El Chupacabra, Jenny Hannivers oder das Rattenmädchen«, sagt Badstuber. Seine Augen leuchten vor Begeisterung. »Da gibt es die irrsten Geschichten. Englische Seefahrer haben bereits vor Jahrhunderten die Unterseiten von Rochen so zurechtgeschnitten, dass man sie als Meeresmonster verkaufen konnte.«

»Der Onkel würde jetzt gerne weitererzählen«, unterbricht ihn Talbot.

»Wahrscheinlich ging das Gefeilsche danach eine Weile per Telefon weiter«, fahre ich fort. »Sürgü bringt den Tentakelkrebs in der Zwischenzeit woanders unter, weil er eine Lebensversicherung braucht. Der Junge weiß um die Gefährlichkeit einiger Bieter.«

»Öztekin betet diesen Nazi-Geheimbund-Quatsch wohl jedem vor«, sagt Talbot.

»Nessinger erhält schließlich den Zuschlag, aber ein Mitbieter trifft vor ihm bei der Scheune ein. Der Mann hat nicht mehr vor, für die Ware zu bezahlen und foltert Sürgü, um das Versteck des Wesens zu erfahren. Ein Würgeknoten macht nur Sinn, wenn der Täter die Scheune verlässt, und Sürgü daran hindern will, zu fliehen oder Hilfe zu rufen.«

Talbot seufzt. »Das scheint länger zu dauern. Ich darf doch?« Er stellt seinen Aschenbecher auf den Sekretär und klappt ihn auf. Das Ding quillt schon über.

»Sürgü wird in dieser Situation kaum seinen einzigen Trumpf ausspielen«, fahre ich fort, »sondern den Mann in die Irre schicken, um Zeit zu gewinnen. Während der Junge versucht, sich zu befreien, und dadurch die Schlinge immer weiter zuzieht, steht Nessinger vor verschlossenen Türen und bricht durch den Versorgungsschacht in die Scheune ein.

Unser Klient gelangt über die Strickleiter nach oben und stürzt die Kartons um, was Sürgü zu einer letzten, verzweifelten Anstrengung anspornt.«

Katzenfisch interessiert die Vollkommenheit seiner Rauchringe mehr als mein Monolog.

»Sürgü erstickt, bevor Nessinger die Situation im Halbdunkel durchschaut und den Knoten lösen kann. Der Mann bekommt Panik und beschließt, die Angelegenheit zu vertuschen.«

»Warum ruft er nicht die Polizei?«, will Talbot wissen.

»Nessinger verbüßt doch eine Bewährungsstrafe wegen Betrugs«, bricht es aus Badstuber heraus. Vor Aufregung steigt ihm die Röte ins Gesicht. »Einbruch oder unterlassene Hilfeleistung würden ihn ins Gefängnis bringen.«

Talbots Blick bedeutet seinem Untergebenen, dass er ihm gleich den Mund mit dem Inhalt des Aschenbechers stopfen wird. Der Frischling versteht die Botschaft und verstummt, aber man sieht ihm an, dass sein Sinn für Gerechtigkeit gegen die Dienstgrad-Loyalität kämpft.

»Den Rest der Geschichte kennen wir schon«, fahre ich fort. »Nessinger versteckt die Leiche in der Hundehütte und setzt uns auf die Fährte. Er hoffte darauf, dass wir nicht nur in seine Falle tappen, sondern auch noch Hinweise über den Verbleib des Kryptiden liefern.«

»Und, habt ihr?«, fragt Talbot.

»Seit wann interessierst du dich für Fabelwesen?«

»Ich höre mir ja auch Märchen an.«

»Kommen wir zum Finale. Als Nessinger die Leiche zurück in die Scheune schafft, trifft der Folterknecht wieder ein. Da seine einzige Informationsquelle versiegt ist, macht er kurzen Prozess mit unserem Klienten. Der Killer verabreicht Nessinger ein Brechmittel, verschließt die Lippen mit Sekundenkleber und zwingt ihn, alles Wissenswerte aufzuschreiben, wenn er die Prozedur überleben will. Bis das Mittel wirkt, besorgt sich der Täter Utensilien für die Kreuzigungsszene und richtet Sürgüs Leiche her.«

»Ekelige Todesart, an seiner eigenen Kotze zu ersticken«, sagt Talbot.

»Über diese Erfahrung kann sich Nessinger jetzt mit Jimi Hendrix austauschen«, sage ich.

»Stand im Bericht der Spusi nicht etwas von Erbrochenem?«, wirft Badstuber ein. Wer seinen Hund tritt, muss sich nicht wundern, wenn der beißt. Der Frischling visiert gerade die Waden seines Vorgesetzten an. »Es klebte auf dem Boden im Hinterzimmer und konnte nicht dem Toten am Kreuz zugeordnet werden.«

Katzenfisch würde am liebsten seine Zigarette auf ihm ausdrücken. »Bewerben Sie sich für den Watson-Award, Badstuber? Diese Freaks mit Klapsmühlenerfahrung bewahren Reste ihres Klienten im Kühlschrank auf. Glauben Sie, dass dem geheimnisvollen Killer der Kopf und das Handy aus der Tasche purzelten, als er sich bei den beiden Zucker für seinen Kamillentee borgen wollte? Eingebrochen wurde hier jedenfalls nicht. Wer besitzt einen Schlüssel für diese Wohnung?«

»Romanov und ich.«

»Das grenzt den Täterkreis ein, nicht wahr?«

»Die Polizei kommt überall rein«, sage ich. »Auch ohne Schlüssel.«

Ich kann Katzenfischs Blick nicht deuten. Häme? Belustigung? Vorfreude?

»Nur Amateure schieben einem Verdächtigen was unter, Borg. Profis lösen Probleme eleganter.« Talbot grinst meinen Partner an. »Du kannst doch mit Tieren sprechen, Tütenclown. Warum fragst du nicht die Katze, wer den Kopf hier reingebracht hat?«

»Dazu brauchen wir Poe nicht«, sage ich.

»Habt ihr ihn nach dem roten Teletubbie benannt«, will Katzenfisch wissen, »oder ist er auch schwul?«

»Darf ich zur Tür?«, frage ich.

Talbot zieht seine Waffe.

»Du darfst sogar versuchen abzuhauen.«

Mit etwas Phantasie hört man im Treppenhaus Spinnenbeine zittern.

»Ach, Frau Zenker«, rufe ich in das Lauern. »Wo wir uns gerade im Flur begegnen. Ich bräuchte Ihre Hilfe!«

Die Treppenstufen ächzen unter der Last. »Ärger mit der Polizei, Borg?«, tönt es vom Treppenabsatz.

Ein Clownsmund aus geschmolzenem Karamell umrahmt den Schlund der Zenker. Sie fährt mit dem Handrücken darüber hinweg, wischt den Schmier am Kittel ab und schiebt sich das Belohnungseis bis zum Stiel in den Rachen. Ein obszönes Schmatzen hallt durch den Flur, dann weiten sich die Nacktschneckenlippen zu einem O und geben den Fetisch wieder frei. Eine fleischige Zunge stößt nach und gleitet über die Oberfläche des Naschwerks.

Talbot und Badstuber tauchen hinter mir auf. Die Waffe in Katzenfischs Hand zaubert ein Lächeln in das Gesicht der Zenker. Das letzte Mal zeigte sich dieses seltene Naturschauspiel, als sie im Vorgarten einen Maulwurf mit dem Spaten zerlegte.

»Frau Zenker!« Ich lasse meine Stimme vor Anspannung zittern. »Als Mitmieter appelliere ich an Ihre Anständigkeit. Würden Sie Kommissar Talbot bitte bestätigen, dass heute Nachmittag niemand außer mir unser Büro betreten hat? Ihrer Aufmerksamkeit entgeht doch nichts!«

Die Kuhzunge streicht noch einmal über das Eis.

»Tja, Borg«, sagt die Zenker. »Schleimen nützt jetzt auch nichts mehr. Ich hoffe, eure Nachmieter respektieren die Regeln in diesem Haus und fügen sich in die Ordnung. Wir mögen hier nämlich keine Störenfriede.«

Schwer zu sagen, ob das Ergötzen in ihrem Gesicht vom Karamellgeschmack rührt.

»Vor ein paar Stunden kamen zwei Männer ins Haus. Zwielichtiges Gesindel mit Verbrechervisagen. Der Kleinere trug einen Koffer und sein Kumpan sah aus wie der Bruder von Karl Dall. Sie gingen da rein!« Der Hausdrachen deutet auf die Tür der Detektei.

»Haben sie geklingelt?«, fragt Talbot.

»Die Galgenstricke benutzten einen Schlüssel, um reinzukommen. Bei Borg geht solches Pack doch ein und aus. Sie müssen sich mal den anderen Vogel angucken, diesen Romanov. Da wissen Sie gleich Bescheid.«

Talbot dankt ihr mit einem Handzeichen und zieht mich zurück in die Detektei.

»He, warten Sie!«, schallt es aus dem Flur. »Was hat Borg überhaupt ausgefressen, Herr Kommissar? Verhaften Sie ihn jetzt? Wissen Sie, dass er in seinem Keller Bomben bastelt?«

Die Tür fällt zu.

»Es gibt tausend Möglichkeiten an einen Nachschlüssel zu kommen«, sage ich. »Selbst van Limbeeks Leute hätten sich heute nach meinem Unfall einen Abdruck nehmen können.«

Talbots Frustration über die Wendung der Dinge macht ihn stachelig. »An deiner Stelle wäre ich vorsichtig mit dem Gequatsche«, fährt er mich an. »Van Limbeek hat ein Alibi und kennt jede Menge Leute in Entscheidungspositionen. Du weißt doch, wie das System funktioniert. Netzwerkarbeit und Seilschaften. Bekannte mit Einfluss öffnen Türen zu

Menschen mit noch mehr Macht. Nur Vollidioten ziehen gegen jemanden mit so guten Kontakten in den Krieg.« Er wischt ein paar Schuppen von der Hose. »Van Limbeek kaut dich durch und spuckt, was übrig bleibt, in den Rinnstein, wenn du ihm ans Bein pinkelst. Nicht mal mit meiner Dienstmarke bekämst du genug Rückendeckung.«

»Stehst du auf seiner Gehaltsliste?«, frage ich ihn. »Ein Zubrot für deine Ausflüge in die Linienstraße? Oder hegst du Sympathien für braunes Gedankengut?«

»Stellst du jeden in die Nazi-Ecke, wenn dir seine Ansichten politisch nicht korrekt erscheinen?«, fährt er mich an. »Dieser Rechtsradikalen-Hype geht mir allmählich auf den Sack. Bloß weil ein paar Dumpfbacken in Scharnhorst, Dorstfeld oder im Jungferntal randalieren, findet doch keine braune Revolution statt. Seit diese Zwickauer Terrorzelle aufgeflogen ist, muss für jede Bagatelle gleich der Nationalsozialistische Untergrund herhalten.«

»Dortmund ist eine Hochburg der Autonomen Nationalisten«, halte ich ihm vor, »und hat die aktivste Neonaziszene in ganz Nordrhein-Westfalen hervorgebracht. Solche Strukturen können nur wachsen, wenn die Polizei ihr rechtes Auge zudrückt.«

Talbot rückt vor Überdruss seinen Lederschlips zurecht.

»Unterhalte dich mal mit jemandem von der Antifa, statt sie niederzuknüppeln«, empfehle ich ihm. »Kameradschaften wie die Nationale Front Eving marodieren in jedem Stadtteil, machen Jagd auf Andersdenkende und stürmen Szeneläden. Sie veröffentlichen Steckbriefe von Alternativen im Internet, samt Foto, Wohnort oder Lieblingskneipe und rufen dazu auf, diese Menschen zusammenzuschlagen.«

»Anstatt die Propaganda linker Chaoten zu verbreiten, solltest du dich lieber um deine eigenen Probleme kümmern.

Gleich rückt die Spurensicherung an, und in dem Dreck an deinem Stecken kann man Kartoffeln pflanzen. Pack schon mal 'ne Knasttasche.« Talbot schnippt mit den Fingern, um Badstubers Aufmerksamkeit zu erlangen. »Jetzt das erste!«, sagt er zu ihm.

Badstuber holt ein Foto aus der Jackentasche seiner Uniform.

»Dieser mit Kaftanen gefüllte Kinderwagen sorgte heute für eine zeitweilige Räumung des Zoos. Wir konnten das Geschäft ermitteln, in dem sie gekauft wurden. Die Käuferbeschreibung des Besitzers liest sich wie ein Fahndungsplakat von dir.«

»Mein Steckbrief passt auch auf eintausend andere Männer in dieser Stadt.«

»Vergessen wir die Kaftane. Bei eurem Kerbholz fällt grober Unfug nicht weiter ins Gewicht.«

Ein weiteres Schnippen von Talbot, und Badstuber reicht ihm das zweite Foto. Es zeigt mich, Romanov in Uniform und Lorelei. »Das Bild stammt von einer Überwachungskamera im Zoo. Wer ist die Frau mit dem Helm?«

»Ein Medium. Doktor Hocheaux vom Institut für Paranormales hat uns beauftragt, sie bei der Kontaktaufnahme mit Toten zu filmen. Sie heißt Lorelei.«

Talbot weiß nicht, was er sagen soll. Er macht mehrere Anläufe, bricht aber immer wieder ab. In seinen Augen leuchtet die Verzweiflung eines Menschen, der einen verirrten Zweijährigen nach Hause bringen will, und auf die Frage, wo das Kind wohnt, immer »zu Hause« oder »bei Mama« als Antwort bekommt.

»In Handschellen?«, fragt er dann. »Im Zoo?«

»Am besten erklärt dir Lorelei das selber. Du findest sie im Johannis-Hospital.«

»Warum? Ach, egal. Die Geschichte fängt an, mich zu überfordern. Klemmen Sie sich nachher mal dahinter«, befiehlt er Badstuber. Dann setzt er sein Wir-geben-dir-eine-letzte-Chance-Gesicht auf. »Ein paar Auskünfte könnten mich bewegen, die Anzeige wegen Missbrauchs einer Polizeiuniform fallen zu lassen. Fangen wir mit Baschek an. Was hat er gesagt?«

»Immer geradeaus«, sagt Romanov.

»Hurra, hurra«, tönt Talbot. »Der Tütenclown ist wieder da.«

»Er gab vor, Sürgü nicht zu kennen«, sage ich. »Baschek lügt und hängt mit drin.«

»Geht doch«, sagt Talbot. »Weiter, weiter. Nur nicht nachlassen.«

KAPITEL 8

WENN DAS LICHT AM ENDE DES TUNNELS DER ZUG IST

Das *Romantica* ersetzt kein Zuhause, aber es verbreitet heimeligere Gefühle als die Bahnhofsmission. Kurz bevor sich die Türen für die Gäste öffnen, gleicht die Pizzeria einem Bienenstock. Tische werden eingedeckt, Flaschengetränke klimpern, und die Pizzabäcker überbieten sich im Cantare, während sie die Auflagenschüsseln und den Teig vorbereiten. Fabrizio schichtet Anmachholz im Ofen und befeuert es mit einem Gourmetbrenner, bis Rauchgeruch über den Tresen zieht.

Domenico thront auf dem Barhocker wie ein Feldherr vor der Schlacht. Sein Blick fragt nach meiner Meinung zu seinem Essen.

»Perfetto«, schwärme ich ihm vor und lecke mir die Finger ab.

Signore Melettis Leidenschaft für das Kochen geht weit über Pizzabacken und die Küche Italiens hinaus. Er gilt auch jenseits von Dortmunds Stadtgrenzen als Hexenmeister, was die Komposition und Zubereitung von Speisen angeht. Selbst sein aufgewärmtes Chateaubriand mit Speckbohnen von heute Mittag mundet wie Ambrosia.

Domenicos Zufriedenheit patscht in Form seiner Hand auf meine Schulter. »Wo isse Spinner hin?«, fragt er.

Der spülmaschinenrein abgeleckte Teller meines Partners steht einen Platz weiter.

»Romanov befragt die Freundin eines Verdächtigen. Ich muss auch gleich los, den Kumpel des Mannes abklopfen.«

Domenico begutachtet meine Beulen und Schrammen. »Wer gemacket Scaloppa von deine Gesicht?«

Die Besorgnis in seinen Samtaugen rührt mich.

»Suchst du immer noch die Scampi calamare? Besser lasse Finger von solche Sache. Kann ich dir besorgen andere Auftrag. Come importante isse Tier, dass du ruinierst die Gesundheit?«

»Würdest du dein Restaurant aufgeben, wenn ich dir mittags Dosenfraß aufwärme?«

»Borg, amico mio. Wenn du etwas mackest jede Tag, musse sein bene für die Seele. Die Haus, die Auto, die teure Anzug, alles non importante. Kann ich leben ohne die *Romantica*, si, aber nicht ohne Kochen.«

Domenico wischt sich mit einem Trockentuch die Stirn ab.

»Soltanto für die moneta maloche, isse wie mangiare pesce palla, come si dice in tedesco, eh, wie esse jede Tag Kugelfisch. Kannst du lerne macke zurecht, aber irgendwann bringt dich um. Leben isse zu kurz für esse gefährliche Fisch ohne Geschmack.«

Fabrizio legt eine Handvoll Anmachholz nach.

Das Berauschende an magischen Momenten ließ schon Archimedes nackt durch die Straßen von Syrakus laufen. Die Zahnräder des Universums greifen ineinander, fügen Bruchstücke zu einem Ganzen und enthüllen ein Mysterium. Eine hinter Offensichtlichkeit verborgene Erkenntnis.

»Die Maserung«, rufe ich und schlage mit der Hand auf den Tresen. »Deshalb kam mir das Holz der Särge bekannt vor. Ich muss zu Todeskino.«

Domenico schüttelt den Kopf. »Und deine digestivo, Borg? Isse una grandiosa anisetta!«

»In zehn Minuten fährt eine S-Bahn«, rufe ich ihm im Hinauseilen zu. »Danke für das Essen. Arrivederci.«

Die Bodenleuchten neben dem Steingartenweg glimmen wie die Landebahnmarkierung für eine Handvoll durch den Innenhof schwebende Glühwürmchen. Käuzchenrufe und das Gluckern der Quellsteine verstärken den Eindruck, in einen verwunschenen Teil der Welt einzudringen, und die Nähe zum Friedhof trägt auch nicht zu meinem Wohlbefinden bei. Nachts allein durch einen Wald zu gehen, erzeugt weniger Unbehagen.

Der Bestatter öffnet erst, als ich Sturm schelle. Im Empfangsraum hinter ihm flackert Notbeleuchtung und erschafft die perfekte Kulisse für einen Horror-Film. Ich höre schon das Knarren sich öffnender Sargdeckel.

Er scheint nicht überrascht zu sein, mich zu sehen, aber in seinem Zustand würde es ihn wahrscheinlich auch nicht wundern, wenn Knecht Ruprecht und der Sensenmann vor der Tür stünden, um mit einem seiner Kunden eine Partie Skat zu spielen. Todeskinos glasiger Blick verrät, dass ihm gerade ein Experiment mit Barbituraten und Alkohol entgleist.

»Wollen Sie nicht erst einmal sterben?«, fragt er.

»Warum verheimlichen Sie, dass Sürgü Gülnaz Ihre Särge zu Brennholz verarbeitet hat?«

Todeskinos Gesicht gleicht einer Totenmaske. Entweder fließt durch die Adern des Mannes Polarwasser oder ein Valiumderivat. »Darüber sollten wir uns besser drinnen unterhalten«, sagt er. »Gehen wir ins Büro.«

Für das Geschäft mit dem Tod sollte der Kunde gut sitzen. Neben dem Stuck-Kamin lädt eine Ledergarnitur zum Entspannen ein, und auf dem Glas-Couchtisch duftet ein Lilienstrauß. Auch der Rest des Büros ginge als Rezeption eines Urlaubshotels durch, inklusive der Kuckucksuhr neben der Eingangstür. Nur ein Wandplan vom Nordfriedhof erinnert den Besucher an den Grund seines Kommens, und daran, dass selbst das Sterben verwaltet sein will. Die Grabstellen der von Todeskino organisierten Beerdigungen sind mit Farbmarkierungen gekennzeichnet.

Durch ein Fenster kann man in die Werkstatt des Sargdesigners sehen. Auf einem drehbaren Metallständer klemmt die Nachbildung des Sarkophags von Tutanchamun. Der Handspiegel auf dem Werkstück und das danebenstehende Flipchart mit mehrfach überzeichneten Designskizzen verraten die Unzufriedenheit des Künstlers und das Bemühen, sich sein Kreativpotenzial durch Bewusstseinsstimulation zu erschließen.

Todeskino geht hinter den Empfangstresen, pflückt ein Funktelefon aus der Station und tippt zwei Zahlen ein. »Euer Besuch ist da«, informiert er seinen Gesprächspartner und legt wieder auf. Der Sargdesigner öffnet eine Klappe in der Schrankwand hinter dem Tresen, nimmt eine Flasche Macallan aus der Bar und schüttet etwas von der ölig-goldenen Flüssigkeit in ein Kristallglas. Dann zieht er einen Tablettenblister aus der Hosentasche, drückt eine Pille auf seine Handfläche und spült sie mit dem Whisky hinunter.

Den beiden eintretenden Männern fehlen lediglich Hüte und Sonnenbrillen, um Karneval als die Bluesbrothers zu gehen. Abgesehen von den Anzügen könnten sie verschiedener nicht sein. Das Frettchen mit der Schmierfrisur und dem unsteten Blick reicht seinem Kollegen nur bis unter das Kinn. In Mafiosifilmen müssen diese Kerlchen immer als Erste dran glauben – und keiner vermisst sie. Seine Begleitung vergisst niemand so schnell. Das rechte Lid des Glatzkopfs hängt so tief herunter, dass es den gesamten Augapfel bedeckt, und die Hasenscharte hat er sich auch nicht operieren lassen. Er trägt die Verunstaltungen wie Orden, um dem Rest der

Menschheit seine Verachtung zu präsentieren. Aus dem gesunden Auge blitzt mir eine Ladung Bösartigkeit entgegen. Solche Gesichter verformen Persönlichkeiten, da kann ich Mantren von singen. Der Selbstschutz verhärtet dich zu einem Misanthropen, weil deine Artgenossen so lange das Verhalten von Tieren an den Tag legen, bis du von allein nicht mehr dazugehören willst. Dieser Mann geht drei Schritte weiter und lebt seinen Hass auf die Glotzer aus. So wie sich missbrauchte Mädchen in den Arm ritzen, um zu spüren, dass sie noch leben, schlitzt er andere Menschen auf. Das ist der Folterknecht. Ich fühle es. Ich weiß es. Wenn man jahrzehntelang mit dem Passantenstrom durch die Innenstädte treibt, die Leute beobachtet, ihnen zuhört, bekommt man ein Gespür für das Wesen seiner Mitmenschen. Die meisten merken nicht einmal, dass sie mich in ihr Leben einbeziehen. Mein Rekord liegt bei dreiundzwanzig Minuten übersehen werden. In einer Gruppe von fünf Freundinnen.

»Der unterschiedliche Wuchs der Sargträger führt doch sicherlich zu Problemen beim letzten Geleit?«, frage ich Todeskino.

Das Frettchen betrachtet das Foto in seiner Hand und nickt. »Borg«, begrüßt er mich. »Ich kann Schnüffler mit 'ner großen Fresse nich' ausstehʼn!«

»Aus welchem Schundkrimi stammt das Zitat?«, frage ich ihn. »Sollte ich auf dem Bild vorteilhaft aussehen, besorg mir bitte einen Abzug.«

»Ich besorg dir was in die Fresse. Scheinst ja nicht genug davon zu bekommen.« Der Schmierlappen gibt seinem Kompagnon ein Zeichen.

Das Herrische der Geste weist Hasenscharte die Rolle des Stiefelknechts zu, und seinem Gesichtsausdruck kann man entnehmen, dass er sich dabei vorkommt wie ein Adeliger, der vom Pöbel genötigt wird, aus der Latrine zu trinken. Er lässt ein Schnappmesser aufspringen.

Ich weiche zurück, stoße gegen die Holzvertäfelung des Empfangstresens und frage mich, ob es einen anderen Ausweg gibt, als durch das Fenster ins Atelier des Sargdesigners zu springen. Auf meinem Scheitel zerplatzt Glas, und ein warmes Rinnsal läuft hinter dem Ohr den Nacken hinab. Aus den Augenwinkeln sehe ich noch den Flaschenhals in Todeskinos Hand, dann verabschiedet sich mein Bewusstsein, und ich rutsche zu Boden.

Vor meinen geschlossenen Lidern tanzt ein Atomglühwürmchen. Seine Hitze sengt die Wimpern an. Es flirrt hinunter auf meinen Arm, verbrennt die Haut, und frisst sich durch das Fleisch bis zum Knochen. Ich reiße die Augen auf, schreie gegen den Schmerz an.

Die von der Decke hängenden Lamellenlampen werfen nüchternes Arbeitslicht auf einen komplett verkachelten Raum. Dieses Schwimmbecken-Flair findet man sonst nur in Schlachthäusern oder Operationssälen, weil sich bei dieser Form der Raumgestaltung das Blut besser von den Wänden abwaschen lässt.

Sie haben mich in einen Rollstuhl verfrachtet und die Unterarme mit Kabelbindern an die Lehnen gefesselt.

Auf dem Drehhocker vor mir sitzt Hasenscharte und hält eine Zigarette in der Hand. »Gibt es eine schönere Art, geweckt zu werden?«, fragt er mich. Die Deformation seines Mundes lässt ihn beim Sprechen schmatzen. »Magst du Mama zu mir sagen?« Er drückt die Zigarette neben den ersten Brandkrater in meinen Arm.

Ein Feuerball aus Schmerz explodiert in meinem Hirn und katapultiert mich an den Rand der Besinnungslosigkeit.

Der Mann mit dem Hängelid spricht erst wieder, als mein Schreien in ein Stöhnen übergeht. Aus seinem Auge lodert das Fieber der Glückseligkeit. »Hmm«, schwärmt er. »Den Geruch von Schmorfleisch sollte es als Parfüm geben. Ich kann nie genug davon bekommen. Jeder Mensch duftet anders, wenn seine Haut verglüht.«

Hasenscharte steht auf, tritt hinter den Rollstuhl und legt den Kopf auf meine Schulter, als wollte er mit mir schmusen. Das erste Mal in meinem Leben sehne ich die Schockstarre herbei, aber die Berührung hat nichts mit Nähe zu tun oder mit der Begegnung zweier Menschen, also ignorieren die Höllenwächter seine Zudringlichkeit.

»Was riechst du?«, flüstert er in mein Ohr.

»Sterilium, zum Desinfizieren«, murmele ich, »und etwas Modriges.«

»In diesem Raum geschehen schlimme Dinge, deshalb bist du hier.«

Er kippt den Rollstuhl nach hinten und dreht ihn, bis ich den Stahltisch sehe, auf dem die Leiche einer Greisin liegt. Der aufgedunsene Körper und das von schlohweißem Strohhaar umrahmte Mumiengesicht weisen Merkmale von Verwesung auf.

»Sie ist in dem Rollstuhl gestorben. Hat Ewigkeiten gedauert«, erklärt Hasenscharte. »Schlaganfall, Lähmung und dann verdurstet. Danach hat sie noch zwei Wochen ferngesehen. Todeskino bekam die Frau vor Ort nicht an einem Stück raus, also schmiss er ein Laken drüber und karrte sie bei Nacht weg.«

Seine Fingerspitzen streicheln über die schwarz verfärbten Beine der Leiche. Der Herrgott schenkte ihm zum Ausgleich für das Gesicht die Hände eines Pianisten. Leider benutzt er sie, um auf der Klaviatur der Grausamkeiten zu klimpern, statt einer Kirchenorgel die Passion von Bachsonaten zu entlocken.

»Todeskino hübscht die Dame hier auf. Maden abspülen, waschen, frisieren und schminken. Für die Kinder soll es aussehen, als ob sie schläft.« Der Einäugige zieht den Duschkopf aus dem Edelstahlbecken am Fußende des Tisches und wedelt damit Tropfen über die Tote, wie ein Priester bei der Segnung seiner Schäfchen mit Weihwasser. »Geheiligt sei deine Fassade. Wie im Leben, so bei den Toten«, murmelt er. »Denn dein ist das Sein und der Schein und dasselbe sein. Amen.«

Hasenscharte nimmt eine Plastikspritze vom Beistellwägelchen, mit der man auch einem Elefanten Einläufe verpassen könnte. Er stößt den Kolben nach unten, zieht ihn wieder auf und erfreut sich an dem anstößigen Geräusch.

»Die Hauptaufgabe von Bestattern besteht darin, den Angehörigen Valium fürs Gewissen zu verabreichen. Da unterscheiden sie sich nicht von den Pfaffensäcken. Der Pastor wird die Kinder bei der Trauerrede sicher nicht fragen, warum so viel Zeit verging, bis man die Frau fand, oder verkünden, dass alle Rabenmütter auf diese Weise verrecken sollten. Die meisten Leute sagen ihr Leben lang Grabreden auf, weil ihnen die Wahrheit peinlich ist.«

Er durchsucht ein Tablett neben der Leiche, auf dem Naturschwämme und ein Pinsel zwischen Feilen, Scheren und Spachteln liegen.

»Todeskino plapperte schon nach der ersten Zigarette wie ein Wasserfall. Ich musste gar nicht damit drohen, ihn mit Ardol zu füttern.«

Hasenscharte holt eine Dose von dem Tablett und zeigt sie mir.

»Sie füllen mit dem Zeug die Körperöffnungen der Toten. Das Puder verfestigt sich zu einer silikonartigen Masse, sobald es mit Leichensaft in Berührung kommt. Dann stopft man Wattestücke hinterher. Möglichst tief rein, um zu verhindern, dass was ausläuft.«

Seine Hände packen den Kopf der Toten und drehen ihn mit einem Ruck in meine Richtung. Es knackt, als das Genick bricht, und eine bräunliche Flüssigkeit tropft aus der Nase.

»Herr Todeskino hat heute nicht viel Zeit mit ihr verbracht«, sagt er.

Die Lider der Greisin öffnen sich halb und enthüllen von einer Haut überzogene Augen. Aus den Lungen des Leichnams entweicht Luft. Es klingt, als würde sie seufzen.

»Damit das nicht bei der Beerdigungsfeier passiert und die Gäste schockiert, träufelt der Bestatter Lipofix unter die Lider, bevor er sie zudrückt. Das Handy sollte man auch nicht im Anzug vergessen. Nachher ruft jemand an, und es spielt *Highway to hell.*«

Hasenscharte massiert die Wangen der Toten, um die Leichenstarre zu lösen. Dann drückt er die Lippen auseinander und klemmt ein Stückchen Würfelzucker dazwischen.

»Ich kann das Leckerli leider nicht tiefer versenken, weil Todeskino Gaumen, Nase und Mund von innen miteinander vernäht hat. Die Angehörigen legen Wert auf Pietät. Bei Fundleichen steht immer der Mund auf und die Zunge hängt raus.« Er führt vor, wie das aussieht. »Mir machen die Kadaver nichts aus. Ich fand umherlaufende Tote schon immer gruseliger als Leichen, deshalb habe ich auch Großvaters Tabletten vertauscht.«

Hasenscharte hebt ein Bein der Greisin an und deutet auf das faustgroße Loch in der Wade. Das Weiße muss der Unterschenkelknochen sein.

»Ich weiß nicht, was Menschen an Tieren finden. Sie lebte mit zwei Katzen in der Wohnung.«

Der Mann lässt das Bein fallen und holt eine Einwegspritze samt Insulinampulle aus seiner Hosentasche. Er entfernt die Plastikkappe, durchstößt die Gummierung der Ampulle und zieht die Spritze bis zum Anschlag auf.

»Du erlaubst doch, dass ich Du sage. Wir werden schließlich sehr intime Momente miteinander teilen.« Er öffnet Reißverschluss und Knopf meiner Hose, reißt das Hemd heraus und kneift die Bauchdecke zu einer Falte zusammen. Seine Pianistenfinger entwickeln den Druck von Zwingmuffen. »Ich stelle mich bei diesen Dingen immer so ungeschickt an. Hoffentlich bricht die Nadel nicht ab.«

Ein roher Stich, dann spüre ich das Brennen der unter die Haut jagenden Injektion.

»Die Dosis würde selbst einen Blauwal in den Unterzucker schießen. Wenn du Informationen von Wert lieferst, löse ich die Bremsen des Rollstuhls und der brave Borg darf sich sein Zuckerchen holen. Deine Arme bleiben gefesselt, aber du kannst die Zunge benutzen, um den Würfel aus dem Mund zu puhlen. Ich rate dir, dich zu beeilen. Wenn die Leichenstarre wieder einsetzt, klemmt er fest. Dann musst du ihn rauslecken.«

Mir kommt das Frühstück hoch. »Du bringst mich um, ob ich rede oder nicht.«

»Schon möglich, aber du kannst die Umstände deines Todes beeinflussen und dein Restleben angenehmer gestalten. Sollte ich dich aus dem Koma zurückholen müssen, warten andere Körperöffnungen auf dich, in denen du nach Zucker suchen kannst.«

»Mit dieser Verhörtechnik bist du bei Nessinger auch nicht weitergekommen«, sage ich. »Kein Wunder, dass dein Auftraggeber dir das Vertrauen entzogen hat. Null Informationen und noch 'ne Leiche am Hals.«

Hasenscharte greift in mein Haar und reißt den Kopf nach hinten. Das Geräusch knackender Halswirbel lässt sein Auge vor Freude glitzern. »Ich bin Spezialist für die Beschaffung von Wissen und Daten. Ein krisensicherer Job im Zeitalter der Informationsgesellschaft. Man könnte mich einen Fleisch-Informatiker nennen. Nein warte, Hacker trifft es besser.« Wenn er grinst, klappt der Lippenspalt auseinander und entblößt Zähne von makellosem Weiß.

»Bei Sürgü Gülnaz hast du es aber vermasselt«, sage ich, »deshalb musst du dich jetzt mit einem Aufpasser herumschlagen. Hatte dein Auftraggeber niemand Besseren zur Hand? Typen wie dieses Frettchen lernen schon in der Schule, dass man Dummheit am besten hinter Dreistigkeit verbirgt. Wenn sie denn hingehen. Dass du dich von so einem herumkommandieren lässt ...«

Ein Volltreffer. Hasenscharte keucht vor Wut, als er die Hand um meine Kehle legt. Sein Schraubstockgriff drückt mir die Luft ab und unterbricht die Blutzufuhr ins Gehirn.

»Halt's Maul«, zischt er.

Mein Gurgeln hallt von den Kachelwänden wider. Er lässt erst los, als Sterne vor meinen Augen kreisen. Ich sauge Luft wie ein Dyson, während Hasenschartes Gesicht hinter einem Tränenschleier verschwimmt.

»Du hast kein Recht, so mit mir zu sprechen«, sagt er. »Im Gegensatz zu euch beiden stoffwechsele ich nicht nur vor mich hin, um Teil der Statistik zu sein. Ich säubere diese Welt von Entbehrlichkeiten. Ihr funktioniert ersetzbar, wen kümmert's da, welcher Platzhalter die Informationen liefert? Taugst du nichts, zerlege ich die nächste Menschmaschine.«

»Leute mit deiner Einstellung arbeiten für gewöhnlich auf eigene Rechnung. Wer bezahlt dich? Was soll das mit den Silbermünzen und dem Hakenkreuz?«

»Du verschwendest deine Zeit.«

»Ich möchte nicht dumm sterben.«

»Willst du wirklich an der Oma lecken?« Seine Zunge macht es mir vor und fährt dann über die deformierte Oberlippe.

»Warum kam Todeskino in den Genuss deiner Behandlung? Ich dachte, er gehört zum Team?«

Hasenscharte zückt sein Schnappmesser. »Bin ich dein Frageonkel? Zeit zu plaudern, Borg. Du ahnst nicht, wie viel überflüssige Dinge man aus einem Menschen herausschneiden kann, bevor es das Reden beeinträchtigt. Also, wo versteckt sich Hakan?«

»Das wüsste ich auch gerne.«

»Wer hat den Krebs?«

»Keine Ahnung! Ehrlich!«

Hasenscharte fährt mit dem Messer über mein Gesicht. Für eine Trockenrasur ritzt er zu oft die Haut ein.

»Willst du auf Friseur umschulen?«, frage ich ihn.

»Du scheinst nicht am Leben zu hängen. Mal sehen, ob du deinen Einzelteilen mehr Interesse entgegenbringst. Welches Ohr soll ich zuerst abschneiden. Das rechte, oder das linke?«

Er sagt es so, dass kein Zweifel an der Ernsthaftigkeit seiner Absichten aufkommt.

»Die Detektei Mystica speichert ihre Ermittlungsergebnisse online«, sage ich. »Über mein iPhone kann ich jederzeit darauf zugreifen.«

»Verrätst du mir den Zugangscode freiwillig, oder darf ich mit dir spielen?«

»Dieses Smartphone arbeitet mit etwas Besserem als einer Zahlenkombination. Mein Gerät entsperrt man durch das Scannen des Fingerabdrucks. Tolles Feature.«

Hasenscharte taxiert mich ein paar Sekunden, aber er schluckt es.

»Du müsstest meine rechte Hand losschneiden«, fordere ich ihn auf.

»Ich könnte auch den Finger losschneiden.«

»Du weißt nicht welchen, und zum Ausprobieren bleibt dir keine Zeit. Mir wird schon übel und ich fange an zu zittern, was die Sache mit dem Scanner nicht vereinfacht.«

Er holt mein iPhone aus seiner Anzugjacke, schlitzt den Kabelbinder auf und hält mir das Gerät hin.

»Los, mach!«

Ich tippe zwei Zahlenkombinationen ein.

»Musst du nicht erst den Finger scannen?«, fragt Hasenscharte.

»Sieh es dir an«, fordere ich ihn auf. Er glotzt auf das Display.

»Ich kann nichts erkennen.«

»Nimm das andere Auge, oder halt das Telefon näher ran.«

»Was soll das? Da blinken Zahlen.«

»Genau genommen läuft ein Countdown ab«, sage ich.

Selbst einen Profi wie mich kostet es Tage im Bastelkeller, um die Zündung zu verkabeln und ausreichend Plastiksprengstoff in dem Gehäuse unterzubringen. Die Explosion entwickelt die Wucht eines Silvesterböllers und lässt das Smartphone in tausend Splittern um Hasenschartes Ohren fliegen. Er schreit vor Schmerz und das Schnappmesser schlägt klirrend auf den Fliesenboden. Seine linke Hand und das gesunde Auge dürften ein paar Tage nicht zu gebrauchen sein.

»Sie nennen es Selbstzerstörungs-App«, sage ich.

Der Killer tastet nach meinem Hals, um den Würgejob zu Ende zu bringen und erreicht den Aktionsradius meines Knies.

Manche Schmerzen kann man nur Männern zufügen.

Hasenscharte wimmert, fasst sich mit beiden Händen in den Schritt und sinkt zu Boden. Ich zerre den Rollstuhl ein

Stück hinter mir her und hebe das Messer auf. Meine Finger zittern so sehr, dass ich mir beim Aufschneiden des zweiten Kabelbinders beinahe in den Handrücken steche.

Die Steifheit in den Beinen lässt mich wie auf Stelzen gehen.

Ich schaffe es erst beim dritten Versuch, den Würfel zwischen den Lippen der Leiche hervorzuziehen. Hoffentlich reicht das bisschen Zucker aus.

Es kostet Überwindung, den verfärbten Brocken in den Mund zu stecken. Während er sich zu Sirup verflüssigt, zwinge ich mich, an schöne Dinge zu denken, um dem Brechreiz nicht nachzugeben. Ein Kiosco-Dorada aus dem Eisschrank nach einer Caldera-Wanderung auf La Palma. Der Schluck Marie Brizard hinterher und ein Barraquito mit Blick auf den Sonnenuntergang im Atlantik.

Mein Freund der Folterknecht beschäftigt sich noch mit Schmerzbewältigung.

Zeit zu verschwinden.

Hinter der Metalltür liegt ein Kellerflur. Hasenschartes Geschrei ruft seine Kumpane auf den Plan. Von rechts nähern sich Fußgetrappel und Fluchen, also laufe ich nach links, wo der Flur einen Knick macht.

Um die Ecke erwartet mich eine Sackgasse. Ich wähle die letzte der drei Türen.

Ein weiterer Kachelraum ohne Ausgang, aber in diesem stehen zwei Bahren, und es herrscht sibirische Kälte. Unter einem der Laken zeichnet sich ein Körper ab.

Verdammt.

Die Kühlkammer!

Das Schleifen der Tür verrät, dass jemand den Raum betritt. Ich halte die Luft an, um das Leinentuch nicht in Bewegung zu bringen.

»Lange her, dass ich Verstecken gespielt habe«, sagt Todeskino. Er versucht, ein Kichern zu unterdrücken.

»Mal überlegen. Wie viele Kunden liegen gerade auf Eis? Nur Herr Jablonski! Frau Schäfermeier wartet im Vorbereitungsraum. Aber wer benutzt dann die andere Bahre? Will sich da jemand eine Beerdigung erschleichen?«

Die Schritte stoppen vor meinem Versteck. Das Silikon der Nasenattrappe fühlt sich vor Handschweiß schon ganz glitschig an.

Todeskino reißt das Laken herunter. Der Anblick meines Gesichtskraters überlastet den Sicherungskasten in seinem drogenerweiterten Dachstübchen und lässt die Koksaugen flackern. Zum Schreien kommt er nicht mehr. Meine Faust trifft ihn am Kinn, seine Zähne krachen aufeinander, und er geht zu Boden.

Nach Knock-outs steht es jetzt unentschieden.

Ich schleiche durch den Flur am Vorbereitungsraum vorbei und beginne erst ein paar Meter weiter zu rennen. Eine Steintreppe führt nach oben und endet im Erdgeschossflur des Bestattungsinstituts. Der Eingang zum Atelier und das Büro fliegen vorüber, dann stolpere ich durch den Empfangsraum und reiße das Messingportal auf.

Der im Mondschein badende Steingarten liegt wie die Kulisse eines surrealistischen Schwarz-Weiß-Films vor mir. Ich stütze mich auf den Oberschenkeln ab und ringe nach Luft. Sterne ziehen Streifen über das Firmament und die Landebahnmarkierung schlängelt in sanften Wellenbewegungen zum Ausgang. Entweder tanzen die Lichter Samba, oder der Boden wirft Wanderdünen.

Zwei Drittel des Wegs liegen hinter mir, als das Universum in einen anderen Aggregatzustand übergeht. Luft bekommt Masse, dickt ein, bis man meint, Gelee zu atmen. Jeder einzelne Muskel will einen Befehl erhalten, bevor er sich bewegt. Ich erstarre wie ein in Harz versinkendes Insekt und die Welt um mich herum verliert ihre Gestalt, weil die Dinge zerlaufen, als hätte Gott sie in seiner Dalí-Phase erschaffen. Kein Plätschern und kein Käuzchen mehr, nur statisches Rauschen.

Der Druck zwingt mich zu Boden. Borg der Krabbelkäfer kriecht noch ein paar Meter Richtung Zaun, bis ihn im Blinken der Neonreklame die Kraft verlässt. Ich sehe mich aus der Vogelperspektive mit ausgestreckten Armen auf dem Gehweg liegen, dann verschwimmt das Bild zu Goldnebel.

Eingeschlossen in Bernstein ruhe ich auf dem Grund der See, und die Sandkörner murmeln ein Märchen von dem, was einmal war. Jemand zieht meinen Körper an den Füßen zurück zum Bestattungsinstitut. Bevor mich die Bewusstlosigkeit fortspült, spüre ich meine Finger wie die Zinken einer Gärtnerharke durch die Steinchen des Gehwegs gleiten.

KAPITEL 9

HERR DER DUNKLEN KISTEN

Um mich herum herrscht die Mutter aller Dunkelheit, und aus dem Wasserhahn Gottes tröpfelt Lautlosigkeit. Dem Meer der Ruhe entsteigt ein Murmeln, ein Mantra, ein Abzählreim.

Warte, flüstert es, warte nur ein Weilchen, bald kommt der schwarze Mann zu dir. Warte, warte nur ein Weilchen.

Ich kenne das Flüstern, erinnere mich an die Stille und ahne, wo ich bin, aber der Kern meines Seins weigert sich, es zu glauben, bis die Hände über den Samtbezug des Deckels und die Brokatverkleidung der Seitenwände fahren.

Aller guten Dinge sind drei, singe ich mir vor, um den Abzählreim zu übertönen. All die guten Dinge. Ich schreie die Worte gegen die Panik an, bis es in den Ohren schrillt. ALL DIE VERDAMMT GUTEN DINGE.

Ich liege in einem Sarg.

Mein Verstand klinkt aus.

Stille kleidet sich in viele Gewänder. Zwei Meter unter der Erde liegt ihr Totentuch schwer auf Körper und Seele. Platzangst verstärkt das Hämmern meines Herzschlags zu einer Base-Drum, und das Hecheln des Atems spielt die High-Hat dazu. Die Beklemmung verwandelt mich in ein Schlagzeug.

Meine Eisfinger ertasten den Riegel eines Fachs. Sie haben mich im Escape 2010 beigesetzt! Ein Tsunami aus Adrenalin und Hoffnung rast durch meine Venen. Ich reiße das Rettungsfach auf, bekomme aber weder ein Telefon, noch eine Schaufel oder das Sauerstoffgerät zu fassen. Nicht einmal eine Lampe, um etwas Trost in die Dunkelheit zu bringen. Im

Hohlraum befindet sich lediglich der Messingknopf zum Öffnen der Klappen. Wenn ich ihn drücke, beenden herabstürzende Erdmassen das Warten auf den Erstickungstod.

Meine Seelenverschanzung bekommt Risse. Sie verästeln sich und wachsen zu Spalten.

»Warte nur ein Weilchen«, flüstert mir die Stimme zu.

Sie klingt wie ein Zuchtmeister aus dem Sado-Maso-Studio. Mit jeder heiseren Silbe genießt er mein Ausgeliefertsein.

»Wenn die Staumauer birst, werden Bedürfnisse zur Springflut. Und damit meine ich nicht nur das Verlangen nach Licht, Luft und Freiheit. Spürst du den Druck auf deiner Blase? Einnässen erleichtert! Man überschreitet die Grenzen der Zivilisation. Ohne Selbstachtung erträgt der Mensch alles, also komm schon, Baby, lass es laufen.«

»Ich bin Herr der dunklen Kisten«, sage ich mir vor.

Er kichert wie jemand, der von Haus zu Haus schleicht, um Werbebroschüren des Wahnsinns zu verteilen.

»Du bist Sklave deiner Ängste. Ein Unberührbarer. Das haben sie dir in der Anstalt beigebracht! Pass dich dem System an und dämmere im Einerlei dahin. Scheinlebendige Pflichtwesen begraben ihre Träume dort, wo niemand sie findet. Und was kommt dabei heraus? Geklonte Tage verleihen Sicherheit, aber keinen Sinn.«

»Du existierst nicht!«, schreie ich ihn an.

»Bedeutet Existenz für dich, einen Körper zu besitzen? Leugnest du auch Strahlung oder Energie? Kleingläubigkeit verschwendet Lebenszeit. Tu das, was dir Spaß macht! Sei frei! Lebe für das Glück des Augenblicks, dann verspürst du auch in deinen letzten Stunden Zufriedenheit.«

Er summt die Melodie des Abzählreims.

»Schwer zu verstehen für jemanden, der sein Dahinaltern als wandelnder Selbstbeatmungsautomat verbracht hat. Brannte früher in dir nicht die Leidenschaft, deinem Entführer das Handwerk zu legen? Wer weiß, wie viele Jungs er nach dir geholt hat? Sie liegen alle auf deiner Seele. Statt diesem Ziel alles unterzuordnen, hast du dich der Belanglosigkeit ergeben und dein Herz in einer Tiefkühltruhe versenkt.«

Ich halte mir die Ohren zu, aber es nützt nichts.

»Was bleibt von Borg, wenn er jetzt hier krepiert? Komm mit mir, und ich ermögliche dir, all das zu tun, was du dich vorher nicht getraut hast. Auch mit Frauen.«

»Nur Dummköpfe begehen denselben Fehler zweimal.«

Er lacht mich aus. »Dann wünsche ich dir viel Spaß beim Verrecken! Ich höre schon das Wimmern und Zähneklappern, wenn es auf das Ende zugeht, und das Lamentieren über all die verpassten Gelegenheiten. Am schlimmsten wird dich die Erkenntnis treffen, dass du dein Leben lang bloß auf den Tod gewartet hast. Wenn man seine Pisse trinkt, dauert es drei Tage länger.«

»Ich bin Herr der dunklen Kisten!«, schreie ich ihn an und zwinge mich, nicht gegen das Holz zu treten oder mir die Haut von den Knöcheln zu klopfen.

»Wahre Herren wissen um ihre Allmächtigkeit«, raunt mir die Stimme zu, »greifen sich Raum und formen ihn nach eigenen Vorstellungen. Sie transformieren Wünsche zu Wirklichkeit. Das glauben sowohl die Quantenphysiker als auch die Esoteriker. Wir inkarnieren das Prinzip Gott.«

Er drillt mich wie einen Fisch, bis ich zu müde bin dagegen anzukämpfen.

»Ich könnte dich darin unterweisen«, flüstert er. »Es liegt in meiner Macht. Komm mit mir, und erlebe, was hätte sein können. Eine Einladung ins Paradies sollte man nicht ausschlagen. Riskier wenigstens einen Blick.«

»Ein Scheißdreck liegt in deiner Macht«, sage ich in die Dunkelheit. »Deine Illusionen sterben mit mir.«

»Aber du stirbst glücklich.«

»Falsches Glück frisst sich selbst.«

Mir fehlt die Überzeugung, und er merkt es.

»Lass mich dein Fährmann sein«, beschwört er mich, »und ich zeige dir das Eiland der Glückseligen. Bevor ich dich ans andere Ufer bringe, musst du allerdings eine Prüfung bestehen.«

Ich weiß, was hier vor sich geht. Borg, Gottkaiser und Rekordhalter der lebendig Begrabenen, verliert gerade das zweite Mal in seinem Leben den Verstand. Wenn ich die Prüfung des Fährmanns bestehe, für immer. Wenn nicht, auch. Mein Zeigefinger fährt über die beruhigende Kühle des Messingknopfs im Rettungsfach. Eine sehr endgültige Lösung des Problems. Vielleicht entkomme ich ihm durch einen Blackout, das verbraucht auch weniger Luft. Mein Kopf hämmert mit voller Wucht gegen den Deckel des Sarges.

KAPITEL 10

WELCOME TO THE HOTEL CALIFORNIA

Erwache!«, befiehlt eine Stimme.

Ich schlage die Augen auf und sehe in das Antlitz eines alten Mannes mit Rauschebart. An wen erinnert er mich? Gandalf? Catweazle? Der Eremit in *Das Leben des Brian*?

»Bist du Gott?«, frage ich ihn. Es klingt wie das Lallen eines Betrunkenen.

Ein Lächeln teilt den Bart.

»Da hört ihr es!«, ruft der Greis und hebt die Arme in Erwartung von Huldigungen und Applaus.

»Ich glaube nicht, dass du den Typen von den Toten erweckt hast«, sagt eine Mädchenstimme. »Die haben ihn bloß so abgeschossen, dass man keinen Puls mehr fühlt. Nicht mal die Jabbas lassen eine Leiche im Flur stehen. Außerdem tragen Tote keine Brillen. Wär' über.«

»Aber, er erkennt mich! Er nennt mich beim Namen!«

Gott trägt einen weißen Bademantel und Duschlatschen.

»Wo bin ich?«, frage ich ihn.

»Im Paradies!« Er lächelt. »Hier versorgen dich Engel mit Glückseligkeitspastillen und nehmen dir alle Last ab. Du brauchst dich um nichts mehr zu kümmern.«

Sein Antlitz verschwindet, und ich schaue auf eine Flurdecke. Ein Mädchen erscheint in meinem Blickfeld und tastet nach meiner Halsschlagader. Ihr schwarz gefärbtes Haar umrahmt einen Augenbalken aus Kajal, Lidschatten und Mascara. Sie scheint sich ihre Schminktipps bei Siouxsie von den Banshees zu holen. Auch das Nietenarmband über dem Handgelenksverband und die zwischen Nasenring und Lippenpiercing baumelnde Silberkette deuten auf ein Faible fürs Düstere.

»Willkommen in der Hölle«, begrüßt sie mich.

Aus den Kopfhörern um ihren Hals erklingt der letzte Klavieranschlag von *My immortal*.

Ich liege auf einer Bahre. Zwischen Gott und dem Mädchen steht ein Neandertaler mit vorgestülpter Unterlippe. Man sieht ihm an, dass er das Kopfrechnen nicht erfunden hat, aber mit bloßen Händen Walnüsse knackt. Was ihm an Haaren auf dem Haupt fehlt, quillt an Bauch und Armen unter einem zwei Nummern zu kleinen Homer-Simpson-T-Shirt hervor.

»Du bist auf Station 41/8«, sagt er und kratzt sich hinter dem Ohr.

»Krankenhaus?«, frage ich und sehe in betretene Gesichter.

»So was in der Art«, brummt der Neandertaler. »Nur für Gesunde.«

Fixierschlaufen fesseln meine Arme und Beine an den Metallrahmen der Bahre. Ich trage ein Flügelhemd und liege mit dem nackten Hintern auf der Plastikpolsterung.

»Aplerbeck!«, stöhne ich.

Kein Traum und kein Wahn, sondern die Wirklichkeit drückt ihren Arsch in mein Gesicht. Ich erkenne selbst den Dackelgeruch des Teppichs wieder. In diese Nervenheilanstalt haben sie mich schon bei meinem letzten Zusammenbruch eingeliefert. Aber wie bin ich hierher geraten?

»Dein Erlöser kommt uncool drauf«, sagt das Mädchen zu Gott und zieht sich den Träger ihres Gothic-Kleides wieder über die Schulter.

Kummer trübt die Augen des Greises. »Welche Wunder muss ich euch noch zeigen, damit ihr glaubt?«

»Wenn du Gott bist, was machst du dann hier?«, fragt Siouxsie.

Der alte Mann zuckt mit den Schultern. »Ihr wisst doch, wie es draußen zugeht und was passiert, wenn jemand der Welt offenbart, Gott zu sein. Bauen sie ihm einen Tempel und bringen jeden Tag etwas zu essen vorbei?«

»Warum nutzt du deine Allmächtigkeit dann nicht dazu, das ganze Elend aus der Welt zu schaffen? Den Hunger, die Kriege oder wenigstens den Kantinenfraß hier?«

Ein plötzlich heraufziehender Stimmungswechsel bläst alle Nachsicht aus den Gesichtszügen Gottes und nimmt das Sanfte in der Stimme gleich mit. »Wie mir diese Fragen auf die Nerven gehen! Warum machst du dies nicht, warum tust du das nicht? Es treibt mich in den Wahnsinn!« Das letzte Wort brüllt er schon. »Weil ich dann ein Diktator wäre, du Spatzenhirn. Kann man Verbote verbieten? Was käme als Nächstes, wenn ich auch nur für einen von euch die winzigste Kleinigkeit regeln würde.« Der Greis stampft mit seinen Badelatschen auf dem Boden herum. »Ach, lieber Gott«, jammert er, »mach mir bitte die Steuererklärung. Du kannst das viel besser als ich.« Er rauft sich den Rauschebart, stiert in die Runde und geht mit ausgestreckten Armen auf das Mädchen los.

»Du willst doch keine Frau würgen?«, ermahnt ihn der Neandertaler.

Gott hält inne und massiert sich die Schläfen.

»Richtig!«, sagt er und legt seine Hände um den Hals des Steinzeitmenschen.

»Könnte jemand dafür sorgen, dass man mich losmacht?«, bitte ich die drei.

Immerhin hören sie auf zu streiten.

Siouxsie beugt sich zu mir herunter, bis ihre Nase beinahe meine Attrappe berührt. Die Haare des Mädchens bilden einen Vorhang um mein Gesicht. Ein Zelt, unter dem wir uns begegnen.

»Wir sind doch nicht verrückt«, sagt sie.

»Willkommen daheim«, flüstert der Fährmann.

Während sein Gelächter verhallt, verschwimmt die Welt hinter Milchglas, schrumpft zu einem Dunstfleck und erlischt wie der letzte Leuchtpunkt eines Röhrenfernsehers.

Ich erwache mit pumpendem Herzschlag. Die Einrichtung des Krankenzimmers verströmt die Heimeligkeit eines sibirischen Straflagers. Solche Räume sehen überall auf der Welt gleich aus, als hätten die Innenarchitekten des Teufels bei einem Meeting festgelegt, dass dort Kahlheit herrschen soll. Bloße Wände bringen die Insassen zum Schreien, weil sich nichts anderes zur Ablenkung findet als die Abgründe der eigenen Seele. Man ist seinen Ängsten schutzlos ausgeliefert. In diesen Zimmern gibt es nichts zu zerstören, außer den Geist und den Willen. Macht kaputt, was euch kaputt macht – als Gegenentwurf des Establishments.

In jeder Ecke steht ein Krankenhausbett. Passend dazu sind vier Einbauspinde in die Wand neben der Nasszelle eingelassen. Ein halb geöffneter Plastikvorhang trennt Waschbecken und Spiegel vom Rest des Raums. Fertig.

Über meine Decke krabbelt eine Spinne. Bei der Kargheit hier muss sie sich von Tränen, Verzweiflung und Angstschweiß ernähren. Der Neandertaler sitzt am Fußende des Bettes und beobachtet ihren Streifzug.

»Hallo Zimmergenosse«, begrüßt er mich. »Ich freu' mich, dass du wach bist. Meine Freunde nennen mich Homer. Schnarchst du nachts? Verrätst du mir deinen Lieblingsfilm? Ich mag Terminator, aber nur den ersten Teil. Es gibt keine guten Cyborgs.« Seine Labrador-Augen künden von Treue,

Freundschaft und Loyalität. Er sammelt die Spinne auf und steckt sie sich in den Mund. »Keine Drohne«, sagt er kauend. Homer schluckt und kneift mir ein Auge zu. »Ich habe an deinem Kopf gelauscht«, sagt er. »Da tickt nichts.«

Im Moment sollte sich niemand zu weit auf das Glatteis von Homers Weltbild wagen und darauf herumstampfen. Ich höre das Knacken von Rissen und spüre eine Strömung unter der Oberfläche.

»Die erste erfreuliche Nachricht heute«, sage ich.

Das Lallen lässt mit der Wirkung des Beruhigungsmittels nach.

In Homers Hundeblick mischt sich etwas Wölfisches. Etwas, das nicht gehorcht, wenn man Sitz ruft. Etwas, dass seine Fangzähne in tickende Dinge schlagen will.

»Die Programmierer schicken Autos mit vier Kameras auf dem Dach durch jede Straße auf der ganzen Welt, um die Revolution vorzubereiten«, flüstert er mir zu und blickt sich nach allen Seiten um.

»Sie speichern Daten, unterwandern die Regierung und wollen alle Krankenkassenmitglieder zwingen, sich einen Mikrochip einsetzen zu lassen.« Sein Tonfall deutet an, was er von diesen Dingen hält. »Der Chip setzt Naniten im Körper frei. Winzige Roboter, die durch die Blutbahn bis ins Gehirn vordringen, sich vervielfältigen und das Gewebe ersetzen. Die Programmierer bringen die Dinger auch bei Grippeimpfungen in Umlauf. Man kann hören, wie sie im Kopf von Übernommenen arbeiten. Es tickt und klackert.«

Homer leckt über seine vorgestülpte Unterlippe. Sie glänzt vor Feuchtigkeit.

»Die Behörden wollten mir nicht glauben, da musste ich nachgucken, um es zu beweisen. Ich wusste schon lange, dass Mutter zu den Maschinenmenschen gehört.« Er kehrt zum Plauderton zurück und zupft an seinen Armhaaren. »Und weshalb bist du hier?«

»Das versuche ich gerade herauszufinden.«

»Gott behauptet, das Wunder mit den Handys sei ein Zeichen für die Ankunft des Erlösers.« Homer sieht mich an wie seinen persönlichen John Connor. Dann schlägt er sich mit der flachen Hand vor die Stirn, dass es klatscht. »Doktor Wenzel sagte, dass ich ihn holen soll, wenn du aufwachst«, sagt er. »Der Doktor ist in Ordnung. Er beschützt uns vor den Programmierern. Wir sehen uns dann später.«

Er wippt sich in die Höhe und tapst zur Tür wie ein Braunbär nach dem Winterschlaf.

»Wenn nicht, bin ich unten in der Bar eine rauchen«, rufe ich ihm hinterher.

Doktor Wenzel trägt eine randlose Brille im Allerweltsgesicht und das angegraute Haar zum Seitenscheitel gelegt. Der Mann dünstet ein solches Phlegma aus, dass sein Arztkittel auch ohne ihn Visite machen könnte. Auf der Straße und in Zivil erkennen ihn 90 Prozent seiner Patienten garantiert nicht wieder. Am Kragen des Kittels trocknen rote Spritzer. Nasenbluten hinterlässt andere Spuren, zumindest das eigene.

»Entschuldigen Sie, dass ich Ihnen nicht die Hand gebe ...«, sage ich und zerre an meinen Fesseln.

Er macht keine Anstalten, mich zu befreien, schenkt mir aber eine Unverbindlichkeit von Lächeln und setzt sich auf die Bettkante.

»Doktor Wenzel«, stellt er sich vor. »Wie geht es Ihnen, Herr Borg?«

»So wie ich lalle, gab es gestern wohl einen über den Durst.«

Er verzieht keine Miene.

»Wir mussten Sie nach der Zwangseinweisung sedieren, aber die Behandlungsmethode zeigt ja Wirkung. Sie machen einen ansprechbaren Eindruck.«

»Welchen Tag haben wir?«, frage ich.

Doktor Wenzel spitzt die Lippen und man sieht ihm an, dass er unter Borg zeitliche Desorientiertheit vermerkt.

»Donnerstag.«

»Wie komme ich hierher?«

»Keinerlei Erinnerung?« Er nickt zufrieden. »Ihr Körper und vor allem die Psyche müssen sich jetzt erst einmal regenerieren. Danach werden wir beginnen, das Trauma aufzuarbeiten.«

»Diese Kosten kann man der Krankenkasse sparen. Mir geht es hervorragend, glauben Sie mir. Ich müsste auch etwas Dringendes erledigen.«

»Der Aufenthalt in unserer Einrichtung dient Ihrer eigenen Sicherheit. Hören Sie Stimmen? Befehlen sie Ihnen, Dinge zu tun?«

»Nein!« Meine Antwort kommt zu hastig, um den Psychiater zu überzeugen.

»Mach Männchen, Lügner!«, flüstert der Fährmann.

»Bitte?«, fragt Doktor Wenzel.

»Ich habe nichts gesagt ...«

Sein Analytikerblick versucht, mich in ein Muster zu rastern. Er schiebt den Ärmel des Flügelhemdchens nach oben und begutachtet die Brandwunden auf meinem Arm.

»Selbstverletzungen. Sie kennen die fließenden Übergänge von einer posttraumatischen Belastungsstörung zu einer Psychose, nicht wahr? Schließlich waren Sie schon auf Station 41/7 in Behandlung. Unglücklicherweise ist dort Ihre Patientenakte abhandengekommen.«

»Meine Akte? Verschwunden? Wenn Sie mich jetzt gesundschreiben, sehe ich darüber hinweg.«

»Wir können Sie nicht gehen lassen.«

Er trifft diese Feststellung mit der Nüchternheit eines Vollblutmathematikers.

»Ich fühle mich zurechnungsfähig«, versichere ich ihm.

»Ihr Zimmergenosse hat seine Mutter nach dem Mittagessen an einen Stuhl gebunden und ihr den Schädel aufgemeißelt. Er erlebt sich auch als völlig normal.« Doktor Wenzels Absichten scheinen dahin zu zielen, mich auch ohne Vertragsunterschrift eine Weile an die Einrichtung zu binden.

»Man darf niemanden länger als vierundzwanzig Stunden hier einsperren. Dann muss ein Richter eine unabhängige Begutachtung vornehmen.«

»Der Richter war schon da.«

So klingt der Allmächtige, wenn er einer Amöbe erklärt, warum sie nicht mit den anderen Kranichen ins Winterquartier fliegen kann. Die Schreckensbotschaft zieht einen zusätzlichen Gurt aus Bedrückung um Brustkorb und Gemüt. Er könnte mir sogar eine Lüge auftischen, ohne Konsequenzen fürchten zu müssen. Doktor Wenzel hält hier das Monopol auf Wahrheit und jeder, der ihm nicht glaubt, gilt als Verrückter.

»Darf ich wenigstens jemanden anrufen?«

»Das könnte Sie zurückwerfen. Sie möchten doch ansprechbar bleiben?«

Eine mit Bedacht formulierte Warnung.

»Ich muss mit der Polizei sprechen. Meine Informationen könnten helfen, zwei Mordfälle aufzuklären.«

»Zeugenaussagen von Psychiatriepatienten taugen nichts vor Gericht. Niemand weiß, ob sie etwas beobachtet haben oder sich das Ganze einbilden. Außerdem kennt die Polizei Ihren derzeitigen Aufenthaltsort.«

»Sie sollten mich zumindest losbinden. Patienten dürfen nur mit Sitzwache fixiert werden.«

»Wieso, hier saß doch jemand?«

»Das war ein Patient, kein Pfleger!«

»Regt Sie das auf?«

Die Sachlichkeit seines Tons nimmt die Bedeutungslosigkeit meiner Antwort vorweg.

»Der Mann weiß, was es heißt, ein Herr zu sein«, flüstert der Fährmann.

»Ich möchte jemanden vom Beschwerdemanagement sprechen«, sage ich.

Das Desinteresse in Doktor Wenzels Miene verwandelt sich in Belustigung. »Dann müssen Sie samt Bett runter in die Verwaltung hoppeln.«

Die Spritze in seiner Hand lacht für ihn. Er hält fünf Asse und braucht nicht einmal eins im Ärmel zu verstecken. Meine Wut rüttelt an den Gitterstäben der Restbetäubung.

»Erhalten Sie Ihre Anweisungen direkt von Talbot, oder hängt einer seiner Vorgesetzten mit drin?«

Doktor Wenzel betrachtet mich mit der Gleichgültigkeit eines Metzgers, der das Gewicht des nächsten Schlachtschweins abschätzt. »Diese Äußerung beweist, dass Sie Ihre Situation nicht realistisch beurteilen können, Herr Borg.« Er zieht die Kappe von der Nadel. »Ich erkenne Symptome von Verfolgungswahn. Viele unserer Patienten glauben, in Wirklichkeit seien wir die Verrückten. Das gibt sich mit der Zeit.«

Doktor Wenzel holt eine Ampulle aus seiner Kitteltasche, sticht die Nadel durch den Gummideckel und zieht die Spritze auf. Ich tue ihm nicht den Gefallen an der Fixierung zu reißen, ihn zu beschimpfen oder zu schreien. Das würde die Dosis erhöhen.

»Jetzt heißt es ausruhen. Vielleicht können Sie heute Nachmittag schon an der Gruppenvisite teilnehmen.«

Er schnippt zweimal gegen den Spritzenkörper, dann spüre ich einen Einstich in meiner Armbeuge.

Im Clubraum der goldenen Reiter suchen sich die ersten Patienten einen Platz im Sitzkreis und starren auf die Bilder an den Wänden, als ginge von ihnen eine hypnotische Wirkung aus. Die Arbeiten stammen allem Anschein nach aus der Beschäftigungstherapie und zeigen in Wasserfarbe gebannte Innenwelten längst als geheilt Entlassener.

Gott hält ein Nickerchen und auch Homer kämpft nach Einnahme seiner Psychopharmaka mit der Dosis. Er starrt auf einen von Tüchern umflorten Freundeskreis in der Mitte des Sitzkreises, der auch Außerirdische beim Fortpflanzungsakt darstellen könnte. Wenn man zu lange hinsieht, beginnen sich die Tentakelarme zu bewegen.

»Hier trägt man Rückennummern statt Namen«, flüstert der Fährmann. »Du kannst dich zwischen Trikot und Sträflingsjacke entscheiden. Bist du ein Mannschaftsspieler und bereit, die Entscheidungen des Schiedsrichters zu akzeptieren, oder müssen sich Freigeister aus Gewissensgründen den Willen brechen lassen, bevor sie in der Spur laufen?«

Ich würde mir gerne ins Gesicht schlagen, um ihn zu vertreiben.

Die Karawane der Gedämpften schlurft zur Gruppenvisite herein. Langzeitpatienten erkennt man am Schiefhals und den zitternden Händen. Wandelnde Leichen, die den Rest des Tages ohne Plan und Ziel auf den Fluren umherlaufen, weil sie vor Unruhe weder sitzen noch liegen können.

Nasenketten-Siouxsie hockt sich neben mich, versetzt mir einen Schlag auf die Schulter und deutet auf die gardinenlosen Fenster.

»Die Attraktion der Station«, informiert sie mich. »Man sieht über halb Dortmund. Manchmal presse ich meine Nase gegen die Scheibe und stelle mir vor, auf der Fensterbank zu stehen, den Wind in den Haaren zu spüren und den Flug in die Freiheit anzutreten.«

Sie breitet die Arme aus und segelt auf ihrem Sitz herum.

»Wenn du dein Ohr ans Glas legst, hörst du das Rauschen der Stadt und die Abriebgeräusche der Menschen da draußen. Von hier oben sehen sie aus wie Ameisen, denen jemand mit einem Stock im Bau herumgestochert hat.«

Ihre Lebendigkeit überfordert mich.

»Wie gefällt dir dein Jogging-Anzug, Erlöser? In dieses lila Unisex-Monster stecken sie alle ohne eigene Klamotten. Daran erkennt man die Neuen. Siehst du das Bild links neben der Tür? Ersteilnehmer müssen ihm einen Titel geben und es interpretieren, um sich der Gruppe zu öffnen.«

Siouxsie stupst mich in die Rippen, bis ich die Malbemühung studiere. Das Gepinsel erinnert entfernt an ein Gehirn mit Flügeln vor einem brennenden Busch.

»Lass dir schon mal was einfallen«, fordert sie mich auf. »Meine Favoriten bisher waren *Spinnengott verschlingt Hamburg*, *Die zweite Dunkelheit in Tante Käthe* und *Doktor Wenzel macht Urlaub*.

»Haben sie dich bei der Tablettenausgabe vergessen?«

»Du meinst, im Gegensatz zu Haldol-Zombies wie Robin hier?« Sie deutet auf ihren rechten Nachbarn.

Der Jüngling mit dem kastanienbraunen Musterschüler-Haarschnitt und den Haselnussaugen hat sich Brustschnüre auf sein rotes Wams gemalt und ein R in die gelbe Ellipse über dem Herzen. Shorts und Handschuhe runden das Outfit ab.

»Rate, für wen er sich hält!« Sie stupst Robin hinter seinem Rücken an die rechte Schulter.

Er dreht den Kopf zum leeren Stuhl neben sich, stöhnt und schaut unter dem Sitz nach. Siouxsie gibt ihm eine Kopfnuss, und Robin reibt sich den Hinterkopf, ohne die Suche zu unterbrechen.

»Mich bekommen sie mit den amtlichen Downern nicht mehr ruhiggestellt. Ich pfeif mir seit Jahren alles ein, was die Pusher auf der Platte verticken. Um nicht aufzufallen, sollte man seinen Gesichtsausdruck natürlich anpassen. Ungefähr so!« Ihre Augen verwandeln sich in stumpfe Murmeln. »Ich muss jemanden anrufen«, sage ich.

»Das Stationstelefon am Eingang is' chronisch im Arsch. Schluckt das Geld, aber man bekommt nur den Verkehrsbericht dran, oder die Zeitansage und Klingeltöne zum Runterladen. Die Braven lassen sie im Dienstzimmer telefonieren.«

»Kannst du mir ein Handy besorgen?«

»Komisch, dass du danach fragst. Sämtliche Smartphones haben sich über Nacht in Luft aufgelöst. Puff. Einfach so. Ein Wunder! Hier geschehen so viele Wunder. Ich frage mich, wann der Papst deswegen mal vorbeischaut.«

»Konnte schon jemand von dieser Station entkommen?«, frage ich sie.

»Aus dem Hotel California?« Siouxsie springt auf. »You can check out every time you like, but you can never leave«, gröhlt sie und spielt dabei Luftgitarre.

Niemand nimmt Notiz von ihrem Auftritt.

»Du bist auf der Geschlossenen.« Sie lässt sich wieder neben mich plumpsen. »Hier schließen sie selbst die Fenster aus Sicherheitsglas ab. Nicht dass du einen Sprung aus dem achten Stock überleben würdest.«

»Man könnte die Pfleger mit Psychopharmaka außer Gefecht setzen. Wir müssten nur genug davon in die Kaffeemaschine bekommen.«

»Niemand schafft es, sich so viel Stoff vom Mund abzusparen. Im Giftschrank findest du reichlich von dem Zeug, aber das Ding verrammeln sie genauso wie den Apothekenschrank im Medizinischen Arbeitsraum. Keine Chance, da was zu besorgen.« Siouxsie zuckt mit den Schultern. »Kein Pfleger trägt alle Schlüssel am Bund. Du müsstest drei Leute ausschalten, bevor man an die Quelle kommt. Da kannst du auch gleich versuchen, einem der Jabbas den Passepartout für den Eingang zu klauen.« Sie legt den Arm um mich, als verbände uns eine Jahrzehnte währende Freundschaft. »Sieht so aus, als würden wir eine Menge Zeit miteinander verbringen.«

Das Haldol macht müde und hemmt das Denken, aber es nimmt auch die Angst, sonst könnte ich das Gewicht auf meiner Schulter nicht ertragen. »Der Lastenaufzug im Flur?«, frage ich sie.

»Wie willst du ohne aufzufallen in einen Wäschesack oder auf den Essenswagen kommen? Man könnte dich damit auch so nach unten fahren, aber die Tür des Aufzugs lässt sich von innen nicht öffnen.« Sie zählt die Nieten ihres Armbands ab wie einen Rosenkranz. »Außerdem arbeiten sie hier mit einem Funk-Notfallsystem. Sobald einer türmt oder austickt, drücken die Pfleger auf einen Alarmknopf und bekommen Verstärkung von den anderen Stationen. Bei Zwangseingewiesenen geben sie sogar eine Vermisstenanzeige bei den Bullen auf. Selbst wenn du es bis zum Hinterausgang schaffst, wartet da eine Hundertschaft mit Wasserwerfern auf dich.«

Doktor Wenzel betritt den Gruppenraum. In seiner Begleitung befinden sich zwei Pfleger mit so kurz geschorenen Haaren, dass man nicht daran ziehen kann.

»Ah, die Jabbas«, flüstert mir Siouxsie ins Ohr. »Den Fettsack nennen wir Jabba the Hutt und die Schmeißfliege neben ihm Jabberwocky. Die fiesesten Deckssäcke im ganzen Haus.«

Die beiden bauen sich am Eingang auf. Der Dicke trägt seine Übellaunigkeit wie ein Motto-T-Shirt, und sein Kollege sieht aus, als hätte der Teufel einen Brocken Gehässigkeit ausgekotzt. Man möchte ihn auf der Stelle mit einer Fliegenklatsche erschlagen.

Doktor Wenzel tritt in die Mitte des Sitzkreises und mustert die Patienten. »Guten Tag!«, sagt er. »Wer macht heute den Anfang?«

Eine besondere Stille senkt sich über den Raum. Sie entsteht, wenn viele Leute versuchen, sich unsichtbar zu machen.

Gott streckt die Arme von sich und gähnt. »Mein lieber Doktor Wenzel«, sagt er. »Wollen Sie nicht endlich Größe beweisen und meine Ratschläge beherzigen? Mit Zwang und Gewalt kommen Sie auf dem Weg zu einem erfüllten Ich nicht weiter. Ihre Schutzbefohlenen brauchen Zuwendung, Liebe und Verständnis.«

»Sonst jemand?«, fragt Doktor Wenzel und sieht in die Runde.

Ich bemerke eine Anspannung bei ihm, weil Gottes Appell die Autorität der Allväter untergräbt. In seinen Worten wohnt Wahrheit und alle im Raum können es spüren.

»So weit hat er sich noch nie aus dem Fenster gelehnt«, flüstert mir Siouxsie zu. »Er setzt jede Menge Hoffnung auf dich, Erlöser.«

»Wir alle gestalten das Paradies«, sagt Gott. »Machen es zu einem Quell der Harmonie. Das gelingt nur, wenn man sein Gegenüber annimmt und ihm Sympathie entgegenbringt. Entwickeln Sie bitte endlich Akzeptanz für die Existenzberechtigung geistiger Abweichung.«

Doktor Wenzel versucht, seinen Herausforderer mit Blicken niederzuringen. »Sie befinden sich hier nicht im All-

Inklusive-Urlaub samt Flatrate zum Bedröhnen«, fährt er den Greis an. »Mein Team bemüht sich, aus Ihnen ein belastbares Mitglied der Gesellschaft zu machen. Dazu gehört die Bereitschaft, unsere Regeln anzuerkennen, schließlich finanzieren wir Steuerzahler Ihre Unterbringung.«

»Jeder Mensch wünscht sich Entspannung, Glück und Freiheit. Was hält Sie davon ab, auch so zu leben?«

Man merkt Doktor Wenzel an, dass er darum kämpft, die Sachlichkeit zu bewahren. »Wenn hier jeder machen könnte, was er will«, sagt er, »hätte Herr Fricke Ihnen längst den Schädel aufgemeißelt.«

Gott steht auf und schlurft hinter Homers Stuhl. Bei jedem Schritt ertönt ein Schmatzen, weil seine Fußsohlen an den Badeschlappen kleben bleiben. »Die meisten Psychiater unterschätzen das Wesen des Menschen. Das, was ihn ausmacht. Sein innerstes Selbst. Homer würde mir niemals etwas antun, weil er zwei sehr wertvolle Dinge besitzt: Freundschaft und Freizeit. Da packt Menschen wie Sie der Sozialneid, nicht wahr?« Nach einem Friseurtermin und ohne den Bademantel gäbe er einen eindrucksvollen Verteidiger vor Gericht ab. »Vorschriften werden von Leuten gemacht, die Befriedigung aus der Unterdrückung anderer ziehen. Sie brauchen eine moralische Rechtfertigung für ihre Lust an der Bestrafung. Wenn man sich jeden Tag in ein Stützkorsett für Rückgratlose zwängt, beengt das nicht bloß die Phantasie. Wie steht es eigentlich um Ihr Liebesleben?«

Doktor Wenzel rückt seine Brille zurecht. »Lassen wir Ihren Freund entscheiden, ob er in der Verlässlichkeit, Struktur und Sicherheit einer Insel des Gesundens leben will, oder mit Ihnen die Freiheit genießen möchte. Wie wäre das, Herr Fricke? Ich könnte Sie beide heute Abend entlassen.«

Homer erbleicht und streckt ihm die gefalteten Hände entgegen. »Bitte nicht, Doktor Wenzel«, fleht er. »Ich möchte hier bleiben. Draußen warten sie auf mich! Der Opa soll alleine gehen, dem passiert schon nichts.«

Gott streicht ihm über die Glatze, massiert seine Schultern und beginnt ihn dann zu würgen.

Die Jabbas sind mit drei Schritten da, drehen dem alten Mann die Arme auf den Rücken und zerren ihn von seinem röchelnden Opfer fort. Gott schreit und strampelt im Griff der Pfleger, bis Jabberwocky einen Elektroschocker aus seiner Hosentasche fischt und ihm das Gerät unter die Nase hält. Der Greis reißt die Augen auf und seine Gegenwehr erlahmt.

Doktor Wenzel zieht den Bademantelgürtel auf wie die Schleife eines Weihnachtsgeschenks. »Manchmal muss es wehtun, damit ein Patient den Unterschied zwischen Wirklichkeit und Wahnsinn erkennt. Dieser Mann glaubt, Gott zu sein, bekommt aber jedes Mal einen Tobsuchtsanfall, wenn die Dinge nicht so laufen, wie er sich das vorstellt. Seine Persönlichkeitsstörung offenbart sich allerdings an einem anderen Merkmal.«

Gott steht in Feinrippunterhose vor der versammelten Mannschaft und aus seinen Augen quillt das Leid einer gedemütigten Kreatur.

»Seht ihr den Bauchnabel?«, fragt Doktor Wenzel in die Runde. »Wenn Gott existiert, dürfte er keinen haben. Andernfalls sollte er uns endlich seine Mutter vorstellen!«

Der Grundriss eines Fluchtplans nimmt vor meinem inneren Auge Gestalt an. Er beinhaltet zu viele Unwägbarkeiten, um Zuversicht zu verbreiten, aber es fühlt sich besser an, als auf seine Lobotomie zu warten. Ich stehe auf und steige auf meinen Stuhl.

»Was soll das?«, flüstert der Fährmann. »Ein unsichtbarer Mann taugt nicht als Revolutionsführer.«

Es klingt nervös, als hätte er Angst, dass ich ihm entkomme.

»Captain, mein Captain«, rufe ich.

Der Auftritt friert alle Bewegung ein. Auf dem Standbild lastet Stille, schwer wie Donnerhall. Menschen können mit ihrer Ausstrahlung ganze Räume einnehmen, aber hier passiert mehr als das. Die Mär vom Erlöser hat die Runde gemacht. Meine Mitinsassen halten die Luft an, weil sie etwas von mir erwarten. Ein Wunder oder das totale Scheitern.

Siouxsie erspürt die Bedeutung des Moments und steigt auch auf ihren Stuhl.

Wenn die erste Bresche geschlagen ist, baut sich Druck auf. Irgendwann steht der Zweite auf, danach der Dritte und am Ende sprengt der Glaube an Gerechtigkeit die Festungsmauern des Tyrannen. Es braucht nur einen Mutigen, der anfängt.

Auch die anderen erinnern sich an den *Club der toten Dichter* oder erfassen intuitiv die Symbolik dieses Kampfes für sich, Gott und die Welt. Räuspern und Stühlerücken setzen ein. Das erste Mal, seitdem wir hier sitzen, sehen sich die Teilnehmer der Gruppenvisite in die Augen und nicht auf ihre Füße. Den Blicken folgt Getuschel, dann erhebt sich einer nach dem anderen. Mit wackeligen Beinen und Zitterhänden, aber sie stehen auf. Die Ungeheuerlichkeit der Auflehnung gibt ihnen ein Stück Würde zurück. Einige versuchen sogar, ihre Stühle zu erklimmen.

Doktor Wenzel runzelt die Stirn. Wahrscheinlich überschlägt er im Kopf, ob die Zwangsjacken der Station für eine Palastrevolution ausreichen. »Was wollen Sie überhaupt?«, fragt er mich.

»Ein Telefongespräch führen.«

Meine Mitinsassen suchen nach einer geheimen Botschaft hinter den Worten. Anscheinend hatten sie etwas Heldenhafteres von ihrem Erlöser erwartet. In Gottes Gesicht steht das blanke Entsetzen.

Doktor Wenzel lächelt. »Warum sollten Sie das Telefon nicht benutzen dürfen?« Er gibt den Jabbas ein Zeichen. »Bringt Herrn Borg zum Fernsprechapparat.«

Die Pfleger schleppen mich durch den Flur, als müssten sie einen Verwundeten hinter die Frontlinie bringen.

»Ich kann ganz gut alleine laufen.«

Sie lassen meine Arme los. Jabberwocky stellt mir ein Bein, und sein Kollege versetzt mir einen Stoß in den Rücken. Das Haldol drosselt die Körperreflexe auf das Reaktionsvermögen einer Nacktschnecke, sodass es bei dem Versuch bleibt, den Sturz mit den Händen abzufangen. Der Boden trifft mich härter als ein linker Haken von Mike Tyson.

»Ohne unsere Hilfe gehst du wie so 'n Spasti«, sagt Jabberwocky und tritt mir in die Rippen.

Mein Schmerzensschrei ruft niemanden herbei.

»Gott sei Dank war er schon vorher verbeult, sonst wären wir es wieder gewesen.«

Ihre Stimmen dringen durch einen Vorhang aus Schmerz an mein Ohr.

Jabba the Hutt dreht mir die Arme auf den Rücken und lässt sich schnaufend darauf nieder. Sein Kollege greift in mein Haar, reißt den Kopf vom Boden und schiebt mir den Elektroschocker in den Mund, bis ich würgen muss. Dass ihr Treiben mitten im Flur Aufmerksamkeit erregen könnte, scheint die beiden nicht zu stören.

»Glaub mir Kumpel«, sagt Jabberwocky, »Elektrizität kann heilen, Halleluja. Sie kuriert dich davon, aus der Reihe zu tanzen. Wenn du das nicht verstehen solltest, drücke ich bei unserer nächsten Meinungsverschiedenheit auf den An-Schalter.«

Das Gewicht des Fettsacks presst alle Luft aus meinen Lungen.

»Wir behandeln dich, bis du nach Anweisung funktionierst. Wechselbäder mit kaltem und eiskaltem Wasser, Isolation im Dunkelzimmer, und nicht zu vergessen unsere Hausmarke als Saft oder in Tablettenform. Entweder wirst du hier von alleine lustig, oder wir geben dir was dafür.«

Jabberwocky betrachtet mich mit der Teilnahmslosigkeit einer Gottesanbeterin, die gerade ihren Sexualpartner verspeist hat. »Siehst du, wie traurig der Herr Borg guckt?«, leiert er herunter. »Wir sollten dem Doktor Bescheid sagen, damit er mehr Medizin bekommt.«

Sie machen sich nicht die Mühe, mir auf die Beine zu helfen, und schleifen mich an den Armen aufs Zimmer.

KAPITEL 11

DOKTOR CLOWN FLIEGT ÜBER DAS KUCKUCKSNEST

Dösen dehnt die Zeit und lässt die Geister der Vergangenheit Gedanken kauen, bis das Zahnfleisch blutet. Oben wie unten, innen wie außen – und es gibt nichts zu erreichen. Wir sind Teil einer Maschinerie, deren Schwungrad alle Ruhe aus uns herauspresst, weil langsamer voranzurasen den Zusammenbruch des Systems bedeutet, und jedes Mal, wenn Egoismus über Menschlichkeit siegt, reproduziert sich eines ihrer Relais. Ich hätte etwas Größeres bewirken können, als nur mir selbst zu helfen, und es grandios vermasselt. Wer die Festungsmauern des Tyrannen sprengt, sollte niemals allein durch die Bresche gehen.

Von Zeit zu Zeit dringt das Gezänk der Zimmernachbarn in meinen Bunker aus Apathie, aber es klingt zu belanglos, um auch noch meine Aufmerksamkeit zu fesseln. Ihr Streit läuft nebenher wie eine Vormittags-Talkshow bei den Privaten.

Mein Interesse am Tagesgeschehen kehrt erst zurück, als sich die Tür öffnet.

Das Tosca der eintretenden Frau benötigt keine Sekunde, um mir den Geruch von Bergamotte, Jasmin und Tantenhaftigkeit aufzudrängen. Die Kleidung steht dem Parfüm in nichts nach, allerdings scheitern der Etuirock und das passende Kostümjäckchen bei dem Versuch, der Größe ihrer Trägerin Eleganz zu verleihen. Ein Schiffchen auf der Nana-Mouskouri-Frisur komplettiert das Stewardessen-Outfit.

Das Streitgespräch zwischen Homer und Gott verstummt.

Die Wuchtbrumme schwenkt eine Handtasche und rauscht mit klackernden Pumps und wogendem Busen auf mich zu. Ein Déjà-vu will mir weismachen, dass ich dieser Person in einem anderen Leben schon einmal begegnet bin. Dann entdecke ich den Grund dafür. Hinter den Gläsern der Hornbrille funkeln meergrüne Katzenaugen. Mein Herzschlag setzt aus.

»Hallo Romanov«, sagt Gott. »Lange nicht gesehen.«

So muss sich ein Teichmolch fühlen, den man ins Gefrierfach legt. Während ich in Winterstarre falle, verdichtet sich die Gewissheit, in einer Scheinwelt zu leben, und ich suche nach weiteren Anzeichen beginnenden Wahnsinns. Die Angst, den Verstand zu verlieren, treibt meinen Puls in einen panischen Galopp.

»Lass uns gehen«, flüstert der Fährmann, »gepackt hast du ja schon.«

Die Frau setzt sich auf meine Bettkante und nimmt die Brille ab. Dann pellt sie die Spitzenhandschuhe von den Fingern, um ihre Kontaktlinsen herauszunehmen.

Romanovs Augen identifiziere ich unter Tausenden, weil in ihnen Zigeunerfeuer glimmt.

»Ohne den Stock hätte ich dich fast nicht erkannt«, begrüße ich meinen Partner. Hoffentlich hört er mir die Erleichterung nicht an. Ich deute mit dem Kopf Richtung Gott. »Ihr kennt euch?«

»Der Gevatter lebte schon hier, als sie mich auf dieser Station einlieferten«, sagt Romanov. »Angeblich haben sie ihn in Toga und Sandalen auf dem Westenhellweg eingesammelt. Er konnte sich nicht ausweisen und schlug die Polizisten mit einem Schild, auf dem stand, dass Jesus rettet.«

»Kaum zu glauben, dass du dein Bärtchen opferst, nur um mich zu erschrecken.«

Mein Partner sieht mich an, als versuchte er abzuschätzen, wie viel man mir zumuten kann. »Sie behaupten, dass du nicht ansprechbar bist, und bewachen diese Station besser als die Area 51, um zu verhindern, dass man dir einen Besuch abstattet. Und es wollen einige Leute mit dir reden, vor allem Reporter wegen eines Exklusivinterviews. Uns geht jede Menge Geld durch die Lappen.« Er holt eine Zeitung aus dem Handtäschchen und zeigt mir das Titelblatt. Die Überschrift des Leitartikels nimmt eine halbe Seite ein: *Ist das der Serienkiller?* Darunter prangt ein Foto von mir. Selbst die gestrigen Opfer des blutsaugenden Kaninchenköpfers müssen sich mit einer Randglosse begnügen.

»Schlagzeilen verkaufen sich besser als die Wahrheit«, sagt Romanov. »Da lobe ich mir die Bildzeitung. Die bedeckt ihre Interessen wenigstens nicht mit dem Mäntelchen des objektiven Journalismus. Da sie niemanden zu dir lassen, musste ich mich verkleiden und vorgeben, jemand anderen zu besuchen.«

»Was ist passiert?«, frage ich ihn.

Romanov stochert mit einem Imbusschlüssel in den Druckknopfschlössern meiner Fixierung herum, bis sie aufschnappen.

Homer tritt neben ihn, und sieht interessiert zu.

»Die Geschichte hört sich so abgedreht an, dass wir sie den Produzenten der *Twilight Zone* als Drehbuch anbieten sollten. Du kannst dich an nichts erinnern?«

Er quittiert mein Kopfschütteln mit einem Schulterzucken.

»Ich begann mir Sorgen zu machen, weil du über das Handy nicht zu erreichen warst, als Lorelei im Büro anrief. Sie flehte mich an, mit einem Spaten zum Nordfriedhof zu fahren, und ein frisches Grab ohne Kränze zu suchen.« Mein Partner holt ein Kaugummi aus seinem Mund, teilt es und presst die Stücke in das Innere der Druckknöpfe.

»Lorelei behauptete, ein Besucher aus dem Jenseits hätte ihr die Botschaft überbracht, dass du dort begraben liegst. Sie bettelte so lange, bis ich bei der Zigeunerehre meiner Mutter schwor, auf der Stelle loszufahren. Die Leute in der U-Bahn hielten mich für einen Spinner, und genauso kam ich mir auch vor.«

»Du hast da einen Popel in der Nase«, sagt Homer zu mir.

»Ich fand eine entsprechende Beisetzungsstätte, aber es kostete jede Menge Überwindung, mit dem Graben zu beginnen. Man stört ja nicht jeden Tag die Totenruhe einer Leiche. Ich weiß nicht, wer von uns beiden mehr mit den Augen rollte, als ich den Sargdeckel öffnete. Du nanntest mich Hermann und gingst mir ans Schlafittchen, um das Flüstern aus deinem Kopf zu bekommen. Mir blieb nichts anderes übrig, als den Notarzt zu rufen. Ich muss mich wohl bei Lorelei entschuldigen.« Romanov präsentiert die meergrünen Kontaktlinsen. »Leider stieß ich bei dem Versuch, meinen Vorsatz in die Tat umzusetzen, auf Schwierigkeiten. Die Gute hat das Johannis-Hospital so überstürzt verlassen, dass sie sogar ihre Augenfarbe zurückließ.«

»Einen Brummer von Popel«, sagt Homer und späht in meine Attrappe.

»Der Anrufbeantworter von Doktor Hocheaux verkündet seit zwei Tagen, dass ein Mitarbeiter des Instituts sobald als möglich zurückruft«, sagt Romanov. »Ich habe vorsichtshalber auch deine Handy-Nummer auf dem Band hinterlassen.«

»Das iPhone kannst du ebenfalls auf die Verlustliste setzen. Wer nichts mehr hat, kann alles geben.«

»Darf ich ihn dir wegmachen?«, fragt Homer und beugt sich über mich.

»Eher gebiert der Papst Drillinge!«, fahre ich ihn an.

»Er hat in der Sache aber recht«, sagt Romanov.

»Ihr nehmt jetzt alle beide eure Finger aus meinem Gesicht! Ich werde mich selber darum kümmern.«

Beim Aufsetzen fährt mein Kreislauf ein paar Runden Karussell mit mir, dann tapse ich auf nackten Sohlen zum Nassbereich und ziehe den Vorhang mit solchem Schwung hinter mir zu, dass die Hartplastikschlaufen im Akkord über die Metallstange klackern.

Der zweite Blick in die von Schorfkanälen durchzogene Vollmondlandschaft meines Gesichts kostet noch mehr Überwindung. Ich sehe aus, als gehörte ich hierher. Im rechten Nasenloch hängt tatsächlich etwas Schwarzes mit drei Beinchen.

Ich nehme die Pinzette aus dem Zahnputzbecher, packe den Eindringling und ziehe, aber ein viertes Bein krallt sich in das Silikon. Erst ein Ruck befördert den ungebetenen Gast heraus.

Es dauert eine Weile, bis ich die Bedeutung meines Fangs verinnerliche.

Zwischen den Metallarmen der Pinzette klemmt eine Wanze. Kein Tier, sondern ein Abhörgerät.

Mein Gesicht strahlt die Hitze eines havarierten Atomreaktors ab. Kein Wunder, dass Lorelei von meiner Bestattung wusste. Sie hat alles mitgehört!

Ich könnte kotzen. Borg, der Unberührbare, verfällt einem Paar Kontaktlinsen und lässt sich wie ein Nasenbär in der Manege herumführen. Eisenbänder pressen mein Herz zusammen und rasten ein. Sie umschließen die Kernschmelze und bewahren mich vor gesottenen Innereien.

»Es ist eine Wanze«, informiere ich Romanov, ohne den Schutz des Vorhangs aufzugeben. »Lorelei muss sie mir nach unserem Unfall eingesetzt haben. Ihre intimen Kenntnisse meiner Vergangenheit verdankt sie im Übrigen dem Studium meiner Patientenakte und nicht der Gabe, mit den Toten sprechen zu können.«

»Glückwunsch, Kombiniermaschine«, flüstert der Fährmann. »Bald verwandeln sich deine Nerven in Kabel und reduzieren deine Gefühle auf elektro-chemische Reaktionen.

Willst du nicht auch endlich leben? Spüren, was es bedeutet, Mensch zu sein? Lass zu, dass dich der Schmerz überrollt, herumwirbelt und fortspült an einen anderen Strand. Reich mir die Hand, Robinson! Was bleibt dir?«

Ich reiße den Vorhang beiseite. Mein Gesichtsausdruck sorgt bei den anderen für Unbehagen. Der Anblick der Wanze auf meiner Handfläche entlockt Homer einen anerkennenden Pfiff.

»Kommt Doktor Clown noch ins Haus?«, frage ich ihn.

»Jeden Freitagnachmittag«, ruft er und klatscht vor Freude in die Hände.

»Zeit für die Abschiedsvorstellung«, sage ich zu Romanov. »Bis dahin müsstest du ein paar Besorgungen erledigen und meiner Kellerwerkstatt einen Besuch abstatten.«

Am zweiten Tag ihres Meetings legten die Innenarchitekten des Teufels fest, dass der Hauptzweck kahler Räume darin bestehen soll, in ihnen auf etwas zu warten. Es gibt keine schlimmere Folter. Die Zeit tropft wie Sirup von der Decke und das Bettlaken beginnt zu brennen.

Dann endlich öffnet jemand die Tür und imitiert ein Knarren dazu.

Ein Mann mit Glatze, rotem Haarkranz und Pappnase im Clownsgesicht steckt seinen Kopf durch den Spalt. »Ratet mal, wer heut' Visite macht?«, ruft er in das Zimmer.

»Doktor Clown!«, antworten wir im Chor, aber nur bei Homer klingt Begeisterung mit.

»Einer von denen ist nicht angebunden«, sagt der Spaßtherapeut zu jemandem hinter ihm.

»Der tut keiner Fliege was«, sagt Jabba the Hutt.

Er schiebt den Mann ins Zimmer, schließt die Tür und lässt uns allein.

Unter dem Arztkittel des Besuchers schaut eine bunte Flickenhose hervor. Doktor Clown fummelt an seinem Stethoskop herum und zieht eine Hupe aus dem Hosenbund.

»Honk!«

Er watschelt ein paar Schritte ins Zimmer, stolpert über seine Elbkahn-Schuhe und fängt mit rudernden Armen gerade soeben einen Sturz ab.

Homer lacht und klatscht in die Hände.

Doktor Clown steckt die Hupe wieder in den Hosenbund und holt unter leisem Fluchen einen Flachmann aus dem Kittel. Er schraubt ihn auf, nimmt einen Schluck und fährt sich mit dem Ärmel über den Mund. »So!«, sagt er. »Schon besser! Soll ich euch einen Witz erzählen?« Er sieht in die Runde und kneift uns ein Auge zu. »Kommt ein Patient zum Psychiater und klagt: ›Herr Doktor, Herr Doktor, helfen Sie mir! Meine Frau denkt, ich wäre ein Hund.‹ ›Na, beruhigen Sie sich erst einmal‹, sagt der Psychiater, ›und legen Sie sich hier auf die Couch.‹ Jammert der Mann: ›Ich darf doch nicht auf die Couch.‹« Doktor Clown kichert und drückt auf die Hupe.

»Honk. Honk.«

»Ein Wau-Wau-Witz geht noch! Pass auf! Mein Hund hat einen Stammbaum, hinten im Schlossgarten. Und einen Adelstitel. Er heißt ›Runter vom Sofa‹.« Der Spaßvogel klopft sich auf die Schenkel und bekommt vor Lachen keine Luft mehr.

Das Doktor-Clown-Konzept läuft mit Riesenerfolg in Kliniken auf der ganzen Welt. Zu meiner Zeit griff die Anstaltsleitung allerdings auf Mitarbeiter zurück, die für diese Aufgabe ausgebildet waren. Angesichts des Finanzdrucks im Gesundheitswesen bucht man jetzt scheinbar Discountkomiker.

Homer baut sich vor dem Spaßtherapeuten auf. »Der andere Clown ist viel lustiger«, sagt er.

»Wenn du mich anpackst, Schwachkopf, ruf ich die Wärter«, fährt Doktor Clown ihn an. Er genehmigt sich einen weiteren Schluck aus dem Flachmann.

»Das Altenheim und die Spastis waren ja schon der Horror, aber der Laden hier schlägt alles. Erst tanzt so eine Riesentante mit mir Klammerblues, dann schicken sie mich zu Publikum mit Anspruch. So kann ich nicht arbeiten!«

Homer leckt sich über die vorgestülpte Unterlippe wie ein Gecko auf Amphetamin.

Doktor Clown stutzt, kratzt sich auf der Glatze und lauscht.

Jetzt höre ich das Ticken und Klackern auch. Romanov ist es gelungen, dem Spaßvogel einen Mini-Funk-Lautsprecher unterzujubeln.

Unser Besuch lässt Homer nicht aus den Augen und stolpert rückwärts zur Tür. Bevor er sie erreicht oder schreien kann, liegen Neandertalerhände um seinen Hals und heben ihn so hoch, dass die Elbkähne einen halben Meter über dem Boden zappeln. Doktor Clown bekommt lediglich ein Röcheln heraus. Seine Fäuste trommeln ohne Wirkung auf Homers Kopf herum.

Showtime! Die Uhr läuft.

»Achtung! Achtung!«, tönt es unter dem Kittelkragen des Clowns hervor. »Hier spricht Doktor Wenzel aus der Zentrale!«

Romanov trifft die unterkühlte Sachlichkeit des Originals in Perfektion.

»Die Revolution beginnt in T minus drei Stunden! Dann schalten wir alle Übernommenen gleich und bringen die wichtigsten Kommandozentralen des Landes unter unsere Kontrolle. Haltet euch bereit! Niemand kann die Programmierer jetzt noch aufhalten!«

Homer schlägt die Hände vors Gesicht, und Doktor Clown plumpst zu Boden.

Ich zerre an meiner Fixierung. Romanovs Kaugummi-Füllung hindert die Druckknöpfe am Einrasten und nach zwei weiteren Versuchen, springen sie von den Verschlussbolzen.

»Wie hast du das gemacht, Junge?«, ruft Gott von seinem Bett aus. »Das will ich auch können!«

Ich hole die Handtasche meines Partners unter dem Kopfkissen hervor, nehme das Chloroformfläschchen und schütte etwas von der Flüssigkeit in einen Wattebausch, um den zur Tür kriechenden Clown ins Reich der Träume zu schicken.

»Und Doktor Wenzel führt sie an!« Homer kann es nicht fassen. »Die Wanze in deiner Nase war die Vorhut. Ein Späher. Sie wollen uns alle assimilieren!«

Es kostet Überwindung, meine Hände auf seine Schultern zu legen. »Du weißt, was wir tun müssen?«

Homer beißt die Zähne aufeinander und salutiert.

»Bevor wir in die Schlacht ziehen, möchte ich ein paar Dinge vorbereiten«, sage ich. »Sorg bitte dafür, dass inzwischen niemand reinkommt.«

»Ein weiterer Freiwilliger meldet sich zur Truppe«, schreit Gott. »Bindet mich los!«

Ohne die Pappnase und seine Kunstglatze sieht Doktor Clown aus wie ein magenkranker Alkoholiker, den seine Kinder beim Rauschausschlafen mit Niveacreme und Lippenstift bearbeitet haben.

Ich ziehe ihm gerade die Riesenschuhe aus, als jemand an der Türklinke rüttelt.

»Es ist vorbei«, flüstert der Fährmann. »Schluss! Aus! Bye bye! Sie kommen! Sie kommen, um dich zu holen!«

Fäuste hämmern gegen die Tür. »Macht auf, ihr Idioten!«

Klingt nach Siouxsie. Ich gebe Homer ein Zeichen, dass er die Tür einen Spalt öffnen soll, und das Mädchen schlüpft ins Zimmer.

»Auf der Station rumort es«, berichtet sie, »Die faseln alle was von einem Nebel, und so eine Riesentusse versucht gerade, Herrn Pallhuber zu hypnotisieren.« Siouxsie stutzt, als sie Doktor Clown auf dem Boden liegen sieht. »Was geht denn hier ab?«

»Erlösung«, sage ich und reiche ihr den Imbusschlüssel. »Es wird Zeit, Gott zu befreien. Ich bin Borg.«

»Dann ist Widerstand wohl zwecklos«, sagt sie.

Die Silikonpassage unter der Brille zu schminken, erfordert Geschick, zumal der Arztkittel eine Nummer zu klein ausfällt und unter den Achseln kneift. Auch das von der Plastikglatze verursachte Jucken auf der Kopfhaut stellt meine Geduld auf die Probe.

Die Stewardess platzt ins Zimmer. »Einer von uns beiden hält den Zeitplan nicht ein«, sagt Romanov und mustert mich von oben bis unten, »aber du siehst lustig dabei aus.«

»Ich mache hier die Späße. Wie lief es bei dir?«

»Showhypnose funktioniert nur, wenn sich die Probanden darauf einlassen. Ich hatte noch nie so viele Freiwillige. Rollt die Konterrevolution?«

»Siouxsie müsste jeden Augenblick den Feuermelder einschlagen. Gott wartet vor Wenzels Büro auf den Alarm und Homer bereitet sich darauf vor, den Nebel des Grauens über den Flur wabern zu lassen.«

»Findest du den Einsatz des Schockers nicht übertrieben?«

Letzten Monat konnten wir bei der Entlarvung des Erweckers von Körne eine Schockelektrode für die Handfläche sicherstellen. Der Scharlatan versetzte seine Jünger in spirituelle Ekstase, indem er ihnen die Hand an die Stirn presste. Die Offenbarung seiner göttlichen Energie ließ sie zuckend vor Seligkeit umkippen.

»Wer außer Gott sollte Doktor Wenzel erwecken?«, sage ich. »Manchmal muss es wehtun, damit der Allmächtige seine Verantwortung erkennt.«

Mit Einsetzen des Feueralarms bricht auf Station 41/8 das Chaos aus. Immer mehr Menschen strömen aus den Zimmern, irren über den Flur, schlagen um sich oder kreischen gegen die Sirene an. Aus Doktor Wenzels Büro dringt das Gepolter umstürzender Sitzmöbel.

Der erste Pfleger pflügt durch den anwachsenden Pulk von Patienten, um nach der Ursache des Alarms zu suchen. Homer ringt ihm den Feuerlöscher ab, und versprüht den Inhalt im Flur, bis Nebelschleier über den Boden wallen.

Romanovs Probanden wanken wie die Piraten aus *The Fog* in den Schwaden umher und klammern sich an jede in Weiß gekleidete Person, die sie entdecken können. Jabba the Hutt schafft es bis zur Tür des Medizinischen Arbeitsraums, obwohl ihm zwei Männer an jedem Bein hängen, und einer am Hals. Als der Sechste auf seinen Rücken springt, zieht es auch ihn zu Boden und er verschwindet unter einem Haufen aus Leibern. Im Zentrum des Nebels blitzen Entladungen auf. Jabberwockys Schreie klingen, als bekäme er eine Behandlung mit seinem Elektroschocker verpasst.

Ich gebe Romanov das Zeichen zum Aufbruch.

Im Dienstzimmer am Ende des Flurs hält sich niemand mehr auf. Durch das Glas der Ausgangstür sehe ich den ersten Pfleger die Treppenstufen emporeilen.

Jemand brüllt meinen Namen, und ich drehe mich um.

Siouxsie trägt einen Zopf und klettert über ein Menschenknäuel auf dem Boden. Ihr fehlt nur eine Fahne, um die Revolutionärin beim Sturm auf die Bastille darzustellen. Nehmt mich mit, fordern ihre Lippen.

Neben uns öffnet sich die Tür des Aufenthaltsraums und Robin springt in den Flur. In seinem Wamskragen steckt ein Handtuch und flattert als gelber Umhang hinter ihm her. Er hat sich mit Schuhcreme eine Maske ins Gesicht gemalt. »Verdammt!«, ruft er bei meinem Anblick. »Der Joker!«

Robin nimmt Nahkampfhaltung ein und versperrt uns den Weg zum Ausgang. »An mir kommt keiner vorbei!«

»Der gehört nicht zur Show«, sagt Romanov.

Siouxsie läuft auf uns zu.

Wir können sie nicht mitnehmen, und es bleibt auch keine Zeit für Diskussionen.

»Präsentieren Sie den Gefangenen«, befehle ich Romanov.

Mein Partner sieht mich an wie sein Kater vergammelte Forellen.

»Na los, Frau Vincent«, brüll ich ihn an.

»Man bekommt heutzutage kein vernünftiges Personal mehr«, flüstere ich Robin zu.

Romanov zieht die Fledermaus aus der Innentasche seines Kostümjäckchens.

»Batman!«, kreischt Robin. »Was hast du mit ihm gemacht, Joker?«

»Wonach sieht es denn aus?«, frage ich ihn. »Geschrumpft!«

Siouxsie ist keine zehn Meter mehr von uns entfernt, und der Pfleger steckt schon seinen Generalschlüssel in die Eingangstür. Das Dauerschrillen des Feueralarms zehrt an meinen Nerven.

»Wenn ich ihn zurücktransformieren soll, musst du eine Aufgabe für mich erledigen. Siehst du die Superschurkin mit der Balkenmaske?« Ich deute auf Siouxsie. »Kümmere dich um sie!«

Robin zögert eine Sekunde. Dann stürzt er mit wehendem Handtuch los.

Der Pfleger hält die Eingangstür für drei nachrückende Kollegen auf. Als die Männer an uns vorbeigerannt sind, gehen wir hinaus. Mein Herz klopft bis in den Hals. Hoffentlich bemerkt niemand, dass Doktor Clown jetzt eine Brille trägt. Ein Gruß für den Türsteher, dann betreten wir das Treppenhaus.

Ich blicke ein letztes Mal zurück. Zwei Pfleger zerren Robin und Siouxsie auseinander. In Siouxsies Blick liegt aller Schmerz dieser Welt, aber sie verrät uns nicht. Ich schicke ihr ein stilles Versprechen.

Wir nehmen die Stufen, so schnell meine Clownschuhe das zulassen.

Bei den Fahrstühlen neben dem Eingang zur Station 41/7 kommt uns ein Jungpsychiater mit Strubbelfrisur und Zahnpastalächeln entgegen. Seine Augenringe erzählen von Rufbereitschaft und Schlaflosigkeit. »Ah, Doktor Clown«, begrüßt er mich. »Mächtig was los da oben. Wird ein langer Nachmittag. Wie wär's mit einem Witz zur Einstimmung aufs Wochenende?«

Das Behalten von Witzen gehört nicht zu meinen Stärken. Erste Schweißtropfen laufen unter der Plastikglatze hervor und ziehen Schneisen durch die Schminke.

Ein weiterer Trupp Pfleger hastet vorbei.

Durch die Leere in meinem Kopf hallt das Kichern des Fährmanns.

Der Seelenklempner mustert mich.

Romanov streichelt im Vorbeigehen über die Innentasche des Kostümjäckchens, um mich an seinen Lieblingswitz zu erinnern.

»Honk!«

»Der Herbst geht dahin und Väterchen Frost naht«, beginne ich. »Die Fledermäuse kehren in ihre Höhle zurück und bereiten sich auf den Winterschlaf vor. Flugsäuger um Flugsäuger flattert herein und hängt sich kopfüber unter die Höhlendecke. Sagt eine mit schon angegrautem Fell zu ihrer Nachbarin: ›Weißt du, wovor ich echt Schiss hab´?‹«

Ich nutze die Kunstpause, um mit dem Stethoskop zu wedeln wie Oliver Hardy mit seiner Krawatte.

»Inkontinenz!«

Der Doktor lacht, bis ihm die Tränen in den Augen stehen.

»Den muss ich auf der Geronto erzählen«, sagt er.

KAPITEL 12

SCHMIDTMASCHINE

Manche Gebäude erzeugen Gänsehaut im Kopf, weil man eine Resonanz hinter ihren Mauern spürt. Die meisten Menschen machen diese Erfahrung, wenn sie nach Jahrzehnten das Haus wiedersehen, in dem sie als Kind gewohnt haben. Es bringt eine Saite in uns zum Schwingen, weil dort trotz des allem innewohnenden Wandels die Geister der Vergangenheit auf uns warten.

Der Steingarten im Innenhof des Bestattungsinstituts verbreitet eine andere Qualität von Bedrohung als bei meinem letzten Besuch. Die Neonreklame am Zaun bleibt dunkel, die Wasserspiele und Quellsteine schweigen. Über allen Weißkieselbeeten herrscht Ruh. Nur das Schmatzen der Fische durchbricht die Stille. Sie schwänzeln auf der Suche nach etwas Essbarem die Wasseroberfläche der Teiche ab und sehen mich an, als wäre alles unsere Schuld: die Bankenkrise, die Ungerechtigkeit des Lebens, der Hunger in der Welt.

Auf dem Schild an der Eingangstür steht: *Betriebsferien*.

Komm näher, begrüßt mich das Bestattungsinstitut, und diesmal verschlinge ich dich.

»Gehen wir rein?«, fragt Romanov.

»Ja, aber wie der Weihnachtsmann«, antworte ich.

»In diesem Fall«, sagt mein Partner, »hätte ich dir statt der Motorradjacke besser einen roten Mantel mit Zipfelmütze besorgt. Und einen Sack.« Er klopft auf die Sporttasche in meiner Hand.

»Todeskino ist lediglich der Handlanger eines Gehilfen«, sage ich, »und für seine Hintermänner bedeutet er seit meinem letzten Besuch ein Risiko. Mittlerweile weiß die ganze Stadt von der Flucht des geisteskranken Massenmörders, also können sie sich ausrechnen, dass ich hierher zurückkehren werde, um den Sargdesigner zum Plaudern zu bringen.« Ich zupfe an der Schnürlederhose herum, um mich vom Kneifen im Schritt zu erlösen. Auch die Bikerstiefel fallen eine halbe Nummer zu klein aus.

»An ihrer Stelle würde ich Brandbeschleuniger im Bestattungsinstitut verteilen und einen Zünder mit der Alarmanlage koppeln. Sobald wir reingehen, erledigen sich alle Probleme auf einmal, weil die Beweise mit uns verbrennen.«

Ich puste eine Strähne der Langhaarperücke aus dem Gesicht. Das Ding geht mir noch mehr auf die Nerven als der Vollbart.

»Mit etwas Glück wollen die Hintermänner Todeskino gleich mit entsorgen, und zwar lebend, damit man bei der Autopsie die passende Todesursache und Tatzeit feststellt.«

»Und was sollen wir jetzt machen?«, fragt Romanov. »Sieht dein Weihnachtsmann-Plan vor, dass wir uns als Geschenke verpacken und liefern lassen?«

»Die meisten Hausbesitzer sichern den Kamin nicht ab.«

Romanov sieht mich an, als ärgerte er sich darüber, sein Bärtchen für einen Unzurechnungsfähigen geopfert zu haben.

»Hast du in der *Brigitte* die Fünfzig-Kilo-Sofort-Diät entdeckt«, sagt er, »oder nur vergessen zu erwähnen, dass wir auch einen Zwerg brauchen, der als Schlangenfrau beim Zirkus arbeitet?«

»Merk dir die Idee, falls unser Kollege bei seinem Einsatz draufgeht«, sage ich und öffne die Sporttasche. »Darf ich vorstellen: der Explorer!«

Die Basis des Geräts bildet eine herkömmliche Rohr-Inspektions-Kamera mit dreißig Metern Kabel, Monitor und

Steuerungs-Paneel. Etliche Nachtschichten in meiner Kellerwerkstatt verwandelten die Rumpfkonstruktion in einen Hightech-Roboter. Das Mini-Okular sitzt auf einer Silikonmasse mit Luftkammern. Durch Ablassen und Aufpumpen der Kammern kriecht der Explorer vorwärts und schiebt sich dank seiner amorphen Struktur sogar unter Türritzen hindurch. In die Silikonmasse sind per Pneumatik ausfahrbare Werkzeuge und Adapter eingearbeitet.

»Es könnte eine Weile dauern, die Alarmanlage zu überbrücken. Wenn ich so weit bin, gehen wir durch die Garage auf der Rückseite rein.«

»Räuberleiter?«, fragt Romanov und verbeugt sich im Stile eines dienstbeflissenen Lakaien.

Das Garagentor aufzuhebeln, löst keinen Alarm aus, aber als es hochschwingt, strömt uns Benzingeruch entgegen. Hinter dem Firmenleichenwagen parkt ein roter Mercedes SLK.

Ich ziehe das Periskop aus der Sporttasche, klappe es auseinander und suche mit dem Spähgerät die Garage ab. In der linken oberen Ecke hängt ein Bewegungsmelder und unter dem Mercedes verläuft eine schillernde Treibstoffspur.

»Wir sollten Vincent als Vorhut einsetzen«, bitte ich Romanov. »Wenn ich etwas übersehen habe, gehen wir als Hauptgericht zu unserer eigenen Grillparty.«

Man sieht meinem Partner an, dass es ihm nicht behagt, seinen Flugsäuger in eine Flammenhölle zu schicken.

»Du könntest einen der Fische aus den Teichen fangen. Für dich als Jünger Petri doch ein Kinderspiel. Wenn es schiefgeht, kann man ihn hinterher essen. Vincent eher nicht.«

»Der Detektor reagiert auf Bewegung in Kombination mit Wärme, da kann ein Fisch zappeln, so viel er will. Gib dir einen Ruck, es passiert schon nichts.«

Romanov schneidet alle weiteren Überzeugungsversuche ab und zaubert sein Tarotdeck hervor.

»Befragen wir den Nullraum!«

Ich seufze, schließe die Augen und lasse meinen Zeigefinger über die Oberkante des Kartenfächers gleiten.

»Wartest du auf ein Zeichen?«, flüstert der Fährmann. »Auf eine Eingebung, an welcher Stelle du innehalten sollst?« Sein Lachen hallt durch meinen Kopf. »Das funktioniert bei Maschinen nicht.«

Er will mich reiten wie eine Voodoo-Gottheit. Es wird Zeit, ihn abzuwerfen.

Ich ziehe eine Karte und betrachte sie.

Ein wolkenumkränzter Erzengel bläst die Posaune des Jüngsten Gerichts. Im Vordergrund erheben sich ein Mann, eine Frau und ein Kind mit nach oben gestreckten Armen aus ihren Särgen.

»Das Gericht«, informiere ich Romanov. »Verrät die Karte auch, wie viele Jahre ich bekomme?«

»Kein Turm?« Romanov runzelt die Stirn. »Das Bild empfiehlt uns, ein Urteil zu fällen, und die Särge deuten auf das Bestattungsinstitut hin.«

Nie war eine Botschaft des Nullraums nützlicher als diese.

»Wir sollen eine Entscheidung in Bezug auf das Beerdigungsunternehmen treffen? Ich hoffte auf etwas Erhellenderes. Dass eine Reise ansteht, oder ein dunkelhaariger Mann in mein Leben tritt. Mich würde interessieren, ob er Knastkleidung trägt und ich ihm in einem Duschraum begegne.«

Romanov packt die Karten ein. »Das Gericht symbolisiert Auferstehung und Neubeginn. Es verspricht ein Ende der Leidenszeit und Erlösung von den Qualen, wenn man auf Botschaften von innen hört. Ein Vorhaben wird zu einem guten Abschluss geführt.«

Romanov holt Vincent aus dem Gehrock und flüstert ihm ein paar Worte zu. Dann wirft er seinen Ex-Showstar durch die Einfahrt. Die Fledermaus flattert über den Leichenwagen hinweg, dreht eine Runde durch die Garage und landet auf Romanovs Finger. Das Inferno bleibt aus.

»Sollen wir es mit einer brennenden Zigarette im Maul wiederholen?«, fragt mein Partner.

Aus dem Kofferraum des Mercedes wabert Leichengeruch.

»Mach ihn wieder zu«, bettelt Romanov.

Nessingers Anzug weist an einigen Stellen schon Feuchtigkeitsflecken auf. Außer dem Kopf fehlt auch seine Armbanduhr. Die Gesichtsfarbe meines Partners signalisiert, dass ihm der Zustand des Torsos auf den Magen schlägt. Für gewöhnlich nimmt er sich bei solchen Gelegenheiten ein Näschen aus der Riechsalzkammer seiner Gehhilfe.

»Wo hast du deinen Stock gelassen?«

»Im Pfandhaus. Oder glaubst du, ich konnte das Geld für deine Verkleidung und den Rest der Bestellungen mit Gesang zur Laute auf dem Westenhellweg erbetteln? Außerdem muss ich ab und zu auch mal was essen.«

»Begeben wir uns auf die Suche nach Todeskino«, sage ich. »Vielleicht läuft uns ja sein Kühlschrank über den Weg.«

Der Kofferraumdeckel schnappt zu und wirbelt einen letzten Hauch vom Parfüm des Todes empor.

Die Kuckucksuhr steht, die Lilien welken und aus der Porzellanvase dringt der Gestank faulenden Wassers. Sonst wirkt Todeskinos Büro unverändert. Ein Blutspritzer an der Holzverkleidung des Empfangstresens erinnert an meinen letzten Besuch. Romanov lässt sich in einen Sessel der Ledergarnitur fallen.

»Ich guck mir das lieber in Filmen an«, beschwert er sich.

Ein Bestattungsunternehmen zu durchsuchen, lehrt nicht nur Zimperlieschen das Fürchten. Man findet Dinge, von denen man gar nicht wissen will, wozu sie gebraucht werden und unter jedem Sargdeckel wartet der Teufel darauf, einem ins Gesicht zu springen.

Ich öffne die Bar-Klappe in der Schrankwand, fülle zwei Kristallgläser mit Macallan Fine Rare und platziere sie auf dem Couchtisch. »Ohne Todeskino wissen wir genauso viel wie vorher«, sage ich. »Du könntest die Polizei über den Torso im Kofferraum des SLK informieren, aber ich fürchte, dass uns das mehr schadet als nützt.«

Nach der Hälfte des Whiskys lässt die Anspannung nach. Eine Kleinigkeit hat sich doch verändert. Der Friedhofsplan weist keine Markierungen mehr auf. An der Wand hängt die gleiche Übersicht, mit kreisförmig um die Trauerhalle angelegten Alleen, dem Wegenetz am Gasometer und den rechtwinkligen Parzellen an der Osterfeldstraße. Die Abbildung zeigt auch die Unterteilung der Anlage in Felder, Reihen und einzelne Gräber, aber bei meinem letzten Besuch waren die Grabstätten der von Todeskino durchgeführten Beerdigungen mit einem Edding markiert.

Warum haben sie den Plan ausgewechselt?

Die Antwort durchfährt mich mit Donnerschlag und Sturmgeläut. Endlich ein Packende! Während ich hinter den Empfangstresen trete, läuft der Rest des Whiskys meine Speiseröhre hinunter. Das Brennen in der Kehle und die Wärme im Magen fühlen sich gut an. Alles fühlt sich gut an.

»Erinnerst du dich an den Code auf Sürgüs Festplatte? Die gespeicherte E-Mail? 25.08 F51R4G32. Bei der Kombination handelt es sich um die Wegbeschreibung zu einer Beerdigung. Fünfundzwanzigster August. Feld einundfünfzig, Reihe vier, Grab zweiunddreißig. Weißt du, was das bedeutet?«

Romanov sieht mich an, als würde es ihm mindestens gleich einfallen.

Ich nehme das Telefon aus der Station und wähle die Nummer des Moscheevereins. Der Anrufbeantworter springt an.

»Wir wissen, dass Sürgü und Hakan auf dem Nordfriedhof Grabstätten ausgehoben haben, um Särge zu stehlen«, sage ich nach dem Piepton. »Ramponierte Exemplare verarbeiteten sie zu Brennholz, der Rest wurde gesäubert und an ein Bestattungsunternehmen verkauft. Mein Partner erwartet Sie Punkt 21.00 Uhr unter dem Pilz am Teich. Bringen Sie Hakan mit, ansonsten steht die Geschichte morgen in der Zeitung. Eine Finanzierung durch Grabschändung trägt nicht zum Renommee Ihres Turmbaus bei.«

Ich lege auf.

»Todeskino beauftragte die beiden damit, Gräber zu plündern?«, fragt Romanov.

»Ein lukratives Geschäft. Ich möchte nicht wissen, wie oft ein Sarg verkauft, wieder ausgebuddelt und als Transportschaden ein weiteres Mal verkauft wurde. Der Schmelzofen in der Scheune deutet darauf hin, dass für die Jungs auch Zahngold heraussprang.«

»Schwere Zeiten für Zartbesaitete«, sagt Romanov. »Reicht das Sortiment der Bar denn bis 21.00 Uhr?«

»Wir sollten die Zeit nutzen, um herauszufinden, wie Lorelei in die Geschichte passt.«

»Schön, dass du von allein darauf zu sprechen kommst. Ich will mich nicht loben, aber während deiner Abwesenheit konnte ich einige Ermittlungserfolge verbuchen.«

Der kurzgeschlossene Leichenwagen tuckert im Leerlauf vor sich hin und überdeckt mit seinen Abgasen den Benzingeruch in der Garage.

Romanov ziert sich noch. »Zumindest müssen wir uns nicht umgewöhnen, was das Dienstfahrzeug angeht«, sagt er, um Zeit zu schinden.

»Tu es!« Meine Stimme klingt nicht einmal für mich überzeugend. »Erstens sorgt eine Reise im Liegen für Entspannung, zweitens sucht hier kein Polizist nach mir.« Den dritten Grund verrate ich Romanov nicht. Ich habe eine Verabredung mit meinem blinden Passagier. Eine Art Extrem-Expositionstraining. Gibt es einen passenderen Ort für einen Mord ohne Leiche?

»Ich würde es begrüßen, keinen weiteren Zwischenstopp in Aplerbeck einlegen zu müssen«, bemerkt Romanov.

»Mach dir keine Sorgen. So toll war das Essen da nicht.«

»Wir sehen uns auf der anderen Seite«, sagt mein Partner, und klappt den Sargdeckel zu.

Das Geräusch verursacht nicht nur auf den Armen Gänsehaut. Magen, Galle und Herz verschrumpeln wie kanarische Kartoffeln. Mein Körper spielt wieder Schlagzeug. Ein Up-Beat-Song mit drei Wörtern Text: Dunkelheit. Enge. Tod.

»Maschinenborg will sich verändern«, flüstert der Fährmann. »Mich ausknipsen wie ein Haushaltsgerät. Dabei brauchst du den Herrn der dunklen Kisten mehr als jeden anderen auf der Welt. Ich bin deine Schutzperson, deine Bad-Bank für Erinnerungen. Du lagerst all das Unerträgliche in mir aus und lässt mich jede verschissene Sekunde deines Traumas durchleiden. Immer wieder.«

»Maschinenborg erkennt in dir eher einen externen Speicher mit eigenem Betriebssystem«, flüstere ich zurück. »Eine Zusatzfunktion. Wir teilen lediglich ein paar Daten. Weißt du, was mit Festplatten passiert, wenn ein Kurzschluss die Sicherung raushaut? Neustart ohne Speicherung. Ich besitze ein Wiederherstellungsprogramm, und du?«

Romanov gibt Gas, und der Leichenwagen rollt aus der Garage. Unter seinen Rädern knirscht Kies mit den Zähnen.

Dass wir stehen, bemerke ich erst, als Romanov mich schüttelt. Bei der Heftigkeit seiner Bemühungen rechnet er nicht mit Überlebenden. Sollte sich mein Partner zu einer Herzmassage hinreißen lassen, wird er mir die Rippen brechen.

»Schon gut, schon gut«, murmele ich, schiebe seine Hand von meiner Schulter und richte mich auf.

Durch die geöffnete Heckklappe blickt man auf Betonpfeiler und jede Menge abgestellte Autos. Eine Schwebebahngondel gleitet vorbei. Entweder befinden wir uns in Wuppertal, oder auf dem Uni-Parkplatz neben der Mensa. Wer hier einkehrt, muss so verzweifelt sein, dass ihn auch ein Leichenwagen vor der Hintertür nicht abschrecken dürfte.

»In der Mensa bekommst du nur mit einem Studentenausweis etwas zu essen«, sage ich.

»Faszinierend«, bemerkt Romanov. »Schön, Sie wieder auf der Brücke zu sehen, Captain. Mein Plan sieht vor, eine Station mit der S-Bahn zu fahren, statt direkt vor dem Hannibal zu parken.«

»Das Paranormale Institut von Doktor Hocheaux residiert im Dorstfelder Hannibal?«

»Ich habe ...« Romanov stockt. Das Wort kommt ihm kaum über die Lippen. »... gegoogelt.«

Stille. Das Universum hält den Atem an.

»Du hast was?«

»Genau genommen konnte ich auf die Hilfe von Domenicos Tochter zurückgreifen. Meine Aufgabe bestand mehr darin, sie als Recherche-Leiter zu begleiten. Das Institut besitzt keine Adresse, bietet aber Hilfe über kostenpflichtige Hotlines an. Doktor Hocheaux berät bei Santeria, Schamanismus und

Hexerei. Seine Parapsychologen gelten als Spezialisten für astrologische Lebensberatung, Feng Shui, Heilsteine, Partnerschafts-Analysen und Präkognition. Alles in allem vermittelt seine ...«, er stockt noch einmal, »... Homepage den Eindruck von Bauernfängerei. Stefania musste einen halben Nachmittag investieren, um herauszubekommen, wo er wohnt.«

Ich frage mich, wann Domenicos Tochter den Orwell-Faktor bei ihrem großen Bruder entdeckt.

»Dann sehen wir uns den Kollegen mal an.«

Dortmunds eindrucksvollste Bausünde ragt achtzehn Stockwerke in den Ruhrgebietshimmel und beherbergt über vierhundert Wohneinheiten. Die sich nach oben verjüngende Terrassenbauweise verleiht dem Koloss ein futuristischeres Design als anderen Betonklötzen aus den Siebzigern, allerdings liegen die Glanzzeiten der Anlage Jahrzehnte zurück. Ein Viertel der Appartements steht leer, und die Fahrstühle funktionieren nach dem Zufallsprinzip. Wenn der Sprecher des Vermieterkonsortiums in diesem Zusammenhang von Renovierungsstau spricht, bemüht er lediglich einen poetischeren Ausdruck für vergammeln lassen.

Der Hannibal gilt als Top-Terrain, um unterzutauchen. Niemand weiß, wie viele Leute hier hinter welcher Tür hausen. In diesem vertikalen Fischstraßenviertel für Schwarzafrikaner, Polen und Russen heißt deutsch zu sein, jegliche Form von Transferleistungen zu beziehen und sich in den eigenen vier Wänden zu verschanzen. Ein Albtraum für die Zenkers dieser Welt und ein fruchtbarer Nährboden für Nationalstolz.

Vor den eingeschlagenen Fahrplan-Schaukästen an der S-Bahn-Haltestelle Dorstfeld-Süd tanzt eine Schwarze mit Handtuch-Turban zu Trommeln, die außer ihr niemand hören kann.

Auf dem Weg zur Frontzeile des Wohnsilos begegnen uns weitere Gestalten aus dem Wunderland. Nach Einbruch der Dämmerung entschwärmen dem Hannibal Menschen mit Halbwelt-Gesichtern und Comic-Outfits, um in der Stadt nach Amüsement und einer günstigen Gelegenheit zu suchen.

Die Panorama-Scheiben im Erdgeschoss sind mit Tüchern verhängt. Im Atrium von Hausnummer 14 hat jemand sämtliche Werbebroschüren aus den Briefkastenreihen gerissen und über den Boden verteilt. Vor dem Hauseingang wartet ein Kunstledersessel auf den Sperrmüll oder den Wettleiter. Blaulicht-Wetten sind ein beliebter Zeitvertreib im Block. Man setzt beim Organisator eine gewisse Summe darauf, ob an diesem Tag zuerst die Polizei, die Feuerwehr oder ein Krankenwagen vor dem Haus hält. Deshalb hängen auch so viele Bewohner auf einem Kissen über der Fensterbank.

Zwischen zwei leeren Klingelschildern prangt der Name *Hocheaux*.

»Wenn der Doktor dich nicht zurückruft, wird er uns auch nicht einlassen.« Ich deute auf die Sprechanlage. »Sollte die da überhaupt funktionieren.«

Romanov drückt den Klingelknopf mit dem Schriftzug *Osafo*. Die Sprechanlage rauscht.

»Was?«, schreit eine Frauenstimme.

»Paket von Zalando«, ruft Romanov.

Der Aufzug bleibt wider Erwarten nicht stecken. Man betritt das Überbleibsel aus den Kindertagen bemannter Raumfahrt mit einem mulmigen Gefühl, lauert während der Fahrt auf das Geräusch reißender Drahtseile und verlässt es mit einem Dankesgebet auf den Lippen. Den Fahrstuhl als Antiquität zu bezeichnen, würde ihm schmeicheln, weil er weder einen Wert besitzt noch gepflegt wirkt.

Die Enge der Flure und die Spione in den Billigtüren erinnern an Zellengänge eines Gefängnisses. Die Metalltür zum Treppenhaus entdecken wir erst im dritten Stock. Vor lauter Graffitis und Schmierereien sieht man den Anstrich der Wände nicht mehr. Fünf Etagen höher werden wir fündig.

»Immerhin hat er ein Namensschild«, sagt Romanov.

»Mach dich erst einmal unsichtbar«, instruiere ich ihn. »Wenn er mich reinlässt, klingelst du nach ein paar Minuten und hältst ihn so lange wie möglich auf. In der Zwischenzeit filze ich die Wohnung.«

Romanov stellt sich in den Fahrstuhl. »Energie«, sagt er, und die Türen des Lifts schließen sich.

Doktor Hocheaux öffnet auf mein Klopfen. Er trägt eine Jogginghose und ein T-Shirt mit dem Aufdruck *I want to believe*. Lediglich die Gandhi-Brille zwischen der Baseball-Kappe und dem Drei-Tage-Bart überlebte den Outfitwechsel. »Ja?«, sagt er.

»Ich habe zwar keinen Termin ...«, beginne ich.

»Oh«, unterbricht er mich. »Da kommen Sie im Moment aber ungünstig.«

Eine Hand klopft ihm von hinten auf die Schulter. »Machen Sie sich keine Umstände, Herr Doktor. Wir sind soweit fertig.«

Talbot schiebt sich an Hocheaux vorbei und mustert mich im Vorübergehen. Ich höre seine Hirnwindungen rattern, weil ihm die Nasenbrille vertraut erscheint. Er ist ein Nazgûl auf der Suche nach Beutlin und spürt den Ring in meiner Hand. Spricht er mich an, fliegt die Tarnung auf. Bevor Talbot stehen bleibt, schlüpfe ich in die Wohnung. Am liebsten würde ich die Tür nicht nur schließen, sondern mit all ihren vier Riegeln verrammeln. Hoffentlich begegnet er nicht Romanov.

Aus dem Inneren der Wohnung dringt das Klatschen von Lederstriemen auf Gummi.

»Tiefer!«, befiehlt eine Frauenstimme.

»Wo Sie schon mal hier sind«, murmelt Doktor Hocheaux.

Seine Begeisterung hält sich in Grenzen, aber er bugsiert mich durch den Flur. An den Wänden hängen Geisterfotos, Spukschlossbilder und Schnappschüsse von Doktor Hocheaux mit Größen aus Film und Fernsehen.

Wir passieren das Kabuff, und ich erhasche einen Blick auf Waschkörbe voller Amulette und Heiligenfiguren. Auf dem Verpacktisch im nächsten Raum türmen sich Halbedelsteinhäufchen und Bestellformulare. Hocheaux scheint die Wohnung als Lager und Vertriebsstation für den Internetversand zu nutzen.

Aus dem dritten Zimmer schallt ein unanständiges Stöhnen. Unter der Decke des abgedunkelten Schlafgemachs hängt ein glockenförmiger Vogelkäfig und der Graupapagei darin trippelt auf seiner Stange herum, als stünde sie unter Strom.

»Eine Notfallunterbringung«, erklärt Doktor Hocheaux. »Keine Papiere. Die Polizei beschlagnahmte ihn bei einer Razzia in so 'nem Sadomaso-Schuppen. Mein Institut setzt sich auch für den Tierschutz ein. Wenn Sie mir bitte ins Labor folgen wollen?«

»Nicht den Rettich, Herrin«, schreit der Papagei durch die Wohnung.

Das zwei Wände einnehmende Geräte-Sammelsurium im Wohnzimmer erinnert mich an ein Homerecording-Studio aus den Achtzigern. In einem halben Dutzend 19-Zoll-Racks blinken so viele Dioden von Effekt- und Messgeräten, dass man sich vorkommt wie auf der Brücke der Enterprise. Die Peripherie-Gestelle umrahmen ein Multimedia-Terminal mit Riesen-Plasma-Bildschirm, Tonband und zwei CD-Spielern.

Auf dem Arbeitstisch in der gegenüberliegenden Ecke drängeln sich fünf Telefone um Laptop und Drucker. Für jeden Anschluss die passende Hotline. Pro Minute ein Euro, vom Handy bedeutend teurer.

In der Mitte des Raums steht eine herdgroße Apparatur mit Kippschaltern, Drehknöpfen und Justierungsrädchen. Sie strahlt Wissenschaftlichkeit aus und die Anordnung der Regler lässt vermuten, dass ihre Einstellungen Auswirkungen auf die Anzeigen darüber haben. Alle paar Sekunden summt die Maschine, und einer der Zeiger auf den Skalen schnellt mehrere Maßeinheiten in die Höhe. Der aus dem Kasten führende Kabelstrang endet in einem Helm. Er hängt an einem Ständer und erinnert mich an die Trockenhaube meiner Oma, nur dass bei diesem Exemplar mehrere Elektroden aus dem Innenfutter ragen.

Doktor Hocheaux bemerkt meinen Blick. »Mein Institut musste sich kleiner setzen«, sagt er. »Was kann ich für Sie tun? Kennen wir uns von irgendwo her?«

»Sie simulieren auch Raumreisen?«, frage ich und deute auf den Kabelhelm.

Doktor Hocheaux taut etwas auf. »Die Schmidtmaschine ist der Stolz des Instituts«, sagt er. »Sie kann durch radioaktive Zerfallsprozesse spontan Folgen von Zuständen erzeugen. Dieses Wunder der Wissenschaft versetzt Parapsychologen in die Lage, Phänomene wie Wahrsagen zu belegen und die Begabten von den Scharlatanen zu trennen.« Als es klopft, verdreht der Doktor die Augen. »Sie entschuldigen mich. Die Dauererreichbarkeit im Informationszeitalter fordert ihren Tribut.« Hocheaux verschwindet in den Flur.

Das Laptop ist mit einem Passwort geschützt, aber in der Schiebeschublade des Schreibtischs finde ich eine Hängeregistratur.

»Hoffentlich hat Ihr Besuch nichts vergessen«, rufe ich ihm hinterher und überfliege die Aufschriften der Karteireiter: *Geistersichtungen. Marienerscheinungen. Regressionsberichte.* Da! *Medial Begabte.*

Ich höre Doktor Hocheaux die Tür öffnen. »Ach«, sagt er, »der Herr aus der Detektei. Sie wollen sicher meine Kamera zurückbringen. Dauerte auch lang genug.«

Romanov, nicht Talbot. Gut.

Im Hängefach verstauben Karteikarten von Menschen, die Botschaften von Engeln oder Verstorbenen empfangen, inklusive Passfoto und einer Beschreibung ihrer Visionen. Lorelei befindet sich nicht darunter.

»Warum haben Sie uns nicht zurückgerufen?«, fragt Romanov.

Mein Blick jagt über die restlichen Beschriftungen: *Spukbegegnungen. Artefakte. Heilquellen. Paranormale Phänomene. Okkulte Rituale.*

»Ihr Partner steht groß in der Presse, und ich will da nicht mit reingezogen werden. Die Kriminalpolizei war deswegen schon hier. Wenn Sie mich jetzt entschuldigen wollen, im Gegensatz zu Ihnen lasse ich meine Kundschaft nicht gern warten!«

Hellseher-Prognosen. Rutengehen. Tierseelen-Nachweise. Erlebnisberichte Magie.

»Wir bräuchten die Adresse Ihrer Hippie-Fee, oder wohnt sie unter einem Stein?«

»Nehmen Sie Ihren Fuß aus der Tür, sonst bricht er beim Zuschlagen.«

Die Zeit verrinnt. Im Fach *Aktuelles* stoße ich auf ein Programmheft des Stadttheaters, Veranstaltungshinweise von letzter Woche und Werbe-Broschüren eines Bühnenstücks im Fletch Bizzel. Außerdem sammelt Hocheaux Zeitungsberichte über eine UFO-Sekte namens Agam Des und heftet sie in einer Kladde ab.

Romanov stößt einen Schmerzensschrei aus und die Tür fällt ins Schloss. Ich schiebe die Lade zurück in den Schreibtisch und gehe Hocheaux entgegen.

»Lassen Sie meinen Partner bitte in die Wohnung!«

Der Doktor sieht mich an wie ein Gespenst. »Borg?«

Obwohl er nur vier Buchstaben zur Verfügung hat, schwingen in der Stimme des Institutsleiters Ungläubigkeit und ein Anflug von Panik mit. Er beeilt sich, die Tür wieder zu öffnen.

Romanov humpelt an Doktor Hocheaux vorbei. »Sie wissen ja, dass Borg einem Nebenerwerb als geisteskranker Massenmörder nachgeht«, sagt er. »Auf ein weiteres Opfer kommt es bei ihm nicht mehr an, Sie sollten also kooperieren.«

Hocheaux stellt sich mit dem Rücken an die Wand und zeigt uns seine Handflächen. »Eine Zusammenarbeit erscheint mir unter Kollegen selbstverständlich, da muss man doch keine Gewalt anwenden.«

»Wir bräuchten die Telefonnummer Ihres Mediums«, sage ich.

Ein Stoßseufzer entsteigt seiner Brust. »Dann haben Sie meine Mitarbeiterin also nicht umgebracht?« Er faltet die Hände zu einem Dankgebet. »Ich kenne Lorelei erst seit letzter Woche. Sie meldete sich über die Hotline und berichtete mir von ihren Heimsuchungen. Wir machten einen verheißungsvollen Test mit der Schmidtmaschine, und sie bot mir einen Haufen Geld an, wenn das Institut ihre Begabung durch einen wissenschaftlichen Videobeweis bestätigt.«

»So reich schien mir die Dame gar nicht zu sein.«

»Sehen Sie sich doch um! Bei mir läuft es im Augenblick nicht so. Wovon sollte ich drei Monatsmieten Ihrer Detektei bezahlen? Lorelei gab mir das Geld als Vorschuss für die

Dokumentation, und bei Erfolg sollte ich einen Batzen obendrauf bekommen. Seitdem sie mit Ihnen unterwegs war, habe ich allerdings nichts mehr von ihr gehört.«

Jedes Mal, wenn er ihren Namen nennt, sehe ich Lorelei vor mir, rieche Patschuli und höre sie lachen. Es tut verdammt weh, seine eigene Dummheit zu erkennen. Diese Frau hat mir das Herz herausgerissen und es noch pumpend vor meinen Augen verzehrt. Ich habe ihr danach sogar das Blut vom Mund abgetupft.

»Lorelei wollte mir weder ihren richtigen Namen noch eine Adresse oder die Telefonnummer verraten. Viele Menschen mit ihrer Begabung verschließen sich vor der Verantwortung, weil sie es als Bürde empfinden.« Hocheaux sieht uns bedauernd an. »Niemand freut sich mehr als ich, wenn Lorelei wieder auftaucht. Ihr Talent bedeutet Reputation für mein Institut und Finanzierung auf Jahre hinaus. Apropos, bekomme ich meine Kamera zurück, oder wollen Sie den materiellen Gegenwert ersetzen?«

»Wer sich Theaterkarten leisten kann, nagt nicht am Hungertuch.«

Doktor Hocheaux zuckt zusammen, als hätte ich ihm einen Hieb mit John Sinclairs Dämonenpeitsche übergezogen. »Wie meinen Sie das?«

Er nestelt vor Nervosität am Ausschnitt seines T-Shirts herum, aber ich kann nicht nachsetzen. Die Informationen aus der Hängeregistratur erlauben keinen weiteren Bluff. Im Moment hält der Mann das bessere Blatt und mir fehlt die Zeit, seine Schmidtmaschine so umzubauen, dass der Helm Stromstöße austeilt. In einer Stunde wartet Hakan am Teich auf uns, und wir müssen noch Vorbereitungen treffen.

Die Klingel schrillt und erspart mir eine Antwort. Die Penetranz des Sturmläutens erreicht Zenkerniveau.

Hocheaux will zur Tür gehen, um sie zu öffnen, aber ich halte ihn zurück und schicke Romanov los.

Mein Partner schleicht auf Zehenspitzen zum Spion, linst hindurch und spielt uns einen Karpfen vor, der seinen Pony aus dem Gesicht wirft.

Ich bedeute Romanov, die Türriegel vorzulegen und schiebe Hocheaux ins Wohnzimmer. Wenn er schreit, ist alles aus, aber ich bringe es nicht fertig, ihn niederzuschlagen.

Talbot hämmert mit den Fäusten gegen die Eingangstür. »Wenn Sie nicht auf der Stelle öffnen, trete ich das Scheißding ein!«

»Es läuft alles auf eine Geiselnahme hinaus«, sagt Romanov.

»Sie brauchen sich aber keine Sorgen zu machen«, beruhige ich Hocheaux. »Wir kennen die Vorgehensweise der Polizei und wissen, wie man am besten darauf reagiert. Geiseln werden so gut wie nie aus Versehen erschossen. Leider erhöht sich Ihr Risiko, weil ich Ihre Klamotten bekomme, und Sie die Langhaarperücke, den Bart und das Rockeroutfit. Außerdem tauschen wir beide die Brillen.«

»Verlang einen Leichenwagen als Fluchtfahrzeug«, fordert Romanov.

Ein Krachen verrät, dass Talbot den ersten Riegel überwunden hat.

»Für schwindelfreie Menschen ohne Höhenangst gibt es einen Hinterausgang«, sagt Hocheaux und deutet auf den Balkon. »Ich schulde ein paar gewalttätigen Leuten Geld, deshalb hängt für den Notfall ein Strick an der Brüstung. Seilen Sie sich auf den Balkon schräg rechts unter meiner Wohnung ab. Man muss am Ende etwas schwingen. Das Appartement steht leer, und die Kipptür lässt sich von außen aufdrücken.« Der Institutsleiter dreht ein paar Regler an den

Effektgeräten hoch und legt zwei Schalter am Helm um. »Ich werde das Seil nach Ihrem Abstieg verschwinden lassen und so tun, als hätte ich nichts gehört. Man kann die Schmidtmaschine auch als Stereoanlage nutzen. Der Apparat liefert einen bombastischen Sound. Beeilen Sie sich!«

KAPITEL 13

CARPE NOCTEM

Der Teich liegt als Silbertablett vor der Randbewaldung, und die Bäume werfen im Mondlicht harte Schatten. Bei Nacht verwandelt sich die Grünanlage in einen Jurassic Park, und jedes Rascheln der Blätter, jedes Knacken eines Ästchens, jedes Schwappen des Wassers gegen die Holzpfähle des Aussichtsstegs scheint von Wesen zu stammen, die sich zu schnell für das menschliche Auge bewegen.

Vom Fischstraßenviertel wehen Musik, Gelächter und der Geruch von Grillfleisch herüber. Die Wärmebildkamera schlägt Alarm. Ein Schatten löst sich aus den Büschen und eilt über die Rasenfläche auf den Holzpilz zu. Ein Schatten – und er hat nicht die Statur von Hakan.

»Guten Abend, Herr Öztekin«, begrüßt ihn mein Partner. Das Richtmikrophon lässt mich jedes Wort mithören. »Hakan wird uns nicht mit seinem Besuch beehren?«

»Ich vertrete ihn«, sagt Herr Öztekin. Seine Stimme klingt belegt.

Die Bewegungsmelder und das Nachtsichtgerät zeigen keine weiteren Personen an.

»Sie treffen Borg an einem anderen Ort«, sagt Romanov. »Wir machen eine Spazierfahrt, nachdem ich Sie auf Waffen und Wanzen abgesucht habe. Einen Ausflug zu den einzigen Menschen ohne Probleme.«

Auf Friedhöfen merkt man, wie die Zeit vergeht, heißt es. Ich konnte diesen Hochburgen des Kleingärtnertums schon vor meinem ersten Begräbnis nichts abgewinnen, aber Oma zerrte mich trotzdem jeden Sonntag hinter sich her, wenn sie nach der Kirche mit ihrem Mann reden wollte. Meistens erzählte sie ihm den neuesten Tratsch aus der Straße und regte sich darüber auf, dass Frau Palluch die Buchshecke um ihre Urnengruft immer noch nicht geschnitten hatte, oder wie hoch der Löwenzahn auf dem Grab des bedauernswerten Herrn Lohmeier stand. Es gab nur eine Sache, die mich noch mehr störte als das Protokoll der Friedhofspolizei über die Nachlässigkeiten auf den Nachbarparzellen: dass sich die Blumen auf der Grabstätte von Opa ernährten. Wer wollte da sein Butterbrot auspacken und rasten?

Im Laternenschein ähnelt die Trauerhalle mit ihrer Glasfront und dem halb von Bäumen verdeckten Pagodendach einem chinesischen Tempel. Ein paar Grableuchten auf den Gruften setzen weitere Lichtinseln in die Dunkelheit. Aus einem Rhododendron am Wegesrand gellen Todesschreie, und eine Ratte huscht über den Asphalt. Nachts führt das Leben auf den Feldern des Schnitters das alte Stück vom Fressen und Gefressenwerden auf, da macht der Nordfriedhof keine Ausnahme.

Öztekin rutscht auf der Bank herum, als säße er auf einer Herdplatte. Ich brauche ihn nicht zu bearbeiten. Die Umgebung und sein Gewissen machen den Mann so mürbe, dass er von sich aus zu sprechen beginnt. »Sürgü kam zu mir, als er wegen der Albträume keine Nacht mehr durchschlief. Die Toten verfolgten ihn. Sie rüttelten an seiner Schulter, selbst wenn er Beruhigungsmittel nahm.«

»Was haben die beiden mit den Leichen angestellt?«, frage ich.

»Nach muslimischem Brauch in Leinentücher gewickelt und begraben. Sie dachten, Allah fände Gefallen daran.« Öztekins Augen blitzen. »Ich ließ sie meinen Zorn spüren und Sürgü spendete dem Moscheeverein die Gewinne als Wiedergutmachung vor Gott. Damit war die Sache für mich erledigt.«

»Der Krebs und die Hintergründe von Sürgüs Tod interessieren mich mehr als die Masche mit den Second-Hand-Särgen. Ich hätte da ein paar Fragen an Hakan.«

Öztekin streicht über seinen Schnurrbart. »Sürgüs Leiche hing nicht ohne Grund als Judas am Hakenkreuz. Diese Warnung galt Hakan. Sie töten ihn, sobald er sich auf der Straße zeigt.«

»Kommt jetzt wieder diese van Limbeek Geschichte? Wollen Sie den Mord immer noch einem geheimnisvollen Neonazi-Netzwerk unterschieben? Seit unserem letzten Treffen hat man mehrmals versucht, mich umzubringen. Einen Skinhead oder den Nationalsozialistischen Untergrund konnte ich bei keiner Gelegenheit entdecken.«

Öztekin hält meinem Blick nicht stand und sieht in den Sternenhimmel. »Wenn Sie den Rest der Geschichte hören, werden Sie verstehen, in welcher Gefahr sich Hakan befindet. Bei ihrer letzten Ausgrabung fanden die Jungs zwei Tote in einem Sarg. Auf der Frau, die das Begräbnis bezahlt hatte, lag eine weitere Leiche. Ein blinder Passagier mit Kopfschuss. Jemand benutzt diesen Friedhof, um Mordopfer zu entsorgen. Sürgü kannte den Mann von so einem Club, dem er den Krebs verkaufen wollte.«

Langsam entwirrt sich das Knäuel. »Van Limbeeks Golfclub können wir als Geschäftspartner ausschließen«, sage ich. »Wem hat Sürgü den Kryptiden noch angeboten?«

»Keine Ahnung. Nicht mal Hakan weiß das. Sürgü machte ein Geheimnis darum.«

Praktischerweise sind dem Muslim Lügen erlaubt, wenn es dem Islam dient. Solche Einschränkungen kennt das Christentum nicht.

»Das Landesstudio eines Privatsenders wartet auf meinen Anruf«, sage ich. »Sie bekommen ein Exklusivinterview, bevor ich mich stelle. Die Vorkommnisse auf diesem Friedhof könnten die Schlagzeilen der nächsten Tage beherrschen. Wenn Sie mir alles erzählen, was Sie wissen, gebe ich Ihnen bis morgen früh Zeit, die Schweinerei hier in Ordnung zu bringen.«

Vom Gelände der Kleingartenanlage dringt das Geheul des Schäferhunds herüber.

»Sollten Sie lieber schweigen wollen, rufe ich jetzt meinen Redakteur an und bitte ihn, Schaufeln mitzubringen. Ich kenne die Lage der Gräber genauso gut wie Hakan.«

Öztekin flucht auf Türkisch vor sich hin. »Sürgü wollte das Geschäft mit dem Krebs alleine durchziehen. Immer wenn es um diesen Club ging, wurde er komisch, sagt Hakan. Niemand sollte seine beste Geldquelle anzapfen.«

»Woher wissen diese Leute dann von einem zweiten Grabräuber?« Ich gebe mir die Antwort selbst. »Die Brandwunden auf Todeskinos Arm! Er hat ihnen Hakans Namen verraten.«

»Eine Sache könnte Sie noch interessieren. Sürgü speicherte eine Videobotschaft auf seinem Handy, damit wir das Versteck des Wesens finden, falls ihm etwas zustößt, aber als Hakan die Leiche des Jungen in der Scheune fand, war das Telefon verschwunden.« Öztekin sieht mich prüfend an.

»Diebstahl liegt uns ebenso wenig wie Mord«, sage ich. Bei Einbruch sieht die Sache mittlerweile anders aus.

»Es würde Ihnen auch nicht weiterhelfen, weil Sie das Zugangswort nicht kennen. Sürgü benutzte die Sprachsteuerung zum Aktivieren des Geräts.«

Kein Wunder, dass Hasenscharte an die Existenz von Daumenscannern glaubt.

»Im Adressbuch finden wir sicher auch die Kontaktdaten seiner Geschäftspartner«, sage ich. »Steuern Sie das Zauberwort bei, wenn wir das Handy auftreiben?«

»Wie wollen Sie das anstellen?«

»Am letzten Packende ziehen, und wenn das nichts bringt, rumstochern und Staub aufwirbeln. Ich brauche Ihre Mobilnummer.«

Der Vorsitzende des Moscheevereins zögert.

»Denken Sie an das Minarett, Herr Öztekin.«

Die Laternen der Humboldtstraße werfen ihr Licht auf Ruhrpottfassaden und parkende Autos. Den BMW-Kombi vor Bascheks Haus nutzten sie schon zu meiner Zeit für Observationen. Die Gestalt im Fahrersitz schaltet das Innenlicht ein und verdreht den Rückspiegel, um einen Pickel auszudrücken. Ich dränge Romanov in den nächsten Häuserdurchgang.

»Badstuber observiert die Wohnung des Tierpflegers.«

Über dem Eingang des efeuberankten Backsteingebäudes im Hinterhof verkündet ein Banner, dass wir uns in Reichweite des Theaters Fletch Bizzel befinden. Hinter dem Tresen des lichtdurchfluteten Foyers trocknet eine Kellnerin Gläser ab. Applaus brandet durch den Vorraum und die Kübelpflanzen neben der Tür rascheln, als würde er durch ihre Blätter hinaus in die Nacht fahren.

Drei Schritte weiter hängt die Plakatwand mit dem Bühnenprogramm des Theaters. Sie führen heute *Monsieur Ibrahim und die Blumen des Koran* auf. Hocheaux bewahrte einen Flyer dieses Stücks im Ordner für *Aktuelles* auf. Das reicht, um meine Neugier zu wecken. Ich sehe mir das Foto des Ensembles an, dann ein Plakat mit einer Spielszene und bleibe beide Male bei einer zierlichen Frau mit Pumucklfrisur hängen.

Kein Zweifel.

Der Panzer um mein Herz bekommt Dellen. Er drückt, schmerzt und strahlt Hitze aus, aber die Eisenklammern halten.

»Gib mir einen Kuli«, fordere ich Romanov auf.

Ein paar Krauslocken um das Gesicht gekritzelt, einen Fahrradhelm darüber. Fertig! Ich bedeute Romanov, sich mein Kunstwerk anzusehen.

»Lorelei!«, staunt er.

»Der Helm schützte unser Scheinmedium nicht nur bei Stürzen in Trance, er sorgte auch dafür, dass die Perücke bei der Show nicht verrutscht.«

Die ersten Besucher verlassen das Theater und schlendern Richtung Humboldtstraße.

»Ich durfte das Fletch im Rahmen einer Varieté-Reihe bespielen«, sagt Romanov. »Es gibt keinen separaten Eingang, aber einen Parkplatz für die Künstler, rechts vom Theater. Sie muss über den Hof.«

»Programmänderung«, sage ich. »Du kümmerst dich um Badstuber und Baschecks Wohnung.« Ich reiche ihm meinen Dietrich. »Kommst du damit klar? Viele Entfesselungskünstler starten eine zweite Karriere als Einbrecherkönig. Ich warte, bis sie rauskommt.«

Eine Handvoll Menschen verlässt das *Fletch Bizzel* und geht gestikulierend Richtung Parkplatz. Lorelei fällt nicht nur wegen ihres Feuerschopfs auf, oder weil sie einen Poncho über der Pumphose trägt. Sie steht im Mittelpunkt der Champagnerstimmung, weil die Rolle der Diva es so verlangt. Ihr Lachen klingt nach gelöstem Lampenfieber.

Man umarmt sich, ruft zum Abschied Neckereien, dann geht jeder seiner Wege. Ich folge ihr bis zu einem Mini Cooper, der die nächste TÜV-Untersuchung nicht überleben dürfte. Ein Kuhmuster aus Rostflecken überzieht die Karosserie, und über dem zersprungenen Außenspiegel klebt eine Damenschminkhilfe.

Als Lorelei meine Schritte hört, wirbelt sie herum.

Ich ziehe die Langhaarperücke vom Kopf.

Drei Augenblicke steht die Frau da wie ein Steintroll nach Sonnenaufgang, dann lehnt sie sich gegen die Fahrertür und schlägt eine Hand vor das Gesicht. »Scheiße, Borg«, sagt sie. Das Bettelarmband klimpert immer noch an ihrem Arm.

»Du wolltest mir gerade etwas über van Limbeeks Augenstein erzählen, als wir unterbrochen wurden«, sage ich zur Begrüßung.

Patschuli passte besser zu ihr als dieses süßliche Parfüm. »Ich kann alles erklären«, sagt sie.

»Wenn ich für diesen Satz jedes Mal einen Klumpen Dreck bekäme, könnte ich jetzt von Verpachtung leben.«

»Hocheaux bot mir eine Menge Geld für das Engagement als Medium. Ich fand es auch nicht toll, dir eine Wanze anzuhängen, aber immerhin bewahrte die Aktion dich davor, in einem Sarg zu ersticken.«

»Liest du Zeitung?«

»Es tut mir so leid, in was du da geraten bist.«

Sie sieht unglücklich aus, aber das gehört zum Basisrepertoire einer Schauspielerin.

»Hocheaux erzählt die Geschichte anders herum. In seiner Version bezahlst du ihn.«

Auch die Entrüstung in ihrem Blick kann man jeden Abend gegen Geld auf der Bühne bewundern. »Dann lügt er. Ich bin Teilhaberin eines Berliner Independent-Theaters und so pleite, dass ich meine Wohnung in Kreuzberg während der Spielzeit in Dortmund untervermieten muss. Das Engagement beim *Fletch Bizzel* rettet mich vor der Insolvenz. Mir hilft jeder Cent weiter, sonst hätte ich den Auftrag von Hocheaux abgelehnt. Mein Theater bedeutet mir alles.«

Den letzten Satz glaube ich ihr. Fragt sich nur, wann sie aufhört zu spielen. »Und du sagst diesmal die Wahrheit?«, frage ich sie.

»Es kostet dich einen Telefonanruf, meine Angaben zu überprüfen.«

»Ich musste das iPhone in die Luft jagen, um mein Leben zu retten.«

Ihr Hochofen-Blick lässt den Eisenpanzer um mein Herz schmelzen. Die Augenfarbe scheint bei diesem Effekt keine Bedeutung zu spielen.

»Kann ich es wiedergutmachen?«

Im Innern des Mini Coopers riecht es wie in einem Altglascontainer kurz vor der Leerung, und man hat auch genauso viel Platz. Romanov liegt mehr auf der Rückbank, als dass er sitzt.

»Wegen mir hätten wir das Gefährt nicht wechseln müssen«, sagt er.

»Der Leichenwagen steht früher oder später auf der Fahndungsliste«, antworte ich ihm. »Spätestens, wenn unsere Freunde Todeskinos Bestattungsinstitut in die Luft jagen, um die Spuren zu verwischen.«

Ein Radio könnte unseren Sachstand aktualisieren, aber die Entertainmentausrüstung des Wagens beschränkt sich auf den linken Blinker.

»Diese Rostlaube schreit nach einer Polizeikontrolle«, mosert Romanov. »Die erstbeste Streife wird uns anhalten!«

Lorelei nimmt die Kurve in die Hohe Straße mit solcher Geschwindigkeit, dass die Fliehkraft meinen Partner in die Seitenverkleidung drückt. Im Fußraum entdecke ich einen zusammengeknüllten Einkaufszettel. Die Rückseite kann man noch gebrauchen.

»Ich werde dich weiterhin Lorelei nennen«, tönt es von hinten. »Der Name passt besser zu dir als alles, was in deinem Ausweis stehen könnte. Du besitzt doch einen? Oder wenigstens einen Führerschein?«

Die Hupe des Minis funktioniert. Lorelei benutzt sie, um einem vor uns auf den Ring abbiegenden Volvofahrer ihren Unmut über seine Geschwindigkeit anzudeuten. Da das Hupkonzert keine Reaktion hervorruft, überholt sie ihn rechts. Der hinter dem Lenkrad klemmende Greis sieht ihre Scheibenwischer-Geste nicht, weil ihm die Hutkrempe bis über die Augenbrauen rutscht und er stur auf die Straße stiert. Bei Loreleis Fahrstil muss man günstige Momente abpassen, um etwas Lesbares auf das Knitterpapier zu kritzeln.

»Warum saß Badstuber mit geschlossenen Augen im Wagen und murmelte vor sich hin?«, frage ich Romanov.

»Badstuber murmelt nicht«, erklärt mein Partner, »er zählt. Ich verwickelte ihn in ein Gespräch und erzählte ihm von meiner Show im Fletch Bizzel. Der Junge wollte wissen, wie man Menschen hypnotisiert, also führte ich es ihm vor. Bei Zehntausend wird er die Augen öffnen und sich an nichts erinnern.« Romanov schnippt mit den Fingern.

»Gibt es Neuigkeiten von der Tierpflegerfront?«, frage ich ihn.

»Das einzig Lebendige in Bascheks Wohnung war die Pizza auf dem Küchentisch. Daneben lag eine Karte von Dortmund. Einige Teiche, Seen und Bäche hatte er durchgestrichen. Sonst konnte ich nichts Erhellendes entdecken.«

»Baschek geht also auf Kryptidensafari.«

Die Ampel am Ostwall springt auf Rot.

Loreleis Vollbremsung lässt den Mini vor Überforderung aufkreischen. Ich wippe nach vorn und schnelle zurück in den Sitz, während Romanov sich fluchend aus der Ritze zwischen Rückbank und Vordersitz zwängt. Der Gevatter mit Hut kommt neben uns zum Stehen, sieht herüber und schüttelt den Kopf. Lorelei schneidet ihm eine Grimasse.

»Läuft in dieser Konservenbüchse ein Taxameter?«, fragt

Romanov. »Unsere Chauffeuse versucht, über Scharnhorst nach Dorstfeld zu gelangen.«

»Wir knöpfen uns Hocheaux erst morgen vor. Um diese Uhrzeit ruft sofort jemand die Polizei, wenn wir seine Wohnungstür eintreten, und freiwillig wird er nicht öffnen. Stattdessen steht ein Tänzchen mit Baschek auf dem Programm.«

Lorelei legt einen Raketenstart hin, schert vor dem Opa ein und hüllt den Volvo in eine Abgaswolke.

»Lass mich fahren«, schreit Romanov.

Bis vor ein paar Jahren kam man nicht durch die Brückstraße, ohne von einem Straßendealer angequatscht zu werden. Seit der Sanierung des Viertels und dem Bau des Konzerthauses muss man aufpassen, mit seiner Dönersoße keinen Armani-Anzug zu besudeln, weil sich auch Liebhaber des dreigestrichenen Cis unter die Nachtschwärmer mischen.

Zwei Relikte ehemaliger Verruchtheit trotzen der Aufwertung des Brückstraßenviertels. Die Alternativ-Kneipe *Hirsch Q*, Treffpunkt der linken Szene, und die Diskothek *Spirit*. Ihre Neonschilder prangen wie Untergrund-Furunkel im Filetstück der Kulturmeile.

Der Bandido hinter der Kasse hält sich an den Dresscode. Lederhose, Kutte über dem T-Shirt und mehrere Fortbildungen in böse gucken. Man könnte zwei Leute aus ihm machen und es bliebe immer noch Männermasse übrig.

Wir gehen an der Garderobe vorbei und stellen uns neben Mimmis DJ-Verschlag. Er bedröhnt das Partyvolk gerade mit Rammstein. Der Laden ist laut, dunkel und ein Albtraum für Klaustrophobiker. Die Tresenbelagerer kämpfen um einen Platz in der ersten Reihe und auf der Tanzfläche versuchen Metalheads bis unter die Decke zu hüpfen, oder schwingen ihre Matten im Kreis, während sie Luftgitarre spielen.

Romanov stupst mich in die Rippen und deutet auf den Kicker gegenüber der Flaschenbierausgabe. Baschek blickt konzentriert auf die Spielfläche. Die Stange in seiner rechten Hand schnellt nach vorn, der Ball knallt ins Tor und er klatscht seinen Doppelpartner ab. Ihre Gegner verlassen das Spielgerät und machen neuen Herausforderern Platz. Bevor das nächste Match beginnt, stehe ich neben ihm.

»Wenne fordern willst, leg 'nen Euro auf den Tisch«, ranzt er mich an. »Zu Null is'n Bier.«

Ich deute auf den winkenden Romanov und Baschek erstarrt. Er erkennt meinen Partner auch ohne Uniform.

»Auf deinem Ticket steht Endstation«, brülle ich ihm ins Ohr. »Kein Arzt schreibt dich in alle Ewigkeit krank, und die Polizei observiert deine Wohnung. Du hast alle Gewässer in der Gegend abgegrast, ohne den Kryptiden zu finden und läufst mit Volldampf auf deinen persönlichen Eisberg zu. Ein weiterer Sprössling aus gutem Hause, den die Knastschule zerbricht. Hoffentlich stehen vom Besenstil deiner Dreier-Zelle keine Splitter ab.«

Baschecks Kiefer arbeiten, dass die Piercings tanzen.

»Wat is', ich krich Durst«, schreit sein Kicker-Kumpel neben ihm.

Ich winke mit Loreleis Einkaufzettel. »Du bekommst eine letzte Chance. Dieser von mir unterschriebene Freifahrtschein bringt dich zurück ins Spiel.« Ich entfalte das Schriftstück und lasse Baschek einen Blick auf mein Gekritzel werfen. »Hier steht, dass dich keine Schuld an unserem Ausflug ins Tiger-Gehege trifft. Ich überlasse ihn dir für ein paar Informationen. Diese Nacht könnte einen Wendepunkt in deinem Leben markieren.«

Baschek schnappt nach dem Zettel, aber ich bin schneller.

»Fick dich!«, sagt er und schubst mich weg.

Sein Partner wirft den Ball ein.

Das Licht geht an.

Man sieht plötzlich in die gnadenlos ausgeleuchteten Gesichtslandschaften seiner Nachbarn. Ähnlich irritiert müssen sich Badegäste fühlen, die das Schild *Nacktschwimmtag* übersehen haben. Die Red Hot Chili Peppers spielen weiter Otherside, als wäre nichts geschehen und die ersten Diskothekbesucher lassen Papierbriefchen und Dope-Brocken zu Boden fallen.

Hinter der Plexiglasscheibe von Mimmis Kabäuschen gibt es ein Gerangel, dann verstummt das Lied mitten im Gitarrensolo.

Aufkommendes Gemurmel ersetzt die Musik.

Das DJ-Mikro fiept beim Einschalten, dann dringt Talbots Stimme über die Boxen.

»Guten Abend allerseits. Razzia! Wenn Sie die Ruhe bewahren, Ihre Personalausweise bereithalten und auf weitere Anweisungen warten, dürfen wir alle schnell nach Hause.«

Die ersten Polizisten einer Einsatzhundertschaft drängen durch das Publikum. Einige führen Spürhunde mit sich.

»Carpe noctem«, sage ich zu Baschek.

»Du kommst hier auch nicht mehr raus«, antwortet er.

»Das macht den Besenstil in deinem Rektum sicher weicher.«

Baschek Gesicht verzerrt sich zu einer Fratze unterdrückter Aggression.

»Der Richter verknackt mich höchstens auf Bewährung. Ich hab' Sürgü bloß die Viecher für diesen Freak-Club besorgt. Die müsste man wegsperren!«

Ich wedele mit dem Ablassbrief. »Vergiss nicht den Mordversuch. Was weißt du über den Club?«

Die ersten Beamten arbeiten sich in unsere Richtung vor. Ich gebe Romanov ein Zeichen, dass er sich etwas einfallen lassen soll, um mir mehr Zeit zu verschaffen.

Baschek schließt die Augen und fährt sich mit der Hand über die Stoppelfrisur. Er knickt ein. »Die Leute organisieren abgefahrene Candle-Light-Dinner. Der Eintritt kostet ein halbes Vermögen. Sie servieren Exoten und vom Aussterben bedrohte Arten. Als Vorspeise gibt's Eier von Vögeln, die unter Naturschutz stehen und als Hauptgang Hirn vom lebenden Schimpansen. Dafür schnallt man die Affen an so Spezialtische, wo nur der Kopf über die Platte guckt.«

»Und jetzt steht ein unbekanntes Lebewesen auf dem Speiseplan«, sage ich.

Drei Bandidos mit Fahndungsplakat-Gesichtern schieben ihre Kutten durch die wartende Menge und verschwinden Richtung Toiletten im Treppenabgang.

»Wo hast du den Kryptiden überhaupt aufgetrieben?«, frage ich Baschek.

»Sürgü kam mit dem Krebs an. Er wollte von mir wissen, wie er ihn ein paar Tage am Leben hält. Was das Ding frisst, wo er es am besten lässt und so.«

Romanov verwickelt seine Nachbarn in Gespräche und vertauscht ihre Ausweise.

»Was sollte dann die Aktion mit den Tigern?«

»Scheiße, Mann, dein Kripoausweis war abgelaufen. Ich dachte, der Freak-Club hätte euch geschickt, um mir das Licht auszublasen, weil ich zu viel weiß.«

»Kennst du die Namen von Mitgliedern? Ihren Treffpunkt? Kontaktnummern?«

Der Tierpfleger zuckt mit den Schultern.

Lediglich einer der drei Bandidos kehrt vom Toilettengang zurück.

Ich überreiche Baschek den Zettel.

Das *Spirit* gilt hauptsächlich wegen seiner Toiletten als Siffbude. Die Ausdünstungen der Sanitäranlagen beißen sich ins

Gedächtnis, und man weiß gleich, dass die Feuchtigkeit auf dem Boden nicht vom Engagement einer Putzfrau rührt. Vor den Urinalen warten sie in Dreierreihen, um siebenunddreißig Grad warmes Bier abzulassen.

Im Waschbecken steht ein Kotzesee. Ein Vokuhila-Typ in Jeans, Fransen-Lederweste und Cowboystiefeln stützt sich am Rand der Emaille ab und glotzt in den Spiegel.

»Arschkacke«, sagt er.

Zwei der Toilettenkabinen sind besetzt. Unter der einen Tür entdecke ich Turnschuhe und unter der anderen Springerstiefel.

Der Vokuhila beobachtet mein Treiben durch den Spiegel und versucht eine Einstellung zum Geschehen zu finden. Er will sich am Kopf kratzen, droht aber umzukippen, sobald eine Hand das Becken loslässt.

An der dritten Kabine hängt ein *Defekt*-Schild.

Ich überklettere ihre Tür und lasse mich auf der anderen Seite hinabgleiten. Der Springerstiefelträger nebenan ist bei seinem Geschäft eingeschlafen.

Es dauert keine drei Minuten, das Schlupfloch der beiden Bandidos zu finden. Eine Querfuge der Rückwandkacheln besteht aus grauem Silikon und im Abflussrohr der Toilette steht kein Wasser. Die Bodenverschraubung des Klosetts lässt sich mit den Fingern aufdrehen. Ich fasse unter den Toilettenfuß und ziehe ihn in die Höhe. Die Rückwand kippt von der Fußleiste bis zur Silikonfuge nach hinten und gibt einen Kriechgang frei. Man muss sich nur über die im Weg liegende Kloschüssel zwängen.

Der Lichtschalter am Einstieg lässt eine Reihe Grubenlampen unter der Decke aufglimmen. Ich wuchte die Wand zurück in ihre Ursprungsstellung. Mir fehlt ein dritter Bandido, um spurlos zu verschwinden, aber mit etwas Glück messen Talbots Männer den herumliegenden Schrauben keine Bedeutung bei.

»Als du unter dem Gullideckel auftauchtest, musste ich an eine Szene aus *Delicatessen* denken«, sagt Lorelei.

Ihre Rehaugen verraten nicht, ob sie diese Bemerkung macht, weil sie mehr weiß, als sie zugibt. Immerhin wartete der Mini Cooper am verabredeten Ort hinter dem Parkhaus an der Kuckelke.

»Talbot hat die Party beendet«, sage ich. »Er wollte Baschek einkassieren und ein bisschen Beifang machen. Ich konnte durch einen Geheimgang türmen.«

Meine Flucht führte durch mehrere Luftschutzkeller in die Kanalisation. Dortmunds Untergrund hat mehr zu bieten als U-Bahn-Schächte und Bergwerksstollen. Das Bunkersystem unter der Stadt soll im zweiten Weltkrieg über 40.000 Menschen Platz geboten haben.

Nasse Füße sind noch die angenehmste Erinnerung an die Odyssee. In der Kloake fiel lediglich etwas Straßenlicht durch die Abflussritzen der Gullis und beim Ertasten des Wegs fasste man in weiche Dinge und riskierte Rattenbisse.

»Wir brauchen nicht auf Romanov zu warten«, informiere ich Lorelei. »Er kann sich denken, dass sie ihn beschatten.«

»Wohin soll ich dich fahren?

Hört sich an, als könnte sie es kaum erwarten, den Abwassergeruch loszuwerden.

»Zu dir«, sage ich, »bei mir gibt es zu viele Zuschauer.«

Loreleis Hände versuchen, das Plüschlenkrad auszuwringen.

»Das könnte Probleme geben. Eine Zweitwohnung ist nicht drin, deshalb übernachte ich bei einem Bekannten. Er ist ein bisschen speziell.«

»Du wolltest es wiedergutmachen«, sage ich.

Im Ortsteil Schanze residieren Leute, deren einzige Sorge darin besteht, beim Samstags-Barbecue niemandem zu verraten, dass man die Halme schreien hört, wenn der Gärtner das Grün auf die Höhe des Nachbargrases trimmt. In diese Gegend verirrt sich die Polizei nur nach Einbrüchen. Andersherum trifft man in den Wartezimmern der Psychiater selten jemanden aus dem Fischstraßenviertel.

Eine halbe Stunde nachdem alle Lichter im Haus erloschen sind, schmeißt Lorelei eine Kletterhilfe aus aneinander geknoteten Bettlaken über die Brüstung des Balkons. Ich halte das unterste Seidentuch in der Hand, die Grillen zirpen ihr Nachtlied, und in den Dachfenstern der Nachbarvillen spiegelt sich das Mondlicht. Das perfekte Arrangement für Romantiker und Shakespeare-Liebhaber.

Lorelei zieht mich durch zimmerhohe Flügeltüren ins Innere und legt einen Zeigefinger an die Lippen. Das Platzangebot und die Exklusivität der Möbel lässt mich nach Filzpantoffeln für Besucher Ausschau halten. Man traut sich kaum, das Bodenmosaik mit Straßenschuhen zu betreten. Der Rokoko-Schrank muss ein Vermögen kosten und über dem antiken Messingbett hängt ein Kopfüber-Bild von Baselitz. Selbst die Porzellanschälchen auf dem Stucksims umweht ein Hauch von Ming-Dynastie. Über ihr Parfümwasser treiben Rosenblätter.

»Du solltest den Rest des Hauses sehen«, flüstert Lorelei mir zu. »Das ist nur sein Gästezimmer. Wir dürfen ihn auf keinen Fall wecken.«

Ich streiche über die Oberfläche einer filigranen Venusstatue, die aus der Werkstatt Berninis stammen könnte. Eine Sporttasche voller Frauenklamotten lehnt an ihrem Marmorsockel. Die Gewöhnlichkeit des Gepäckstücks beleidigt den Rest des Zimmers.

»Mein Neid hält sich allerdings in Grenzen«, wispert Lorelei. »Maurice lebt in der ständigen Angst, dass jemand kommt und ihm alles wegnimmt. Vor ein paar Jahren sperrte ihn ein Einbrecher ins Solarium und grillte den armen Kerl, bis er mit der Tresorkombination rausrückte. Diese Erfahrung hat sein Sicherheitsbedürfnis ins Krankhafte gesteigert. Mein Herbergsvater verlässt kaum noch das Haus, weil er ständig kontrollieren muss, ob die Münzsammlung nicht selbst organisierter Umverteilung zum Opfer gefallen ist.«

Lorelei zieht mich zum Bett und wir lassen uns auf die Tagesdecke fallen.

»Der Mann geht sogar mit Schussweste schlafen. Er nimmt Theater-Talente als Stipendiaten bei sich auf, um nicht zu vereinsamen, aber jeder weitere Fremde im Haus belastet sein Nervenkostüm.«

Sie gähnt, und wir fallen in ein Loch aus Stille. Die magischen Sekunden, bevor es zum Aufteilen des Nachtlagers kommt. Verbannt sie mich, oder darf ich neben ihr liegen? Wird sie fragen, ob ich zum Schlafen die Nase ablege?

Es klopft und jemand rüttelt an der Klinke.

»Hörst du auch diese Geräusche, ma chère?«, dringt es durch die Tür.

»Ich übe eine Rolle ein«, ruft Lorelei und bedeutet mir zu verschwinden.

Als sie den Schlüssel umdreht, liege ich unter dem Bett.

»Um diese Uhrzeit?«, sagt Maurice. Er versucht seiner Stimme Erotik zu verleihen, trägt aber so dick auf, dass es nach Synchronsprecher für Softpornos klingt. »Dem Beseelten schlägt keine Stunde«, säuselt er. »Ich beneide euch Künstler um das Feuer der Leidenschaft, mit dem ihr durchs Leben zieht. Könntest du mir nicht etwas davon abgeben? Als Dankeschön überlasse ich dir auch ein Gläschen von meinem Pommery. Ein Spitzenjahrgang, der Achtundneunziger.«

Sie steuern die Schlafstatt an.

Maurice setzt sich neben Lorelei auf die Bettkante und stellt zwei Champagnerkelche auf den Mosaikboden. Auf dem Weiß seiner Waden wäre jeder Grottenolm unsichtbar. Er könnte Werbung für Alpina machen. Warum rasiert sich ein Mann die Haare an den Beinen ab? Hat er Angst, dass sie beim Fahrradfahren in die Kette geraten?

»Was riecht denn hier so nach Gulli?«, fragt Maurice.

»Ich hab' heut' Linsen beim Inder gegessen.«

Man hört Loreleis Stimme an, dass sie errötet.

Ihr Gönner nimmt die Kelche vom Boden.

»Entschuldige! Schampus fördert den Gärprozess.«

Den Schluckgeräuschen nach zu urteilen, setzt er nur einmal ab, um das Glas zu wechseln.

»Es gibt nichts Deprimierenderes, als sich allein in den Schlaf zu trinken, aber es lindert die Unruhe. Ich könnte schwören, dass da vorhin ein Licht durch die Gartenbüsche wanderte.«

»Du solltest mit einem Therapeuten über deine Angstzustände sprechen«, sagt Lorelei.

»Längst erledigt, ma chère. Er ermunterte mich, eine Pistole zu tragen. Sie gibt mir Sicherheit, und ich finde es unheimlich entspannend, über ihren Griff zu streicheln. Ich frage mich, ob deine Brüste …«

Es klatscht zweimal.

Die Pause in der Konversation erreicht Dramatiefe.

Maurice spricht als Erster wieder. »Du wohnst jetzt schon sehr lange hier.« Er muss seine Stimme in der Zwischenzeit schockgefrostet haben. »Was glaubst du eigentlich?«

Seine Beine verschwinden nach oben und der Lattenrost

biegt sich durch, weil die beiden über mir einen Ringkampf aufführen.

Schlimmer geht immer. Selbst im Sarg hatte man mehr Platz, und nichts weiter zu verlieren, als das eigene Leben.

Ich krieche unter dem Bett hervor, und versuche Maurice von Lorelei zu zerren, aber seine Beine gleiten mir durch die Hände. Sie sind eingeölt, oder von einer Cremeschicht bedeckt. Er lässt von seinem Opfer ab und wälzt sich auf den Rücken. Der geöffnete Seidenumhang des Mäzens gestattet einen Blick auf seine Schussweste und ein String-Tanga-Zelt. Dazwischen wellen sich Michelin-Männchen-Ringe. Die Sonnenbrille und das Toupet lassen ihn aussehen wie eine verfettete Version von Heino. Er fummelt einen Revolver mit Perlmuttgriff aus der Kimonotasche.

Ich reiße das Kopfüber-Bild von den Nylonfäden der Deckenaufhängung und verschanze mich dahinter.

»Nimm die Finger vom Baselitz«, tobt Maurice »Ich mach dich fertig. Davon träume ich seit Jahren.«

Mir gefällt, dass er spricht. Die gefährlichen Durchgeknallten sagen nichts und schießen. »Ein Einschussloch würde deine Geldanlage entwerten«, rufe ich ihm zu. »Wenn du nicht willst, dass ich einen Finger durch das Bild ramme, solltest du die Waffe auf den Boden legen.«

Ich drücke eine Beule in die Leinwand, damit er sieht, dass ich es ernst meine, und spähe links am Rahmen vorbei. Maurice sitzt neben Lorelei auf der Bettkante und zielt mit dem Revolver auf das Bild. So wie der Mann zittert, drückt er jeden Moment aus Versehen ab. Lorelei legt eine Hand auf seinen Rücken.

»Schieß ihm in den Kopf«, sagt sie.

Die Sachlichkeit ihrer Anweisung trifft mich wie ein Schwinger in die Magengrube.

»Rate mal, wer mich reingelassen hat«, rufe ich Maurice zu und rutsche einen Schritt Richtung Tür.

»Der Scheißtyp will abhauen«, brüllt er und schießt.

Die Kugel sirrt an meinem Ohr vorbei, prallt von der Marmorvertäfelung der Wand ab und jault als Querschläger davon.

Ich linse auf der anderen Seite um das Bild.

Maurice bedroht Lorelei mit dem Revolver. »Du steckst mit ihm unter einer Decke«, wirft er ihr vor.

»Der versucht nur, uns gegeneinander auszuspielen. Bei deinem Tatterich triffst du ihn eh nicht«, sagt Lorelei. »Gib mir das Ding, ich erledige das für dich.«

Das Grinsen auf seinem Gesicht zeigt, dass er die Konsequenzen ihres Vorschlags richtig einschätzt. Diese Tat wird sie in alle Ewigkeit an ihn binden und sollte es Scherereien mit der Polizei geben, wäre er aus dem Schneider.

Maurice überreicht ihr den Revolver. »Aber sieh zu, dass keine Hirnmasse an die Leinwand spritzt.«

Lorelei wirft ihm eine Kusshand zu, packt die Waffe beim Lauf und hämmert den Griff gegen die Stirn des Mäzens, als müsste sie dort einen Nagel einschlagen.

Der Hausherr sackt auf dem Bett zusammen. Die Sonnenbrille rutscht aus seinem Gesicht und enthüllt von Schneeblindheit gerötete Augen, die tränend zur Stuckdecke starren. Er muss es verdammt lange im Solarium ausgehalten haben.

»Kamen dir Zweifel an der Ehrbarkeit meiner Absichten?«, fragt Lorelei. »In diesem Zustand hätte Maurice nicht nur dich erschießen können.« Sie zielt mit der Waffe auf mich. »Peng!«, sagt sie. »Wenn du mir ein Zelt besorgst, sind wir quitt, Borg.«

KAPITEL 14

MESSERJOCKEL

Aus der Küche weht Kaffeegeruch herüber. Lorelei sitzt im Massage-Sessel und liest die Zeitung von heute. Den Aufmacher des Titelblatts kann ich vom Arbeitstisch aus lesen: *Die Blutspur des Psycho-Killers.* Auf dem Jugendstil-Beistelltisch neben ihr liegt ein angebissenes Käsebrötchen, an dem sie ab und zu mümmelt.

»Du hast gestern ein Beerdigungsinstitut abgefackelt«, sagt Lorelei.

Die Feng-Shui-Atmosphäre der Bibliothek umhüllt mich mit Gelassenheit. Ich könnte stundenlang zwischen all den Wasserspielen, Topfpalmen und Bücherregalen sitzen und den Sonnenstrahlen bei ihrem Vormarsch über die Kaschmir-Teppiche zusehen. Mit jedem eroberten Zentimeter öffnen sich die Seerosenblüten im Zimmerteich ein weiteres Stückchen. Man möchte dieses Refugium der Entspannung gar nicht mehr verlassen.

»Der Kaninchen-Köpfer läuft auch noch frei herum«, sagt Lorelei, »obwohl es in der Stadt von Polizisten wimmelt. Man hat Hundertschaften aus dem ganzen Land zusammengezogen, um Sürgüs Begräbniszug von der Nazi-Demo fernzuhalten.«

Die Akustik des Raums macht selbst das Rascheln der Zeitung zu einem Klangerlebnis.

»Der Artikel erinnert mich daran, dass ich dir eine Geschichte schulde. Vor etlichen Jahren stieg ein Nazi aus dem Osten zum Feindbild Nummer eins der Kreuzberger Szene auf. Sie nannten ihn den Führer von Berlin, und ich kann mich erinnern, dass er mit dem gleichen Augenstein herumspielte wie dieser van Limbeek. Der Typ verschwand irgendwann von der Bildfläche. Es hieß, er sei untergetaucht.«

Ich durchwühle die Equipment-Tasche bereits nach einer Hardware-Alternative zum Knacken des Zugangs, als der Desktop doch noch erscheint. Ein paar Klicks auf die Hauptanwendungen verschaffen mir einen ersten Überblick.

»Wir müssen von hier verschwinden«, sage ich. »Wenn Maurice nicht alle acht Stunden einen Code eingibt, schaut eine Polizeistreife nach dem Rechten. Uns bleiben keine dreißig Minuten Zeit.«

»Lass es ihn doch eben machen.«

»Ich kann nicht überprüfen, welche Kombination er eingibt, also könnte dein Gönner den Alarm auch auslösen, statt ihn abzuschalten.«

»Was hast du überhaupt mit ihm angestellt?«

»An den Stangen seines Betts hingen Handschellen, da musste ich nicht lange überlegen.«

»Armer Maurice. Jetzt tritt wegen mir das ein, wovor er sich am meisten gefürchtet hat.«

»Gräm dich nicht. Die Quantenphysiker behaupten, dass Gedanken Einfluss auf Materie haben. Der Witz an der Geschichte ist, dass die Energiematrix des Nullraums nicht wertet. Sie setzt positive und negative Informationen in Gestaltungsprozesse um. Wer ständig an etwas Schlechtes denkt, dem wird es auch widerfahren. So bekommt jeder, was er sich vorstellt zu verdienen.«

Auf der Festplatte befindet sich Videomaterial von einiger Brisanz.

»Vielleicht denkst du genauso, wenn ich dir einen seiner Filme zeige. Maurice arbeitet mit versteckten Kameras.«

Ich drehe den Bildschirm, damit sie sich beim Duschen betrachten kann.

»Wir sollten das Schwein im Solarium liegen lassen, bis die Polizei kommt«, sagt Lorelei. »Du musst es ja nicht auf volle Leistung stellen.«

»Eine Kopie seines Filmarchivs geht in diesem Augenblick per Internet an mein Postfach, um ihn davon abzuhalten, dich wegen Körperverletzung zu belangen. Das wird ihn allerdings nicht daran hindern, dir im *Fletch* die Hölle auf Erden zu bereiten. Wenn du nicht von alleine aufgibst, erfinden sie einen Grund, um dich auf die Straße zu setzen.«

»Dann habe ich immer noch dein Zelt.«

»Selbst dafür bräuchten wir Bargeld, ganz zu schweigen von den anderen Kosten, die Psycho-Killern auf der Flucht entstehen.«

»Zweig was aus der Brieftasche unseres Hobbyregisseurs ab oder foltere die Tresorkombination aus ihm heraus. Tief in seinem Innern sehnt er sich danach, das spüre ich«, schlägt sie vor.

»Ein Raubüberfall würde ihm in die Karten spielen. Mein Freund Domenico streckt mir sicher ein paar Euro vor. Bei ihm könntest du auch unterkommen.« Ich tippe seine Nummer in die Tastatur des Telefons.

»Pronto«, schallt es nach einer Ewigkeit aus der Hörermuschel.

»Buon giorno, hier spricht Borg.«

Stille am anderen Ende der Leitung.

»Du musst nicht alles glauben, was in der Zeitung steht«, sage ich. »Ist dein Gästezimmer belegt?«

Domenico findet sein Temperament wieder. »Meine Herz nie geglaubt diese Mörder-Geschichte«, sprudelt es aus ihm heraus, Dann verfällt er in einen Flüsterton. »La mia famiglia große tradizione in verstecke vor carabinieri!«

»Ich weiß dein Angebot zu schätzen, aber das bringt dich in Gefahr.«

»Wo bisse du?«

»Bei einer Freundin. Leider möchte ihr Hausherr die Miete in körperlichen Gefälligkeiten entrichtet sehen. Du förderst die Kulturszene dieser Stadt, wenn du der Dame eine Weile Obdach gewährst.«

»Isse non problema! Wann bringest du die ragazza?«

»Sie wird ohne mich kommen und du könntest mir einen weiteren Gefallen tun. Gib ihr bitte etwas Geld.«

Man kann Domenicos Stirnrunzeln bis Schanze hören.

»Romanov gut in verstelle Stimme. Was, wenn er will nehmen meine schöne Geld für mache Bunga-Bunga mit die ragazza? Wenn du kommst, gebe ich dir. Isse vielleicht scheiß Enkeltrick.«

»Ich kann das Risiko nicht eingehen, mich bei dir blicken zu lassen. Jeder weiß, dass ich quasi im *Romantica* wohne. Du musst mir vertrauen.«

Domenicos Finger trommeln auf einem Möbelstück herum.

»Brauche ich eine Beweis. Weiß du noch Name von die dolce bei deine letzte Besuch?«

»Du hast mir einen Anis-Schnaps angeboten.«

»Nicht irgendeine Schnaps. Una Anisetta Meletti speciale! Isse Köstlichkeit für Feinesmecker.«

Domenico kennt sich in der Gourmet-Branche aus, vielleicht kann er mir auch beim Freak-Club weiterhelfen.

»Erinnerst du dich an den Tentakelkrebs? Ich suche in dieser Angelegenheit nach einer geschlossenen Gesellschaft, die Absonderlichkeiten wie Affenhirn und unter Naturschutz stehende Tiere verköstigt. Kennst du Leute, die solch eine Form der Erlebnisgastronomie besuchen?«

Domenico schnauft in den Hörer.

»Isse Geschichte aus Zeitung? Neulich stande geschriebe, dass sie in China verkaufe Kapseln für die potenza mit Pulver aus tote bambini.« Aus dem Hörer schallt ein Klatschen. »Tote bambini! Porca miseria. Wo meine Kopf? Scusi. Uno momento.«

Nach drei Minuten nähert sich Domenicos Schnaufen dem Apparat. »Eine Mann mit die schöne Name Todescino hatte mir gegeben seine numero di telefono. Möchte dich sprechen in wichtige Sache.«

Der Ruf geht durch.

»Ja?«

»Hier spricht Borg. Domenico aus dem *Romantica* gab mir Ihre Handy-Nummer.«

Die Überraschung lässt ihn schwer atmen. »Ich will auspacken«, sagt er dann. »Diese Schweine haben meine Zukunft eingeäschert, mein Zuhause, meine Kunst. Sie sollen alle im Knast landen.«

»Und Sie glauben, ich könnte Ihnen da helfen? Warum gehen Sie nicht zur Polizei?«

»Von denen kann auch jeder mit drinhängen. Ich halte Sie für den einzigen Menschen in dieser Stadt, der dem Verein garantiert nicht zuarbeitet.«

»Schießen Sie los.«

Todeskino steht so unter Druck, dass er die Worte durch die Zähne presst.

»Nicht am Telefon. Die orten mich innerhalb der nächsten halben Minute.«

»Treffen wir uns beim Zoogucker im Rombergpark«, schlage ich vor.

»In der Öffentlichkeit?« Seine Stimme zittert, als wäre er kurz vorm Durchdrehen und seit Tagen auf Entzug. »Wollen Sie mich umbringen? Kommen Sie zum MPZD in der Gneisenaustraße. Jetzt gleich! Ansonsten lassen wir es. In zehn Sekunden lege ich auf.«

»Eine Stunde müssen Sie mir schon geben.«

»Erdgeschoss. Linker Flur. An der Tür hängt ein Tourplakat von Van Winkle.«

Es tutet.

»Die Sache stinkt!« So wie Lorelei es sagt, denkt man an Fischsuppe, auf der ein Hautpelz dümpelt.

»Alle anderen Spuren laufen ins Leere«, versuche ich sie zu überzeugen, »und Hocheaux zwingen wir durch eine Konfrontation mit dir auch nicht zu einem Geständnis. Entweder bekomme ich von Todeskino Informationen oder begegne seinen Hintermännern, weil sie ihn als Köder benutzen. Beides bedeutet eine Chance.«

»Ja, die Chance erschossen zu werden.«

»Wer keine Wahl hat, sollte sich gut vorbereiten.«

Ich gebe *Agam Des* bei Google ein und tippe auf die Entertaste. Das Bild einer blonden Frau mit Mireille-Mathieu-Frisur lächelt mich an. Laut ihrer Homepage stammt sie von der Venus, aus einer Stadt namens Teutonia, und besucht die Erde, um uns Menschen die bedingungslose Liebe zu lehren. Bücher über ihr Astralleben auf unserem Nachbarplaneten und Spenden der Anhängerschaft haben sie zur Millionärin gemacht. Was will Hocheaux von der Frau? Asyl beantragen?

»Du müsstest inzwischen das Geld von Domenico abholen und danach Romanov. Möglicherweise beschattet man euch, aber bei deinem Fahrstil mache ich mir keine Sorgen, dass mögliche Verfolger bis zur Gneisenaustraße an dir dranbleiben könnten. Sollte ich nicht vor dem Bunker auf euch warten, erzählt die Geschichte ein paar Leuten von der Presse und dann erst Talbots Vorgesetztem.«

Der Computer fährt herunter.

»Während du deine Sachen packst, erkläre ich Maurice, warum er sich besser bedeckt hält, wenn die Polizei ihm Fragen stellt.«

»Wir sollten ihn entkleiden. Diese Geschichte erzählt sich von selbst.«

Das Musikprobezentrum Dortmund geht als Drehort für *Twelve Monkeys* durch. Die umliegenden Bäume scheinen den Hochbunker verschlingen zu wollen, und ein Großteil der Betonplatten wurde vom Efeu zurückerobert. Graffitikunst umkränzt das aufstehende Eingangstor und lenkt von der Kamera an der Frontwand ab. Im MPZD befinden sich Dutzende von Proberäumen, aber um diese Uhrzeit dürfte sich noch kein Nutzer hier herumtreiben. Nur eine Drossel hüpft auf der Suche nach einem verspäteten Wurm über den Vorplatz.

Das Reifenquietschen des davonrasenden Minis hallt bis zum Subrosa durch die Häuserschluchten.

Man erwartet mich. Ein vom Bau entführter Kalksandstein sorgt dafür, dass die Metallzwischentür in den Bunkerkomplex nicht zufällt.

Obwohl der Schalter im Flur mit einem Klicken einrastet, bleibt es dunkel. Das Licht von draußen reicht nur bis zur ersten Biegung des linken Gangs. Ich ziehe den Perlmutt-Revolver und schleiche in die Finsternis.

Es riecht, als ob einige Herrschaften es nicht mehr bis nach draußen schafften, um ihre Blase zu entleeren. Irgendwo über mir bleibt ein Gitarrist immer wieder an derselben Stelle seines Solos hängen und versucht es von vorn. Die Wände des Bunkers fühlen sich feucht an. Ich ertaste eine Tür und rüttele an der Klinke.

Der Lichtstrahl einer FlashMax-Taschenlampe schlägt mir ins Gesicht und lässt Feuerkreise auf meiner Netzhaut tanzen.

»Der Auferstandene«, tönt das Frettchen. »Ich schwör, du warst tot wie ne an Gift verreckte Ratte.«

»Ich freue mich auch, dich zu sehen«, sage ich. „Mach dir keine Vorwürfe. Selbst Mediziner diagnostizieren bei einem Unterzuckerkoma ab und an den Exitus.«

»Steck dir den Lauf deiner Knarre in die Fresse und beiß drauf«, fordert er mich auf. »Sieben Schritte vor dir auf der rechten Seite is' noch 'ne Tür, da klopfst du an und gehst rein.«

Seine Anweisungen nicht zu befolgen, wäre Selbstmord. Ich gebe eine exzellente Zielscheibe ab und Hasenschartes Aufpasser verbirgt sich hinter einer Wand aus Helligkeit.

Das Metall der Waffe schmeckt nach Ruß, und ich meine, noch Restwärme zu spüren.

»Flossen hoch«, befiehlt das Frettchen, als wir eintreten.

Nach der FlashMax-Nummer schmeicheln die Disco-Strahler den Augen. Ihr Rotlicht sorgt für Auftrittsatmosphäre und erzeugt Schummerreflexionen auf den Metallteilen einer Bass-Box und den Becken des Double-Bass-Drum-Kits. Der Gitarrenverstärker vor dem Mischpult brummt, weil sein Lautstärkeregler bis zum Anschlag aufgerissen ist.

Auf dem Schlagzeughocker im Zentrum des Lichtkreises kauert ein Häufchen Elend. Todeskinos Hände sind mit Gaffer-Tape gefesselt und sein Kinn ruht auf der Brust.

»Dann kann der Auftritt ja beginnen«, begrüßt mich Hasenscharte und erhebt sich von der Elefantenledercouch in der Abhängecke. Er trägt einen Verband um die linke Hand und eine Piratenklappe über dem gesunden Auge. Um etwas sehen zu können, muss er den Hautlappen des Hängelids nach oben schieben. Die zum Vorschein kommende Riesenpupille erinnert mich an die Glotzaugen von Tiefseekraken.

»Dem Sänger hat es leider die Sprache verschlagen«, sagt er, »aber dein Outfit verrät, dass du eh die härtere Gangart bevorzugst. Das bisschen Brüllen bekommt jeder hin.«

»Was du wieder für eine Scheiße laberst, Blindfisch«, sagt das Frettchen und schüttelt den Kopf. »Ich weiß nicht, was mich mehr ankotzt. Dein Graf-Koks-Getue, oder dieses Schmatzen wie von so 'nem Spasti, wenn du sprichst.«

Hasenscharte beißt auf die Zähne und verkneift sich eine Bemerkung.

Bei schlechten Teams führt ein Wechsel in der Hackordnung zu Abriebkämpfen, weil der Umgang mit Veränderungen von beiden Seiten Größe verlangt. Ganoven scheinen auch nicht mehr Führungsschulungen zu bekommen, als Fachbereichsleiter im Öffentlichen Dienst.

Ein Tritt in den Hintern lässt mich in die Manege stolpern.

»Hände hinter die Birne und runter zum Gebet«, herrscht mich das Frettchen an.

Die Mündung seiner Waffe drückt gegen meine Schläfe.

Ich sinke vor dem Schlagzeughocker auf die Knie.

Todeskino hebt den Kopf und stiert das Frettchen an. Unter seinem Mund klebt geronnenes Blut. Er will etwas sagen, bekommt aber nur ein Stammeln heraus. Ein Blutschwall schwappt zwischen den Lippen hervor, läuft über das Kinn und platscht auf die Hose. Sie haben ihm die Zunge herausgeschnitten.

»Zähne auseinander!«, befiehlt das Frettchen. Er nimmt mir den Revolver aus dem Mund und zielt damit auf den Kopf des Sargdesigners. »Was is' das denn für ein Pussi-Teil von Kanone?«, fragt er mich. »Hast du das Ding aus 'nem Nuttenmuseum geklaut?«

Stilbewusste Bemerkung für jemanden, der Kunstlederhandschuhe trägt.

»Sürgüs Handy entsperrt man durch die Sprachsteuerung, und ich kenne das Zauberwort«, rufe ich Hasenscharte zu.

Sein Aufpasser spannt den Hahn des Revolvers.

»Warte«, sagt Hasenscharte. Er zieht ein Smartphone aus der Anzugjacke und stapft quer durch eine Leergut-Batterie zu uns herüber. Das Klirren umkegelnder Bierflaschen begleitet jeden seiner Schritte.

»Weiter links«, sagt das Frettchen.

»Hat Nessinger das Telefon aus der Scheune mitgehen lassen?«, frage ich Hasenscharte.

»Der kleine Türke wollte damit Hilfe rufen«, antwortet er im Gehen. »Strangulierte sich zu Tode, nur um was unter die Tischplatte zu röcheln. Da klebte das Ding nämlich.«

»Und stopp«, sagt das Frettchen.

Sein Kompagnon bleibt neben mir stehen. »Die meisten Menschen unterschätzen Bondagekunst. Man braucht eine Weile, um diese Knoten zu lockern. Der Junge könnte noch leben, wenn sich dein Klient zuerst um ihn gekümmert hätte.« Er streckt mir das Smartphone entgegen. »Mach es an«, fordert er mich auf.

»Dein Chef verpasst mir eine Kugel, sobald ich das Ding ans Laufen bekomme.«

Die Anspielung auf seine Degradierung lässt Hasenschartes Gesicht aufglühen.

»Wie wäre es mit einem Deal?«, schlage ich vor.

»Scheiß auf einen Deal. Meine Klinge schneidet das Wort aus dir heraus.«

»Wer soll uns denn abkaufen, dass Borg den Bestatter abknallt, sich verstümmelt und danach Selbstmord begeht?«, fährt ihn das Frettchen an. »Außerdem bist du zu behindert für Folterspielchen.«

»Ich brauche nichts zu sehen, mir reichen seine Schreie als Wiedergutmachung.« Er steckt Sürgüs Smartphone zurück in die Anzugjacke, hebt sein Lid mit dem Zeigefinger an und sieht in den Lauf von Maurice' Revolver. Schlechter konnte es nicht laufen.

»Versau es kein drittes Mal«, warnt ihn das Frettchen.

Ein gehässiges Lächeln verzerrt Hasenschartes Lippenstummel.

»Du solltest dich mit deinem Platz in der Welt zufriedengeben. Immerhin kannst du bis drei zählen. Gib das nicht auf.«

Für einen Augenblick streift mich sein Tintenfischblick. Er weiß Bescheid.

»Niemanden interessiert deine Meinung, Missgeburt«, sagt das Frettchen. »Tu einfach, was ich dir sage, und halt den Rand.«

Hasenscharte lässt sein Lid herunterschlappen und stellt sich mit ausgebreiteten Armen vor die Waffenmündung. »Wer viel einst zu verkünden hat, schweigt viel in sich hinein«, rezitiert er. »Wer einst den Blitz zu zünden hat, muss lange Wolke sein.«

Das Frettchen starrt ihn mit offenem Mund an. »Dein Gesabbel geht mir so was von auf den Sack. Wenn du nicht parierst, Arschgesicht, blas ich dir das Hirn raus und erzähl, der Schnüffler hätte dich erwischt, bevor ich ihn umnieten konnte. Mach jetzt die Musik an.«

Hasenscharte liefert die Parodie einer Verbeugung ab, schiebt den Hautlappen hoch und geht zu der brummenden Marshall-Box. »Zwo, drei vier«, sagt er und tritt die neben dem Verstärker stehende Gibson Sunburst um. Die Gitarre fällt mit den Saiten voran auf den Boden und das Kreischen einer infernalen Rückkopplung dröhnt aus dem Verstärker. Das Frettchen zielt auf den Kopf des Bestatters, drückt ab und der Revolver explodiert in seiner Hand, ohne dass der Knall den Gitarrenlärm übertönt. Todeskino blickt mit

Schmauchspuren im Gesicht und zu ihm hoch. Der Killer versucht ein weiteres Mal abzudrücken, aber aus den Überresten des Kunstlederhandschuhs ragen lediglich die Stumpen von Zeigefinger und Daumen. Er starrt auf die Stummel und den Rest des Revolvers, lässt den Perlmuttgriff fallen und jagt Todeskino mit seiner eigenen Waffe eine Kugel in die Stirn. Der Sargdesigner kippt mit dem Hocker nach hinten und spuckt eine Blutfontäne in die Luft.

Bevor ich den Killer packen kann, dreht er sich um und drückt zweimal ab. Die Kugeln schlagen mit solcher Wucht in meiner Brust ein, dass ich mit rudernden Armen rückwärts taumele und zu Boden schlage.

Während meine Benommenheit nachlässt, ebbt auch der Lärm des Gitarrenverstärkers ab und macht einem Wimmern Platz. Der Schmerz hat eine Weile gebraucht, um das Gehirn des Frettchens zu finden. Er sackt vor den Bass-Drums zusammen und klemmt sich den Rest seiner Hand unter die rechte Achsel. Hasenschartes Blues-Brothers-Schuhe stapfen in mein Blickfeld und ich höre ihn lachen.

»Willkommen im Club. Ich wette, Borg hat den Lauf zugeschweißt und das Spielzeugding mit Explosionsmunition geladen. Könnte sich auch mal was anderes einfallen lassen, der alte Langeweiler.«

»Bring mich ins Krankenhaus«, flüstert das Frettchen.

»Blind und mit einer Hand?«, antwortet sein Kompagnon. »Ruf dir lieber ein Taxi. Der Spasti sieht jetzt erst einmal nach, ob von Borg was übrig ist, an dem man herumschneiden kann.«

»Ich darf dich liquidieren, wenn du wieder Scheiße baust.«

Hasenschartes Stimme bebt vor gespielter Furcht. »Rammst du mir deinen Stumpen in den Hals, bis ich am Blut ersaufe?«

Der Arm des Verwundeten zittert und bringt die Waffe viel zu langsam nach oben. Hasenscharte tritt sie ihm aus der Hand, bevor er in die Schusslinie kommt. Ein zweiter Tritt zerschmettert das Nasenbein seines Aufpassers und lässt ihn bewusstlos zusammensacken.

»Dein Zappeln muss fürs Kopfkino reichen«, sagt Hasenscharte. »Und Popcorn gibt es auch nicht.«

Er kniet nieder und klemmt sich das Haupt des Frettchens unter die linke Achsel. Dann tastet er mit dem Daumen nach einem Auge, sticht sein Messer bis zum Heft hinein, dreht es einmal herum und zieht es wieder heraus. Sein Opfer gibt keinen Laut von sich, und als der Körper nicht mehr zuckt, entlässt er ihn aus der Umarmung.

»Na, wie behindert fühlt sich das an, Arschloch?«, murmelt Hasenscharte der zu Boden gleitenden Leiche hinterher und spuckt ihr ins Gesicht. Dann putzt er die Messerklinge am Schlips des Toten ab und krabbelt zu mir herüber. Seine Pianistenfinger tasten meinen Hals nach einem Puls ab.

»Gut«, murmelt er, und stutzt, als sein Arm über meine Unterwäsche streift.

»Schussweste für Reiche«, flüstere ich ihm zu. »Ultradünn.«

Ich packe seine Hand, verdrehe den Arm gegen die Schulter und breche das Ellbogengelenk über meinem Knie. Dem Knacken der Knochen folgt ein Schrei. Hasenscharte verpasst mir mit der bandagierten Hand einen Faustschlag an die Schläfe, und ich gehe zu Boden. Sein Verband nimmt die Farbe von Portwein an. Mit einem weiteren Schmerzensschrei lässt er sich auf mich fallen und versucht, mir in die Halsschlagader zu beißen. Ich bekomme eine Hand unter sein Kinn und das auf den Boden gefallene Messer zu fassen.

Als er den Stahl an seiner Aorta spürt, erstarrt der Schlächter. »Du besitzt nicht den Mumm, einem Menschen die Kehle durchzuschneiden.«

Hasenschartes Gewicht und sein Schweißgeruch rauben mir die Besinnung. Ich drücke das Messer an, bis Blut auf mich hinabtropft. »Entsprungene Massenmörder wie mich erwartet lebenslänglich Knast, da kommt es auf eine weitere Leiche nicht an. Du rollst dich jetzt langsam von mir herunter.«

Er gehorcht erst, als die Schneide ins Fleisch dringt.

Ich setze mich auf seine Brust und drücke ihm meine Knie in die Bizeps.

»Wie kann ich dir Erleichterung verschaffen?«, fragt er. »Soll ich ihn in den Mund nehmen?«

»Für den Anfang könntest du mir den Namen deines Auftraggebers verraten.«

»Da kannst du mich auch sofort abstechen, das kommt aufs Gleiche raus.« Er grinst, und die Oberlippe klafft auseinander.

Sürgüs Handy wandert aus seiner Anzugstasche in meine Lederjacke. Die restlichen Taschen sind leer. Kein Portemonnaie, kein Pass, kein sonstiger Hinweis. Ein Profi.

»Lass mich laufen, und ich verrate ihn dir«, schlägt er vor.

»Verrate ihn mir, und ich lass dich laufen«, sage ich im Aufstehen.

Er summt eine Melodie. Klingt wie das Leitmotiv aus *Brazil*.

»Dreh dich auf den Bauch, streck die Arme aus und bleib so liegen!«, befehle ich ihm.

Hasenscharte pariert schon besser.

Ich nehme dem Frettchen die Pistole aus der Hand und vermeide es, während der Leibesvisitation in sein verwüstetes Gesicht zu schauen. Meine Beute kann sich sehen lassen. Außer einem funktionsbereiten Handy und dem Proberaumschlüssel finde ich auch Nessingers Uhr an seinem Handgelenk.

Hasenscharte schweigt sich aus.

»Dann erzählst du halt alles der Polizei«, empfehle ich ihm und gehe zur Tür. »Das kommt mir entgegen. Entlastung durch Dritte bedeutet einen Freispruch vor Gericht.«

»Ich sag' den Bullen überhaupt nichts. Wer sich an den Kodex hält, wird schneller aus der U-Haft gepaukt, als du Gerechtigkeit sagen kannst.« Er stützt sich auf die Ellbogen und stöhnt vor Schmerz. »Gesetze gelten nur für Leute ohne Beziehungen. Das begreifst du spätestens, wenn wir uns das nächste Mal treffen.«

»An deiner Stelle würde ich so lange wie möglich im Knast bleiben. Auf Sürgüs Handy findet man außer dem Versteck des Kryptiden auch die Rufnummer deines Auftraggebers und im Moment hält mich nichts davon ab, ihn darüber zu informieren, dass du mir belastendes Beweismaterial überlassen hast.«

Hasenscharte erbleicht. »Lass mich gehen, dann sage ich dir den Namen.« Er kriecht mir hinterher. »Du weißt nicht, wozu die in der Lage sind!«

Ich trete in die Dunkelheit des Gangs und lasse die Tür einen Spalt weit auf. »Deine letzte Chance.«

»Nur, wenn du mich mitnimmst.«

»Wenn ich dich laufen lasse, lügst du mich an. Mir reichen die Informationen auf dem Handy. In einer Viertelstunde kommen die Uniformierten mit den Handschellen und nehmen das Gemetzel hier auf. Überleg dir gut, was du ihnen erzählst und wie dein Leben weitergehen soll.«

Ich schlage die Tür zu und schließe ab.

Da Romanov auch nichts von konventionellen Telefonen hält, muss man seine Nachbarn anrufen, wenn man ihn sprechen will. Er teilt sich die Etage mit einem übrig gebliebenen Achtundsechziger und Nana Mobango, einem Heiler aus Ghana. Vor seinen Trommelworkshops und Schamanensitzungen stehen die Mädels auf der Flurtreppe Schlange. Wenn ich Frau Zenker in den Wahnsinn treiben will, brauche ich ihm bloß eine Woche unser Büro zur Verfügung zu stellen.

»Liebe und Frieden, Fremder«, säuselt es an mein Ohr.

»Könntest du mir Romanov an die Muschel holen?«, bitte ich den Althippie.

»Borg?«, fragt er. »Die Imperialisten ham dich ganz schön am Arsch, mein Lieber. Bete zu Timothy Leary, dass sie ausgerechnet meinen Anschluss nicht abhören. Andererseits bekäme ich dann das Kopfgeld.« Er kichert. »Hast Glück, dass du mich erwischst, Alter. Wollte gerade los, den Naziaufmarsch in Eving ausbuhen.«

»Dann spute dich«, empfehle ich ihm.

Man hört Füße wegtapsen, das Quietschen von Türscharnieren und Frauengegibbel.

»Der hat ja nichts an«, johlt eine.

»Telefon, Alter!«, brüllt der Hippie und hämmert gegen Romanovs Tür.

Zehn Sekunden später meldet sich mein Partner.

»Ich warte«, begrüße ich ihn.

»Du auch?«, antwortet er. »Wir sollten uns zusammentun, dann geht die Zeit schneller um.«

»Lorelei ist nicht gekommen?«, frage ich ihn.

»War das jetzt eine Frage, eine Feststellung, oder das Fazit der letzten Nacht?«

Ich sehe einen Mini über die A 2 Richtung Berlin rasen. Neben der Sporttasche auf seinem Rücksitz liegt ein Briefumschlag. Aus dem aufgerissenen Kuvert quellen Geldscheine, weil Lorelei sie nach dem Zählen achtlos wieder hineingestopft hat.

»Sürgüs Handy wartet auch, und zwar auf Entsperrung, deshalb mache ich jetzt einen Termin mit Herrn Öztekin. Wir treffen uns im Fischstraßen-Gebüsch. Beeil dich!« Mein Daumen drückt auf den roten Hörer.

Außerdem wird der irre Serienmörder einem Journalisten seines Vertrauens das Versteck des Proberaumschlüssels verraten und ihm empfehlen, eine Polizeistreife mitzubringen.

Auf der Südtribüne hielt ich es vier Minuten und dreiundfünfzig Sekunden aus. Das Platzangst erzeugende Gedränge inmitten eines Sprühnebels aus Bier, Schweiß und Testosteron ließ mich aus dem Stadion flüchten. Der Abstecher genügte, um einen Eindruck davon zu bekommen, wie körperlich greifbar man dort den Hass auf den Gegner erlebt. Dreißigtausend Individuen verschmelzen zu einem schwarz-gelben Organismus und brüllen auf Kommando Parolen, um den Todfeind einzuschüchtern. Schwarmverhalten in Uniform.

Im Vergleich zur Demo vor der Ono-Moschee war diese Erfahrung ein Sonntagsspaziergang um den Phönixsee.

Das Gedränge in den Fischnamenstraßen erreicht die Dichte der Duisburger Loveparade. Eine schwer gepanzerte Einsatzhundertschaft hält die Gegendemonstranten von der Derner Straße fern. Die Visiere der Helme verzerren ihre Gesichter, und sie prügeln mit Schlagstöcken auf jeden ein, der den Sicherheitsabstand verletzt.

Hinter der Kreuzung schiebt ein Räumpanzer Barrikaden aus kokelnden Altpapiertonnen beiseite, während eine Gruppe Polizisten die Teilnehmer der Sitzblockade auseinanderzerrt und vom Asphalt schleppt. Ein Wasserwerfer deckt den Einsatz. Die Rauchschwaden aus den Papierbehältern ziehen bis zur U-Bahn-Haltestelle und verbreiten den beißenden Gestank schmelzenden Plastiks.

Wir kommen nur zentimeterweise durch die Menge voran. Als sich der Kundgebungswagen der Rechtsradikalen nähert und die ersten Transparente auftauchen, ertönen Trillerpfeifen und Buhrufe. Zwanzig Meter weiter die Straße hinunter setzt das Trommelfell zerfetzende Blaskonzert eines Vuvuzela-Orchesters ein.

Die Polizisten hämmern auf ihre Schilder, um sich Mut und den anderen Angst zu machen. Im Demonstrationszug skandieren schwarz gekleidete Baseballkappen-Träger Deutschtumb-Parolen und recken den rechten Arm in die Luft. Sie verstecken ihre Gesichter hinter Sonnenbrillen und halten Plakate mit Mohammed-Karikaturen über den Schutzwall aus Gesetzeshütern.

Wir drängeln uns bis auf zehn Meter an den Moscheeeingang heran, dann geht nichts mehr. Sürgüs Sarg schwebt über den Häkelkappen rauschebärtiger Kaftanträger. Der Hass in ihren Gesichtern übersetzt die Sprechchöre. Ich entdecke Öztekin in der brodelnden Menge und winke mit Sürgüs Handy. Der Vorsitzende des Moscheevereins stößt sich einen Weg durch die Salafisten, bis er uns erreicht hat.

»Das Wort«, brülle ich ihm zu.

»Es ist ein ganzer Satz«, lässt er mich wissen. »Du kommst hier nicht rein!«

Ich spreche den Satz in das Telefon, aber es passiert nichts.

Auf mein Schulterzucken hin fordert Öztekin das Handy für sich und deutet auf den Moscheeeingang.

Ich schreie Romanov ins Ohr, dass er in die Knie gehen, und den Satz so aussprechen soll, wie Kaya Yanar es tut.

Als er wieder auftaucht, leuchtet das Display und präsentiert die Benutzeroberfläche.

Ein Mann mit Guy-Fawkes-Maske zwängt sich zu uns durch, entreißt Romanov das Telefon und taucht auf den Boden ab.

Öztekin überwindet den Schock als Erster und krabbelt dem Dieb hinterher. Ich gebe Romanov das Zeichen für eine Räuberleiter und erklimme seine Schultern.

Auf dem Parkplatz des Garsi-Kam-Süper-Market brennt ein Volvo. Die Stichflamme schlägt zehn Meter hoch in den Himmel. Er lodert nicht so stimmungsvoll wie die Bengalos in den Zuschaueraufgängen eines Fußballstadions, entwickelt aber die größere Drohkulisse. Ein schwarzer Block aus mindestens fünfzig Vermummten stürmt den Parkplatz und lässt einen Hagel aus Steinen und Molotowcocktails über dem Aufmarsch niedergehen. Das Dach des Kundgebungswagens fängt Feuer, und die Rechtsradikalen suchen Deckung. Eine Reiterstaffel prescht auf die Autonomen zu, und der Wasserwerfer schwenkt seine Kanone in Angriffsposition. Die Einsatzzentrale beordert einen Zug der gepanzerten Polizisten per Funk zum Krawall auf den Parkplatz. Die Truppenverlegung ermöglicht den Gegendemonstranten, vorwärtszustoßen, weil die restlichen Beamten mit dem Niederknüppeln nicht nachkommen. Durch eine der Lücken springt ein Mann auf die Derner Straße und nimmt die Guy-Fawkes-Maske ab. Doktor Hocheaux holt Sürgüs Handy aus seiner Hosentasche, fährt mit den Fingern über das Display und mischt sich unter die weiter marschierenden Nazis.

Ich klopfe Romanov auf den Oberarm, damit er mich herunterlässt, aber mein Partner reagiert nicht. Als ich nach unten schaue, entdecke ich auch den Grund dafür. Talbot hält seine Dienstwaffe an Romanovs Schläfe und fordert über das Handy Verstärkung an. Er lächelt wie ein Schuljunge auf dem Rummel, der an der Losbude eine Freifahrt mit der Achterbahn und ein All-you-can-eat-Ticket für den Zuckerwatte-Stand gewonnen hat.

KAPITEL 15

MOTTEK MORTALE

Es macht keinen Spaß, auf einem Tresenhocker im *Romantica* zu sitzen, wenn man mit Handschellen gefesselt ist. Adriano Celentano hört sich gleich viel trauriger an.

»Außer Talbot und Hocheaux hätte dir halb Dortmund unbemerkt zur Demo folgen können«, werfe ich Romanov vor.

»Für Geheimagentenkram bist du zuständig. Ich kümmere mich um die magischen Momente unserer Geschäftsbeziehung. Due Speciale, Francesco. Prego!«, ruft mein Partner dem Italiener hinter dem Tresen zu. »Der Mann mit dem Fischgesicht zahlt.«

Talbot schaut nicht einmal auf. Er läuft mit dem Handy am Ohr durch den Gastraum und lässt einem Spezi bei der Presse Informationen zukommen.

»Ich fütter' euch aber nich'«, sagt Francesco und schmeißt Holzpellets in den Pizzaofen.

Da sein Chef unabkömmlich ist, obliegt es Badstuber, in Ermittlung zu machen. Er räuspert sich und versucht seiner Stimme einen amtlichen Klang zu verleihen.

»Wir besuchen Ihr Lokal, weil diese beiden Verdächtigen behaupten, Opfer eines Eigentumsdeliktes geworden zu sein, in dessen Zusammenhang angeblich wichtiges Beweismaterial abhandenkam. Die Komplizin des Täters soll sich im Umfeld dieses Restaurants aufgehalten haben, weshalb wir hofften, dem Besitzer ein paar Fragen über den Verbleib ebenjener Frau Lorelei stellen zu können …«

Badstuber verstummt, weil Francesco ihn nicht beachtet. Der Pizzabäcker schüttelt den letzten Rest Pellets aus einem

Jutesack in die Heizkammer des Ofens. Auf dem Sack prangt der Aufdruck *DOSAFA*.

Die Welt bekommt einen Riss. Er geht mitten durch mich hindurch und aus dem Spalt drängen Universen aus Fassungslosigkeit. Die Lösung des Rätsels lag die ganze Zeit vor meiner Plastiknase.

»Merda«, flucht Francesco. »Finito!«

Katzenfisch steuert auf den Tresen zu. »Morgen früh um zehn gibt es eine Pressekonferenz«, spricht er in das Telefon, »aber du weißt ja selbst, wie das läuft. Da kommt man nicht richtig bei raus, da drängelt sich auch gerne mal der Herr Polizeipräsident nach vorn. Könntest du für den Artikel das Foto nehmen, auf dem ich so verschmitzt lächele?« Talbot bedeutet Badstuber mit einer energischen Handbewegung, voranzumachen.

»Eine Forschungsanstalt für Paranormales hängt auch mit drin. Ich kläre gerade die letzten Details. Der Institutsleiter bekam vom ersten Mordopfer einen Kryptiden angeboten und wollte das Vieh an Agam Des weiterverkaufen. Schon mal von den Spinnern gehört? So eine Art UFO-Sekte.« Er streicht sich den Pony aus dem Gesicht. »Der Doktor überzeugte die Obergurutante des Vereins davon, dass sie den Tentakelkrebs bei einem ihrer Vorträge als außerirdisches Lebewesen materialisieren lassen könnte, um der Welt die Echtheit ihrer Lehren zu beweisen. Auf der Venus beherrschen alle die Kunst des Schaffens aus dem Nichts, weil sie dort auf der Astralebene existieren, weißt du. Die Dame spendierte ihm einen fetten Vorschuss für die Beschaffung des Krebses.«

»Und wo springt Domenico rum?«, frage ich Francesco.

Der Pizzabäcker zuckt mit den Schultern.

»Hat den Sprinter vollgepackt und ist zu einer Veranstaltung abgerauscht. Für so High-Society-Aufträge lässt er alles stehen und liegen, dann bekommt ihn außer Stefania niemand mehr ans Telefon.«

»Wir suchen eine Frau mit Pumphosen, Poncho und Pumucklfrisur. Wurde vielleicht von so einem Gandhi-Typen abgeholt. Kannst du uns da weiterhelfen?«

Badstuber unterstützt mich bei der Vernehmung, indem er den Pizzabäcker streng anschaut.

Francesco schüttelt den Kopf.

»Ihr bezieht eure Brennpellets von einem Türken?«, frage ich ihn.

»Der Typ vertickt das Zeug zu Schleuderpreisen«, sagt Francesco und blickt auf die Uhr an der Wand. »Hoffentlich kommt Gino mal langsam zurück, sonst darf ich den Laden alleine schmeißen.«

Mein Schlüsselbund blieb unzählige Male auf diesem Tresen liegen, während ich auf die Toilette ging. Domenico brauchte nur einen Wachsabdruck zu nehmen, um meinen Kühlschrank mit Nessingers Kopf bestücken zu lassen. Wenn ich daran denke, dass sie den Pizzaofen mit gebrauchtem Sargholz befeuern, kommt mir Magensäure Speciale hoch. »Bringt Gino Domenico weg? Weiß er, wo die Veranstaltung stattfindet?«

Francesco winkt ab. »Gino muss eine Aussage auf der Wache machen, wegen 'nem Fleck auf dem Teppich in seinem Proberaum. Hab' die Geschichte noch weniger kapiert als er.«

Romanov bekommt große Augen.

»Domenico kocht für den Freak-Club«, informiere ich ihn. »Ich habe Lorelei direkt ins Verderben geschickt.«

Talbot beendet sein Gespräch und kommt zu uns herüber.

»Geht es um das MPZD? Was sollte der Scheiß überhaupt? Nach deiner Sensationsmeldung waren die Kollegen und der

Presseheini ein wenig enttäuscht, lediglich einen Blutfleck vorzufinden.«

»Warum überprüfst du nicht die Aufzeichnung der Überwachungskamera?«

»Bin ich dein Anwalt?«, sagt Talbot. Sein Telefon spielt *Harlem Nocturne*. »Du machst mich zu einem begehrten Mann«, haucht er und wirft mir eine Kusshand zu, bevor er sich wieder in den Gastraum zurückzieht.

Francesco klappt den Ofen zu und verschwindet Richtung Toiletten.

»Dimpfelmoser«, sagt Romanov zu Badstuber.

Ich sehe meinen Partner fragend an.

»Kollege Badstuber bekam während unserer Hypnose-Sitzung vor Bascheks Haus ein Memo eingepflanzt«, erklärt er. »Dimpfelmoser bot sich als Reaktivierungswort an, weil das außer mir garantiert niemand zu ihm sagt. Außerdem brauche ich Eselsbrücken, um mir die Schlüsselwörter zu merken.«

Badstuber blickt mit glasigen Augen ins Nichts.

»Er macht alles, was man ihm sagt?«, frage ich meinen Partner.

Romanov nickt.

»Du nimmst mir jetzt die Fesseln ab«, fordert er Badstuber auf. »Danach hältst du Talbot die Dienstwaffe unter die Nase, nennst ihn einen Blödiansgehilfen und legst ihm meine Handschellen an. Sie dürfen ruhig eng sitzen.«

Badstuber salutiert.

»Als Entfesselungskünstler enttäuscht du mich«, sage ich.

Domenicos Tochter öffnet erst nach dem dritten Klingeln. Stefania trägt nichts weiter als ein Joy-Division-T-Shirt und ihre haarsprayverklebte Zauselmähne pappt am Kopf, als käme sie direkt aus dem Bett. Die Bambina stellt abwechselnd einen Fuß auf den anderen, weil ihr die Marmorfliesen zu kalt sind.

»Kennst du die Geschichte vom Winterrock, dem Säufer und seinem Kumpel?«, begrüßt Romanov sie.

»Warum habt ihr dem Mann mit dem Fischgesicht den Mund zugeklebt?«, fragt Stefania und gähnt, ohne die Hand vor die Schmolllippen zu halten.

»Tourette-Syndrom«, sagt Romanov. »Wir suchen deinen Vater. Weißt du, wohin er gefahren ist?«

So, wie sie den Kopf schüttelt, verschlimmert jede Bewegung den Kopfschmerz.

»Kannst du uns etwas über den Verbleib eures Besuchs im Gästezimmer verraten?«

»Auf dem Zettel von Papa steht, dass ich die Frau nicht stören soll«, sagt Stefania und gähnt erneut. »Will der Polizist sie verhören?«

Der Tonfall und ihr Schlafzimmerblick sollen uns darauf hinweisen, dass sie sich lieber wieder hinlegen würde.

Stefania rüttelt an der Türklinke des Gästezimmers. »Verschlossen«, murmelt sie, und klopft ein zweites Mal. »Schläft wohl auch noch.«

Nichts rührt sich.

»Ich fürchte, wir müssen die Tür aufbrechen«, sagt Romanov.

»Papa hasst es, wenn Sachen kaputtgehen«, sagt Stefania.

»Nun«, sagt Romanov, »die Staatsgewalt heißt nicht ohne Grund so.«

Er versucht Badstubers Aufmerksamkeit zu erlangen, indem er mit den Fingern schnippt, aber der Frischling stiert weiter Domenicos Tochter an, als hätte er ein Hormonpräparat für Zuchtbullen eingenommen. Romanovs posthypnotische Suggestion entwickelt eine Eigendynamik.

»Er siehst süß aus«, sagt Stefania.

»Rührt dich das Verlorene in seinem Blick?«, fragt Romanov. »Romantiker interpretieren diesen Ausdruck gerne als Weltschmerz, dabei handelt es sich lediglich um Willenlosigkeit. Dieses Wesensmerkmal hilft Beamten, die Beförderungsleiter zu erklimmen. Man nennt das selbststrukturierende Systemimmanenz.«

»Ich steh' auf Zombies«, sagt Stefania, »besonders, wenn sie unter der Uniform nichts anhaben. Meinst du, er lässt mich mit seiner Waffe spielen?«

Badstuber studiert die beiden Erhebungen unter dem Joy-Division-T-Shirt.

»Dimpfelmoser!«, ermahnt ihn mein Partner. »Hier spielt die Musik!«

Sein Proband reagiert nicht auf das Codewort. Wenn Romanov die Sache weiter entgleitet, nimmt die Staatsgewalt bald bloß noch Anweisungen von Stefania entgegen.

Mein Tritt lässt die Tür mit einem Krachen in den Raum schlagen.

Man sieht Domenicos Gästezimmer an, dass der Hausherr Wert auf das Wohlbefinden seines Besuchs legt. Der Traum in Flieder und Weiß begeistert durch luftige Vorhänge, Kristallleuchter und ein Doppelbett mit Baldachin. Die Füße der Antikschränke versinken im Hochflor-Teppichboden, und mit dem Jugendstilspiegel an der Wand könnten wir ein halbes Jahr die Miete bezahlen. Nur die ganzen Toten stören das Ambiente. Todeskino, Hasenscharte und das Frettchen liegen achtlos übereinandergeworfen vor dem Fußteil des Bettes. Ein Mikadohaufen aus Leichen. Da sich Hasenschartes Bekleidung auf die Augenklappe beschränkt, fallen die klaffenden Wunden in Gesäßbacken und Oberschenkeln sofort auf. Das getrocknete Blut auf seiner Haut spricht Bände. Sie haben ihm die Fleischstücke vor dem Kopfschuss herausgeschnitten.

Lorelei liegt auf dem Bett. Ihre Hände sind an die Stahlstreben des Baldachins gefesselt und in ihrem Mund steckt ein Paar Socken. So wie sie mich ansieht, weiß ich gleich, dass es sich um ein getragenes Paar handelt und wen die Schuld für all das trifft.

»Dein Freund bemühte sich, mir alles recht zu machen«, erzählt Lorelei, während sie sich die Handgelenke massiert. »Bloß mit dem Geld wollte er nicht rausrücken. Stattdessen sollte ich ihm allerlei Fragen beantworten. Wo du wärst, was du vorhast und so weiter.«

Talbot starrt immer noch auf den Leichenhaufen.

»Dann klingelte sein Handy. Während des Gesprächs fing er an zu fluchen, griff sich einen der Blumentöpfe von der Fensterbank und schlug mich damit bewusstlos.« Sie betastet die Beule auf ihrem Hinterkopf. »Als ich wieder zu mir kam, war ich ans Bett gefesselt, und kurz darauf schleppten zwei Skinheads lauter Leichen hier rein. Dein Freund konnte die Arschlöcher davon überzeugen, mich am Leben zu lassen und als Geisel zu behalten, falls du weiter Ärger machst.«

Die Blässe in Stefanias Gesicht erinnert mich an die Waden von Maurice.

»Einer der Glatzen bekam einen Anruf und sagte etwas wie: ›Kati hat den Krebs‹ oder so. Sie zogen dann direkt ab und nahmen Domenico mit.«

»Dein Vater besitzt ein Handy, über das nur du ihn erreichen kannst, oder?«, frage ich Stefania.

Sie nickt wie in Trance.

»Wir brauchen die Nummer.«

Ich packe Talbots Ohr und drehe seinen Kopf, bis er mir in die Augen sieht.

»Der Leichenberg und die Aussage der Dame sollten dich von meiner Unschuld überzeugen. Frag also bitte bei den Kollegen vom LKA wegen einer Ortung an. Solltest du uns linken, suggeriert dir mein Partner, dass du an Koro leidest.«

Ich knibbele eine Ecke des Klebebands ab.

»Langsam tut es mehr weh, als mit einem Ruck«, sagt Romanov.

Der Hummer vibriert im Leerlauf vor Karl Theodor van Limbeeks Einfahrtstor.

»K.T. hat den Krebs«, murmele ich.

Stefania kaut auf dem Beifahrersitz an ihren Fingernägeln herum und beobachtet Badstuber.

»Es geht um ein paar offene Fragen«, sagt er in die Kamera.

Die Bambina wollte nicht allein mit den Leichen bleiben, und ich hatte Sorge, dass alle Beweismittel verschwinden, sobald sie die Polizei anruft. Wegen des Platzmangels in Katzenfischs BMW, mussten wir uns das PS-Monster aus Domenicos Garage borgen. Der Hummer ist in Italien zugelassen, was erklärt, warum ich ihn bei meinen Nachforschungen nicht finden konnte.

»Er will einen Durchsuchungsbefehl sehen«, teilt uns Badstuber durch das heruntergelassene Fahrerfenster mit.

»Ich erledige das«, sagt Talbot und steigt aus. Er läuft ein paar Minuten telefonierend vor dem Rolltor auf und ab und rutscht dann wieder auf die Rückbank. »Ende der Aufführung«, sagt er und schmeißt die Tür hinter sich zu. »Der Polizeipräsident hat mich unmissverständlich aufgefordert, mit allen Beteiligten in seinem Büro aufzukreuzen. Order aus dem Innenministerium. Ich schlage vor …« Talbot verstummt, weil ich den Hummer im Rückwärtsgang beschleunige, dass es ihn nach vorne drückt. Ich bringe den Wagen erst wieder zum Stehen, als das Heck schon halb auf der Wittbräucker Straße steht. Der Geruch von verbranntem Gummi dringt in die Fahrerkabine und Abriebwölkchen ziehen am Fenster vorüber. Während die Scheibe hochfährt, lege ich den ersten Gang ein und bringe den Motor auf Touren.

»Es sind Zivilisten an Bord«, sagt Romanov.

»Die sollen sich festhalten oder anschnallen.«

Mein rechter Fuß tritt das Gaspedal durch und der linke lässt die Kupplung schnacken. Das Auto macht einen Satz nach vorn und jagt mit heulendem Motor auf das Tor zu. Die Kollision presst mich in den Gurt, verbeult das Tor und hebt es halb aus den Rollschienen. Der Kühler ist gestaucht, aber der Motor läuft noch.

»Wo bin ich und was tun wir hier?«, fragt Badstuber.

Sonst herrscht Schockstille.

Ich jage den Wagen mit quietschenden Reifen zurück, lege eine Vollbremsung hin und beschleunige für einen zweiten Versuch. Stefania kreischt und Talbot greift mir ins Lenkrad, aber die Wucht des Aufpralls wirft ihn wieder auf die Rückbank. Das Rolltor fliegt zur Seite, und der Hummer schleudert über den Asphaltweg auf die ersten Fichtenstämme zu. Ich reiße das Lenkrad herum und bekomme das Fahrzeug unter Kontrolle, bevor es auf der anderen Seite in die Nadelbäume kracht. Der Geländewagen schlittert ein paar Meter über die Zufahrt, dann bringe ich ihn auf dem Hof zum Stehen.

Der Lärm unseres gewaltsamen Eindringens ist van Limbeeks Leuten nicht entgangen. Unter Domenicos Firmentransporter liegen drei Kahlgeschorene in Tarnkleidung. Sie halten Sturmgewehre im Anschlag. Vor dem Garagentor kniet ein weiterer Skinhead und richtet eine Panzerfaust auf den Hummer.

Ich lasse das Seitenfenster heruntersurren. »Wer von euch hat türkische Pizza mit scharfer Soße und Zaziki bestellt?«

Van Limbeek tritt aus der Eingangstür. »Was gibt es Schöneres, als mit wehenden Fahnen untergehen?«, ruft er mir zu.

Sein Handzeichen ruft zwei Glatzen aus dem Haus herbei. Die Männer tragen Kampfmontur und Maschinenpistolen.

»Bringt sie nach unten«, befiehlt er ihnen.

Nur die Betonwanne und der Ölgeruch erinnern daran, dass in diesem Raum einmal Brennstofftanks standen. An den Wänden des fensterlosen Heizungskellers wartet ein Komplettsortiment Werkzeuge auf seinen Einsatz, und unter der Decke hängt ein Nobel-Rennrad.

Van Limbeek lässt es sich nicht nehmen, den Sitz unserer Fesseln zu kontrollieren. »Wie sind Sie an den Krebs gekommen?«, frage ich ihn.

Er lächelt mich an, als ginge es immer noch darum, meine Stimme für die nächste Kommunalwahl zu gewinnen. »Nachdem Sie aus Aplerbeck geflohen sind, ließ ich die Wohnung Ihres Partners überwachen. Dann haben Sie mir ja freundlicherweise das Handy entsperrt. Ich brauchte lediglich jemanden im Demonstrationszug zu informieren, um es diesem Institutsleiter abzunehmen.«

Muss das ein Gedränge vor Romanovs Tür gewesen sein.

»Besetzen Ihre Gefolgsleute auch Schlüsselpositionen bei der Polizei, oder hören Sie bloß den Funk ab? Man braucht mehr als ein paar Gehilfen, um drei Leichen in so kurzer Zeit beiseitezuschaffen.«

»Soziale Netzwerke beherrschen nicht erst seit Facebook die Welt. Ich gewinne bei meinen kulinarischen Veranstaltungen viele Freunde und erhalte Gegeneinladungen zu den Abendgesellschaften des Finanzadels. Da entstehen Beziehungen und Abhängigkeiten, da regelt man Dinge aus Gefälligkeit auch mal auf dem kleinen Dienstweg.« Er schnippt seinen Handschmeichler mit dem Daumen in die Luft und fängt ihn wieder auf. »Geschichte gestaltet man von ganz oben, und damit meine ich nicht die Marionetten im Bundestag, sondern den inneren Machtzirkel, die Leute mit Geld und Einfluss. Meine Freunde bleiben gern im Hintergrund, aber glücklicherweise entwickeln sie mit fortschreitendem Alter eine Schwäche für Exklusivitäten.«

»Und was gedenken Sie jetzt zu tun? Mit zwei Polizistenmorden kommen nicht einmal Sie durch.«

»Zumindest erhöht es das Risiko«, sagt van Limbeek und wendet sich an Talbot und Badstuber. »Meine Position erlaubt mir, Einfluss auf den Verlauf Ihrer Karrieren zu nehmen. Männer in systemrelevanten Positionen können es bei uns weit bringen. Ich bräuchte allerdings einen Loyalitätsbeweis von Ihnen. Wenn Sie diese beiden Verbrecher und ihre Gespielinnen erschießen, weil sie bei der Festnahme Gegenwehr leisten, kann ich dafür garantieren, dass Ihre Vorgesetzten keine Fragen stellen werden.«

Er hat keine Ahnung, dass uns Domenicos Tochter begleitet.

Talbot nickt, aber Badstuber schüttelt nach einer Weile den Kopf.

»Wir sitzen alle im selben Boot, mein Junge«, sagt van Limbeek, »aber die einen rudern und die anderen peitschen. Zu welchem Teil der Mannschaft willst du gehören?«

Badstuber senkt den Kopf und starrt auf seine Schuhe.

»Beide oder keiner«, sagt van Limbeek. »Der kleine Türkenhehler hat sich auch den falschen Zeitpunkt zum Pokern ausgesucht. Dachte, er könnte uns mit der Friedhofsgeschichte erpressen und den Preis für das Krebswesen in die Höhe treiben. Wegen dieses Durcheinanders musste ich improvisieren und den Höhepunkt der Veranstaltungsreihe vorziehen, aber der heutige Abend wird trotzdem als würdige Geburtsstunde der Revolution in die Geschichtsbücher eingehen. Dem Anlass entsprechend, lasse ich den Krebs als Vorspeise servieren, als Appetithäppchen für das von Wunderkerzen illuminierte Menu Surprise.« Er spitzt die Lippen und küsst seine zusammengelegten Fingerspitzen. »Das letzte Tabu. Schinken und Schenkelfilet vom verbotensten Tier dieses Planeten, dabei kommt es recht häufig vor und steht nicht einmal auf der Liste des Washingtoner Artenschutzabkommens. Die Filmdokumentation des Gelages dürfte jedes Jahr Millionen einspielen. Meine Gäste verlieren mehr als ihr Gesicht, wenn jemand das Material der Presse zuspielt, deshalb werde ich es für sie verwahren.« Van Limbeek schenkt Badstuber ein gewinnendes Lächeln. »Die Aufnahmen garantieren neben finanziellen Gefälligkeiten auch politischen Einfluss und Gestaltungsspielraum auf Jahrzehnte hinaus. Wer bei meiner Organisation anheuert, investiert in die Zukunft. Bis ich die Kaste der Mächtigen verabschiede, vergehen noch zwei Stunden. Dir bleibt also noch Zeit, deine Entscheidung zu überdenken.«

»Sie müssen Domenico ein Vermögen zahlen, damit er bei so einer Sauerei mitmacht«, sage ich.

»Es gibt zwingendere Gründe als Geld. Fragen Sie ihn selbst. Der Mann übernimmt Ihre Entsorgung, falls die beiden Beamten sich nicht einigen können.« Er geht zur Tür.

»Und sollte Ihnen jemand auf die Schliche kommen, schieben Sie der Öffentlichkeit einen toten Ausländer als Polizistenmörder unter«, rufe ich ihm hinterher. »Wie praktisch!«

»Sie können Patrioten mit Traditionsbewusstsein wohl nicht ausstehen?«, sagt van Limbeek. »Sprecht eure Gebete. Bis später.«

Die Stahltür schnappt hinter ihm ins Schloss und man hört, dass er den Schlüssel dreimal umdreht.

»Ich bin nur zum Schein auf sein Angebot eingegangen«, sagt Talbot, »um euch aus der Scheiße zu holen.«

Stefania spuckt ihm vor die Füße. Das Kapuzenshirt unter der Lederjacke und ihr Mördernietenhalsband erinnern an Lisbeth Salander. Katzenfisch kann froh sein, dass sie ihm keinen Tritt mit den Springerstiefeln verpasst.

»Vor dem Töten an ein Himmelbett gefesselt zu werden, finde ich romantischer«, sagt Lorelei. »Das hier besitzt keinen Stil. Da wünscht man sich ja die Socken zurück.«

Romanov kommt zu mir herüber, legt den ausgestreckten Zeigefinger an die Lippen und zieht einen Strick aus seinem Mund.

»Ich nehme alles zurück«, sage ich.

Mein Partner geht zu Badstuber und schlägt ihm auf die Schulter. »Willkommen bei den Ruderern«, sagt er und fächert sein Tarotdeck auf. »Mich interessiert, auf wessen Seite dein Kollege steht, bevor ich ihn befreie. Leider funktioniert Tarot nur, wenn der Betreffende kooperiert, ansonsten holt man die falschen Informationen aus dem Nullraum. Da du ihn am besten kennst, lasse ich dich an seiner Stelle die Auswahl treffen. So bekommen wir auf Umwegen eine Aussage über euch beide.«

Badstuber streckt Romanov die Hände entgegen, damit er ihm die Fesseln abnimmt.

»Mit dem Beißwerkzeug«, sagt mein Partner.

»Bin ich bei diesem Trick hinterher wieder der Blöde?«, fragt Badstuber, aber er spielt mit.

Romanov zieht die Karte zwischen den Zähnen des Polizisten hervor und präsentiert sie uns.

»Der Teufel«, verkündet mein Partner. »Er warnt uns vor Verrat, Lügen und versteckter Feindschaft. Zieht man *El Diablo* als Tageskarte, macht es keinen Sinn aufzustehen, weil einem in den nächsten Stunden nichts Gutes widerfahren wird. Der Herr sollte zu seinem eigenen Schutz also bis auf Weiteres gefesselt bleiben.«

»Tolle Show«, sage ich, »aber was willst du jetzt machen? Um jemanden von hier wegzuzaubern, fehlt dir ein Vorhang.«

Er knotet meinen Strick auf.

»Du hast uns hier reingeritten, also vertraue ich darauf, dass du uns auch wieder rausholst. Von mir aus bastel eine Zeitmaschine.«

»Es gibt eine einfachere Lösung«, sage ich und zeige auf zwei unter die Decke montierte Objekte, die aussehen wie schwarze Konservendosen. »Das Fahrrad wird von den beiden Sockeln aus Neodym dort oben gehalten. Physiker nennen die Dinger Todesmagnete, weil sie eine solche Zugkraft entwickeln, dass man die Oberflächen nicht einmal mit einem Hydraulikspreizer wieder auseinanderbekommt, sollten sich die Pole zu nahe kommen.«

Romanov zeigt mir sein Poe-Gesicht.

»Wenn wir unter dem Werkzeug einen Gummihammer finden, könnte ich mit deiner Hilfe die beiden Magnete von der Decke schlagen«, fahre ich fort.

»Willst du den Schlüssel mit einem Magnetfeld umdrehen?«, fragt Lorelei. »Das funktioniert nie im Leben, außerdem steht garantiert eine Wache vor der Tür.«

»Van Limbeek wird mit seinem Koch zurückkehren«, sage ich. »Was auch immer Domenico getan haben mag, ich kann mir nicht vorstellen, dass er seine Tochter erschießt. Diesen Vorteil gilt es zu nutzen.« Ich deute Romanov eine Räuberleiter an.

»Das ständige Auf-die-Hände-Treten ruiniert meine Fingerfertigkeit«, beschwert er sich. »Zum Geburtstag schenke ich dir zusammenklappbare Stelzen.«

Als die Stahltür aufschwingt, liegt unser Kerker im Dunkeln, weil sich keine Glühbirne mehr in der Deckenlampe befindet. Stefania sitzt drei Schritte vor dem Eingang und der Lichtschein aus dem Vorflur fällt auf ihr Gesicht. Von den hereinkommenden Männern erkennt man nur Umrisse.

»Stefania!«, flüstert der Dicke zwischen den beiden Glatzköpfen.

»Was soll der Scheiß?«, fragt der linke Skinhead, und entsichert seine Uzi.

Ein vierter Mann betritt den Heizungskeller und bleibt hinter dem Trio stehen. Der Haargel-Schimmer auf dem Kopf verrät den Hausherrn.

Dann geht alles so rasend schnell, als wäre jemand an den Vorspulknopf der Fernbedienung geraten.

Domenico drückt den Waffenlauf der schussbereiten Maschinenpistole nach unten, hält seinem rechten Begleiter eine Pistole an die Schläfe und drückt ab. Keine Sekunde später erschießt er den anderen Skinhead. Die beiden Entladungen folgen so dicht aufeinander, dass sie wie eine klingen. Während die Glatzen zu Boden schlagen, wirbelt ihr Henker herum, und ein weiterer Schuss hallt durch den Raum.

Domenico fasst sich an die Brust, geht in die Knie und lässt die Pistole fallen.

Van Limbeek hält seine Waffe auf den Koch gerichtet, während er nach dem Lichtschalter tastet.

Die Fahrradklingel ringt. Das ist das Signal. Erste Schraubenzieher und Zangen treffen den Körper des Hausherrn, und er versucht, seinen Kopf mit den Armen zu schützen.

Während Stefania im Schutz der Dunkelheit verschwindet, schiebe ich mich an der Wand entlang auf van Limbeek zu. Romanov nähert sich unserem Ziel von der anderen Seite der Tür.

Zwei Armlängen vom Kopf des Lokalpolitikers entfernt strecke ich ihm den Supermagneten entgegen, spüre aber keinen Zug von Romanovs Gegenstück. Näher kommen wir nicht heran, ohne entdeckt zu werden. Ich versuche die Waffe in van Limbeeks Hand anzuziehen.

Keine Chance.

Der Werkzeughagel flaut ab, und der Lokalpolitiker schießt aufs Geratewohl in den Raum. Dem dritten Mündungsfeuer folgt ein Schmerzensschrei.

»Werfen!«, rufe ich Romanov zu. »Jetzt!«

Es knackt, als die Fahrradhalter versuchen, sich zwischen van Limbeeks Schläfen zu vereinen. Er dreht sich zu mir um, die Todesmagnete wie abgesägte Hörner am eingedrückten Schädel, und zielt mit der Pistole zwischen meine Augen. Das Flurlicht strahlt nur die linke Gesichtshälfte an und taucht die rechte in Halbschatten. Aus van Limbeeks Nasenlöchern laufen Blutrinnsale und seine Pupillen flackern, aber er krümmt den Zeigefinger.

Ich warte auf den Knall und einen Abspann, als mein Partner mit einem Maurerhammer nachholt, was die Magneten nicht zuwege gebracht haben. Spritzer und Tröpfchen überziehen mein Gesicht, und ich muss an den Baselitz von Maurice denken.

Van Limbeek kippt in meine Arme und haucht seinen letzten Atem aus. Der Handschmeichler tickt ein paarmal auf den Betonboden und kullert dann Richtung Ausgang, als wollte er flüchten. Vor der Türschwelle kommt er zur Ruhe. Das Steinauge starrt ins Licht, als könnte es hinter dem Schimmer die Stufen des Olymps ausmachen.

Lorelei und Badstuber schleifen Talbot ins Licht und untersuchen seine Schusswunde.

Domenicos Kopf liegt in Stefanias Schoß und ihre Finger gleiten immer wieder durch den Lockenkranz, als könnte sie das Unvermeidliche dadurch aufhalten.

»Warum?«, frage ich ihn.

»Scusi, Borg, Leben isse keine Telefoncomputer. Rufst du an und Stimme sagt: drücken numero due für Glück.« In seinen Mundwinkeln bilden sich Blutbläschen. »Lies die documenti in die Schließfach, und du wirst versteh'n ...«

Stefania hilft ihm, das Goldkettchen unter dem blutdurchtränkten Hemd hervorzuziehen und über den Kopf zu streifen. An der Kette hängt ein Tresorschlüssel.

»Geh nicht zu die Presse, sonst erscheint deine Foto gleich nächste Tag als Leiche in die Hotel-Badewanne, und alle documenti sind futschikato. Musse du dir denken etwas anderes aus. Capisce?« Domenicos Atem geht schwer. »Was für eine Schlag von die Spinner.«

Romanov lehnt am Türrahmen und betrachtet immer noch die am Hammerkopf klebenden Knochensplitter.

Ein Zittern durchläuft Domenicos Körper und er gibt mir zu verstehen, dass ich mein Ohr an seine Lippen legen soll.

»In die Bank liegt eine weitere Geschenk für dich«, flüstert er. »Es gibt dir deine Leben zurück. Ich habe Heiligabend immer gehasst. Verzeih mir!«

Dann wird er still und nach einer Weile drückt Stefania ihm die Augen zu.

KAPITEL 16

DER ZWEITE TURM

Der Rekord schnurrt wie ein Sumatra-Tiger auf Baldrian. Ich trete das Gaspedal durch, damit wir noch bei Gelb über die Mallinckrodt-Kreuzung kommen.

Romanov verdeckt mit seiner Zeitung die Hälfte der Windschutzscheibe.

»Geh zum Augenarzt«, rate ich ihm. »Deine Arme werden zu kurz.«

»Du musst dir dieses Interview mit Talbot durchlesen«, erwidert mein Partner. »Er hat mit seinem Körper den Kugelhagel abgefangen, um das Leben der Geiseln zu retten. Wir sollten einen Leserbrief schreiben und unsere Begeisterung über einen Mann ausdrücken, der für diese Heldentat sein Hinterteil benutzt.«

»Steht da auch etwas Interessantes?«

»Sie haben den Kaninchenköpfer erwischt, als er nachts Transportboxen mit Meerschweinchen in seine Wohnung schaffen wollte. Es soll sich um einen geistig Behinderten aus Dorstfeld handeln. Die Feuerwehr musste die Behausung wegen der ganzen Tierkadaver unter Vollschutz räumen.«

»Wenn der Ermittlungsdruck steigt, findet sich immer ein Unzurechnungsfähiger.«

»Willst du damit andeuten, dass man den Falschen verhaftet, nur um einen Erfolg vorweisen zu können?«

»Wäre nicht das erste Mal. Fest steht, dass Sürgü in letzter Zeit eine Menge Blut für die Ernährung des Krebses brauchte.«

An der Einfahrt zum Sozialkaufhaus *Jacke wie Hose* streckt ein Anhalter seinen Daumen in den Verkehr. Er trägt Vollbart, die Haare bis über die Schultern und eine Gitarre auf dem Rücken. Das Blümchenhemd und die Schlagfalten seiner Jeans flattern im Fahrtwind der vorbeirauschenden Blechkarawane. Die Nickelbrille des Mannes erinnert mich an Doktor Hocheaux, der gestern mehrere Filetstücke der Institutsausstattung veräußern musste, um seine Gläubiger zufriedenzustellen. Die Schmidtmaschine steht demnächst neben unserer Voodoovitrine.

Ich blinke und fahre rechts ran.

Der Tramper macht keine Anstalten, nach unserem Reiseziel zu fragen. Er kritzelt in einem Notizbüchlein herum, als wäre ihm gerade die Weltformel eingefallen.

»Er steht nicht auf Leichenwagen«, sagt Romanov. »Apropos! Wovon hast du ihn bezahlt?«

»Alle Personen auf Domenicos Liste bekamen eine anonyme E-Mail von mir«, informiere ich meinen Partner. »Darin stand, dass der Absender der Nachricht selbst an den Gelagen teilgenommen hat, jetzt aber Gewissensbisse verspürt. Er droht den Empfängern damit, die Aufnahmen aus van Limbeeks Villa zu veröffentlichen, wenn sie nicht an verschiedene Organisationen und Geschädigte spenden.«

Eine Ente gestattet mir, unseren Dienstwagen wieder in den Verkehr einzufädeln.

»In jeder Nachricht versteckte ich eine andere Information aus den Dokumenten im Bankschließfach, um Rückschlüsse auf den Absender zuzulassen. Einige Herrschaften haben bereits gezahlt und alle anderen werden nach Möglichkeiten suchen, den Verräter zu identifizieren und auszuschalten. In den Hallen der Mächtigen stehen in nächster Zeit viele Umstrukturierungen, Rücktritte und Todesfälle an.«

Romanov runzelt die Stirn.

»Erpressung scheint dir weniger Bauchschmerzen zu bereiten als Einbruch.«

»Ich hole mir nur unsere Auslagen zurück, inklusive einer Belohnung für die Ergreifung van Limbeeks. Außerdem freuen sich die Antifa, der Dortmunder Tierschutzverein und das unabhängige Kulturprogramm in Berlin über einen Zuschuss.«

»Ablasshandel bleibt Ablasshandel! Du lässt sie davonkommen!«

»Ein solches Netzwerk vernichtet man nicht mit einem Schwinger in die Magenkuhle, oder indem man sie aufeinander hetzt. Trotzdem werden die meisten dieser Leute das nächste Jahr nicht überleben.« Ich biege in die Deutsche Straße ein.

»Dein Wort in Gottes Hörrohr. Wohin fahren wir überhaupt?«, fragt Romanov und faltet die Zeitung zusammen.

»Zum Grund des Dahinsiechens von van Limbeeks Gästen.«

Der Hammerkopfturm auf dem ehemaligen Gelände der Zeche Minister Stein überragt alle anderen Gebäude. Die Wuchtigkeit der Stahlstreben und der klotzige Aufbau lassen die Bedeutung des einstmals größten Bergwerks im Ruhrgebiet erahnen.

Ich steuere den Leichenwagen auf den Parkplatz des *Real*-Marktes. Von hier aus sieht man nicht nur den Förderturm, sondern auch die hinter den Absperrbändern herumwuselnden Arbeiter und ihre Maschinen.

»Auf dem Areal befindet sich doch jetzt ein Service- und Gewerbepark«, sagt Romanov. »Bei dem Betrieb da drüben könnte man meinen, die fangen wieder an, Kohle abzubauen.«

»Greif mal in deine Gehrocktasche«, bitte ich ihn.

Romanov zieht die Tarotkarte hervor, als hätte sie Tollwut.

»Wie kommt die da rein?«

»Die Wege des Nullraums sind unergründlich!«, sage ich.

Mein Partner studiert seinen Fund. Auf dem Bild schlägt der Blitz in einen Turm ein und schleudert zwei Menschen aus dem Bauwerk. Dem Mann und der Frau steht der Schreck ins Gesicht geschrieben.

»*La Torre* verlangt, dass man die Augen öffnet«, sagt mein Partner. »Als Tageskarte kündigt er eine böse Überraschung an. Was willst du mir damit sagen? Versteckt sich Frau Zenker im Rückraum?«

»Du erkennst den zweiten Turm nicht einmal mit diesem Hinweis?«

»Inwiefern besteht denn deiner Meinung nach eine Verbindung zwischen dem Förderturm und dem Minarett?«

»Der Zusammenhang ergibt sich aus der Nachbarschaft. Das Fischstraßenviertel befindet sich lediglich fünfhundert Meter südöstlich von hier. Wenn ich Domenicos Aufzeichnungen nicht gelesen hätte, würde ich die Geschäftigkeit hinter der Absperrung auch für Bauarbeiten halten. Die Überraschung liegt zweihundert Meter unter uns.«

Ich deute auf den Boden.

»Domenico hat auf Minister Stein Bergmann gelernt und gehörte zum Verfülltrupp, als die Zeche 1987 dichtmachte. In seiner letzten Arbeitswoche bekam er ein Angebot, das er nicht ablehnen konnte. Die Öko-Mafia setzte schon damals Milliarden im Jahr um. In Italien ließen sie sich für das Verschrotten von ausgedienten Containerschiffen bezahlen, packten die Frachter randvoll mit Giftmüllfässern und versenkten sie vor der Kalabrischen Küste. Der Emscher fehlt für solche Aktionen die Tiefe, deshalb dachte man sich für das Ruhrgebiet etwas anderes aus.«

»Das glaube ich nicht«, sagt Romanov.

»Die Mafia versprach Domenico genug Geld, um seinen Traum von einem eigenen Restaurant zu verwirklichen. Er musste nur ein paar Fässer unter Tage schaffen, bevor der Deckel auf den Pütt kam. Die Symbole auf den Tonnen konnte man nicht mehr erkennen, aber als sein Helfer beim Abladen mit den Kügelchen aus einer leckgeschlagenen Tonne in Berührung kam und zwei Monate später an Krebs starb, dämmerte Domenico, dass sie den Schacht mit Atommüll verfüllt hatten.«

Ein Falke lässt sich vom Turmdach fallen, breitet auf halber Höhe die Flügel aus und segelt mit einem heiseren Schrei davon.

»Als sich van Limbeek Jahrzehnte später Geheimunterlagen für Hochrisikogeschäfte mit der Stromindustrie besorgte, erfuhr er von der Geschichte. Ein paar Nachforschungen genügten, um auf Domenico zu stoßen.«

»Politiker wissen, wie sie ihre Schäfchen ins Trockene bekommen. Frag Reinhard Mey! Van Limbeek hat sicher schon als Kind beim Murmeln auf dem Schulhof beschissen.«

»Genug Löcher hatten sie in der DDR ja.«

»Van Limbeek war ein Ossi?«

»Er fiel bereits im Jugendalter als Nazi auf, was ihm ein paar Monate Knast einbrachte. Drei Tage vor dem Fall der Mauer flüchtete er in den Westen und machte Karriere bei den Braunen.« Irgendein Mäzen muss ihm damals den Augenachat vermacht haben. »Zu seiner Zeit als Führer von Berlin ließ er sich vom Verfassungsschutz anwerben und kassierte Hunderttausende, weil er bedeutungslose Informationen über die Rechtsradikalenszene weitergab. Das Geld half ihm, mehrere Untergrund-Zellen aufzubauen, aber dann ging der NSU hoch, und während sie beim Verfassungsschutz noch die Akten durch den Schredder jagten, lag van Limbeek bereits unter dem Messer eines Gesichtschirurgen.«

»Für den Verfassungsschutz zu spionieren, scheint sich zu lohnen. Wir sollten die Seiten wechseln«, sagt Romanov.

»Das übriggebliebene Grundkapital aus den Spitzeldiensten vervielfältigte er mit Insidergeschäften an der Börse, um die Revolution voranzubringen. Seine Kontakte zum Führungspersonal der Rechtsradikalen rissen nie ab und verschafften ihm Zugriff auf die Kommandostrukturen der Neonazis bis auf Ortsteilebene.«

»Und Domenico wusste davon?«

»Er hätte die Haft und den Verlust seiner Existenz nicht überlebt, also kochte er für van Limbeeks Veranstaltungen, beschaffte über Sürgüs Zookontakte die Exoten und entsorgte mit Todeskinos Hilfe die Leichen von Leuten, die van Limbeeks Karriere im Wege standen. Wenn gerade keine Beerdigung anstand, verbrannten sie die Ermordeten mit gefälschten Todesscheinen in einem Privat-Krematorium.«

»Lauter perfekte Morde«, sagt Romanov. »Kein Wunder, dass sie alle Mitwisser umbringen wollten.« Mein Partner sieht auf die Bauarbeiter und schüttelt den Kopf. »Gibt es einen Beweis für die Entsorgung von Atommüllfässern in Minister Stein?«

»Das Bergamt schickt immerhin ein Vorauskommando hierher, obwohl ich ihnen nur ein paar Seiten aus Domenicos Dokumenten zukommen ließ.«

»Ich höre schon die Stellungnahme des Bürgermeisters«, sagt Romanov und verstellt seine Stimme. »Es bestand zu keiner Zeit eine Gefahr für die Bevölkerung.« Den letzten Teil der Geschichte zu erzählen fällt mir schwerer, als das Sexualkunde-Referat in der siebten Klasse. »Die Mafia holte sich Domenicos Telefonnummer nicht aus dem Branchenbuch. Der Kontakt kam über seinen Vater zustande, der bereits Jahre zuvor ein Jobangebot von der Familie angenommen hatte, um doch noch als gemachter Mann in die Heimat zurückzukehren. Signore Meletti Senior sollte ein Schulkind entführen, um Geld von den

Eltern zu erpressen. Die Sache ging bekanntlich in die Hose, und am Ende musste sein Sohn ihm helfen, mich zu verscharren. Den Rest erfuhr Domenico aus der Zeitung.«

Das ist zumindest seine Version der Geschichte. Ich glaube, dass er den kleinen Borg bereits durch die Ritzen der Bretterdecke im Erdloch liegen sah.

»Als die Suche nach meinem Entführer für Unruhe in Signore Melettis Milieu sorgte, setzte er sich ab und beauftragte seinen Sohn, den neugierigen Polizisten in einem Hafenlager aus dem Weg zu räumen. Domenico erkannte mich und brachte es nicht fertig, das verstümmelte Entführungsopfer seines Vaters umzubringen. Er begrub mich ein zweites Mal und gab den Kollegen erst einen Hinweis, als es nur noch eine Minimalchance gab, mich lebend zu bergen. Das Schicksal sollte für ihn entscheiden.«

»Die Geschichte erklärt einiges, aber einen Zusammenhang zwischen dem Förderturm und dem Minarett kann ich immer noch nicht erkennen«, sagt Romanov.

»Ich war vorhin im Fischstraßenviertel, um Öztekin eine Barspende für den Minarettbau zu überbringen. Der Menschenauflauf in der Grünanlage, die Absperrung um den Teich und die Taucher erregten mein Interesse. Jemand erklärte mir, dass sie keine Leiche suchen, sondern Messungen und Untersuchungen durchführen würden.«

Jedes Rathaus beschäftigt mindestens einen Beamten, der sich zum Wohle des Bürgers Halbwahrheiten über aktuelle Vorgänge ausdenkt. Man nennt sie Pressesprecher.

»Während ich dort stand, drängelte sich dein kleiner Karatefreund neben mich, und wir kamen ins Gespräch. Hakans Neffe machte sich Sorgen, dass die Taucher seine Reuse finden. Er hat mit dem Drahtgestell neulich einen Krebs mit Armen gefangen und ihn für zehn Euro an Sürgü verkauft.«

»Dafür gibt es eine Menge Klümpchen an der Bude«, sagt Romanov. »Kommst du jetzt bitte zur Sache?«

»Auf einem Schild im Park steht, dass der Teich erst nach der Zerstörung des Zechenpumpwerks entstanden ist. Es gibt also eine Verbindung mit dem Grundwasser aus dem Bergwerk. Van Limbeek hätte vor dem Bankett einen Geigerzähler an das Vieh halten sollen.«

Romanov lächelt in sich hinein und beobachtet die Bauarbeiter. Über dem Förderturm ziehen Wolken auf. Sieht aus, als gäbe es bald Regen.

»Wir müssen los«, informiere ich meinen Partner. »In zwanzig Minuten steigt auf der Station die Entlassungsparty für Doktor Wenzel, da dürfen die Ehrengäste nicht fehlen. Vor allem, wenn sie die Anschubfinanzierung für ein Projekt mitbringen, das Ex-Psychiatriepatienten den Start in ein neues Leben ermöglicht.«

»Und ich bekomme nichts?«, sagt Romanov.

»In der Fahrgastkabine liegt dein Gehstock«, sage ich.

»Den besaß ich vorher auch schon!«

Ich ergreife seine Hand. Es prickelt wie Schwachstrom und fährt bis in die Seele. So muss es sich anfühlen, die Venus zu betreten, und Kontakt mit der dortigen Lebensform aufzunehmen.

»Mein Vorname lautet Teilhard«, sage ich.

Romanov schluckt und ich sehe seinem Gesicht an, dass er sich vorstellt, welche Wortspiele ich auf dem Schulhof erdulden musste.

»Und wo gehen wir in Zukunft Pizza essen?«, fragt er.

»In Italien. Ein paar Wochen Rom und den ein oder anderen Rusty Nail in *Harry's Bar* gibt unser Konto problemlos her.«

»Du lädst mich in den Urlaub ein?«

»Wir verknüpfen das Angenehme mit dem Nützlichen. Der Halter des Hummers wohnt in der ewigen Stadt. Ein guter Anfang für die Jagd auf Signore Meletti Senior, oder?«

Meine Hand beginnt zu kribbeln. Romanov spürt, dass ich vor einer Überladung stehe und entlässt mich aus der Verschmelzung unserer Intimsphären.

»Spielst du mit dem Gedanken, nach Berlin zu ziehen?«

Der Geruch von Patschuli und Loreleis Lachen irrlichtern durch meine Erinnerung.

»Irgendwann liegt eine Einladung zur Wiedereröffnung ihres Theaters im Briefkasten.«

»Schön ist nur, was niemals dein. Es ist heiter zu reisen, und schrecklich zu sein«, zitiert Romanov.

Ich starte den Leichenwagen. »Wählte Tucholsky nicht den Freitod?«